아름다운 인연

아름다운 인연

1판 1쇄 발행 2019년 12월 10일
1판 2쇄 발행 2021년 6월 1일
지은이 장충식
펴낸이 윤세영

기획 진행 김혜자
책임편집 진현옥
펴낸곳 도서출판 윤진
디자인 디자인54
등록 2015. 3. 11 | 제 300-2015-41
주소 서울시 종로구 삼일대로 461 SK허브 101-922
전화 02-732-0815
이메일 majung815@naver.com
인쇄 인타임
정가 18,000원

저자의 허락 없이 무단 복제를 할 수 없습니다

아름다운 인연

독립운동가의 아들과 일본군 장교 부인의 완전한 사랑

장충식

작가의 말

이 세상에 태어나는 순간, 거미줄처럼 직조되기 시작하는 인연,
아름다운 인연도 있지만 피해갈 수 없는 가혹한 인연도 있다.
지금부터 엇갈리는 운명을 아름다운 인연으로 바꿔가는 이야기를
하려고 한다.
역사의 소용돌이에 파괴되지 않고 그 지난한 과정을 이겨낸 힘은
용서와 화해 그리고 사랑이었다.

차례

1부

蘇聯軍의 進駐 소련군의 진주 10

日本人 收容所 일본인 수용소 12

對面 대면 20

收容所의 어둠 수용소의 어둠 24

亡者를 위한 念佛 망자를 위한 염불 28

同行 동행 32

母傳子傳 모전자전 37

同宿 동숙 42

文學靑年과 年上의 有夫女 문학청년과 연상의 유부녀 48

아버지의 歸國 아버지의 귀국 55

깊어가는 사랑 다가오는 이별 62

아버지의 직업 68

酷寒의 收容所 혹한의 수용소 73

作別 작별 78

收容列車 수용열차 83

어머니의 쌍가락지 88

共産黨의 橫暴 공산당의 횡포 92

妊娠 임신 99

越南 準備 월남 준비 106

運命 운명 111

沙里院驛 사리원역 114

列車안 騷動 열차안 소동 118

越南 案內者 월남 안내자 124

越南 월남 128

西北靑年會와 南勞黨 서북청년회와 남로당 134

뜻밖의 作別 뜻밖의 작별 139

2부

父子 부자 148

母子와 母子 모자와 모자 156

父子 相面 부자 상면 163

不審檢問 불심검문 172

離別 이별 177

마도로스 朴 마도로스 박 182

密航 밀항 191

隱身 은신 197

再會 그리고 被逮 재회 그리고 피체 201

收容所 수용소 209

送還 송환 216

韓國에서 온 便紙 한국에서 온 편지 223

復讐 복수 231

國籍 洗濯 국적 세탁 239

就業 취업 246

海賊 掃蕩 해적 소탕 256

家族의 沒落 가족의 몰락 262

骨肉相爭 골육상쟁 267

學徒義勇隊 학도의용대 275

高地 奪還 고지 탈환 281

失明 실명 289

船上 結婚式과 眼球 移植 선상 결혼식과 안구 이식 295

慈善事業 자선사업 303

에필로그 310

1부

蘇聯軍의 進駐
소련군의 진주

　　소련군의 북조선 땅 진주는 1945년 8월 12일 함경북도 청진에서 일본군과 교전한 사건을 계기로 이루어졌다. 조선 땅에 주둔하고 있던 일본군은 대부분 실전 경험이 없는 예비 병력이었기 때문에 소련군과 제대로 싸워보지도 못하고 패주했다. 태평양전선으로 주력 부대를 투입시킨 탓이다. 일본이 항복하자 소련군을 일본 식민통치에서 해방시켜준 은인이라 여겨 민족진영은 물론 공산주의자들이 그들을 한껏 떠받들었다. 평양이든 지방이든 도시든 마을이든 소련군에 헌납하기 위한 각종 생필품을 공출하는 경쟁을 벌여 사령부의 신임을 얻고자 동분서주했다. 때문에 소련군들은 조선 땅에 발을 내딛는 순간부터 우쭐거리면서 난폭하게 굴었다.
　　이대성이 살고 있는 남시에도 형편이 어려운 가정은 계란 한 알에 감자 몇 개, 살림살이가 좀 나은 집은 계란 한 줄, 감자 한 관씩 공출을 부과했다. 그 강제적 의무가 북조선 산간마을까지 뻗쳐 부화시키기 위해 남겨둔 계란마저 빼앗겨버린 탓에 하마터면 닭의 종자조차 사라질 뻔했다. 다음해 농사에 쓸 씨감자도 예외가 아니었다. 으스대며 거리를 활보하는 소련군이 행인들을 붙잡아 몸에 지니고 있는 물건들을 빼앗는 행패가 다반사였다. 소련군 부대가 진을 치고 있는 마을은 해가 지기 무섭게 인적이 끊겼다. 언제 어느 모퉁이에서 소련군이 나타나 겁탈할지도 모르는 위험이 곳곳에 도사리고 있어서였다. 때문에 마을은 낮이건 밤이건 불길한 기운에 휩싸여 적막감만 감돌았다.

사정이 이렇다 보니 면은 면대로 동은 동대로 사람들이 모이면 소련군에 대한 불평과 욕설을 내뱉느라 시간 가는 줄 몰랐다. 집집마다 소련군들의 야습을 예방하기 위해 머리를 맞댔다. 빈 깡통들을 노끈으로 엮어서 그 안에 돌이나 쇳조각을 집어넣고 소련군이 집에 나타나면 흔들기로 약속했다. 그 깡통들을 집집이 매달아 놓고 줄로 연결했는데 그것을 흔들면 요란한 소리가 퍼져 마을 전체가 떠들썩해졌다.

"야, 오래 살다 보니까 별 세상 다 만났디! 대문이구 지붕이구 빈 깡통을 안 매달아둔 집이 없구만. 로스케 군인 새끼들한테 잡혀 가면 아래가 성해서 나오는 여자는 없다기래."

"조선 강산 집집마다 빈 깡통으로 장식을 해놓구 살게 됐는데 위대한 우리 조선 해방의 은인 스탈린 원수님의 은덕이 얼마나 장한가 보라우."

日本人 收容所
일본인 수용소

　　　남시의 농협 창고에 임시로 수용한 일본 관동군 가족들의 생활은 수난으로 얼룩졌다. 어제도 일본 젊은 부녀자 몇몇이 소련군에게 강제로 끌려가 집단 윤간을 당했다. 그녀들이 조선인 농가에서 일을 마치고 귀가하는 길에 소련군에게 수시로 봉변을 당하자 어느 누구도 일을 나갈 엄두를 내지 못했다. 식량은 진작 바닥났고, 앞뒤가 바뀐 시국에 일본인을 위해서 구호 물품을 대줄 사람도 기관도 없었다. 굶어죽지 않으려면 일본인 스스로 일감을 찾아 연명하는 길밖에 없었다. 자그마치 백 명이나 되는 대식구였다. 남자라고는 죄다 늙어빠져서 식량을 축내는 존재에 불과했다. 젊은 남자들은 대개 군인 아니면 군속이었기 때문에 전쟁 직후 포로 신세가 되어 기차에 실려 소련으로 갔다. 수용소에서 일할 수 있는 사람은 삼사십 대 부인들이었다. 하지만 그녀들은 기술이 없을뿐더러 농사도 지어본 적도 없었기 때문에 어디서든 환영받지 못했다. 일본이 연합국에 항복하기 일주일 전, 소련이 선전 포고를 하고 쳐들어가자 관동군 가족들을 서둘러 조선으로 피신시킨 바람에 그들은 월동 준비를 하지 못하고 겨우 몸만 피했다. 9월 조선의 북녘 땅은 낮에는 제법 따뜻했으나 불기가 없는 수용소 안은 쌀쌀하면서도 음산하기 이를 데 없었다. 피골이 상접한 노인들은 견디기가 더욱 고통스러웠다. 일본이 패망한 터라 아무도 노인들을 돌봐주지 않았다.

수용소 자치위원장으로 뽑힌 와타나베 부인은 일흔이 넘었으나 매우 건강한 편이었다. 남방 전선으로 불려간 아들의 전사 통지서를 받고서 설상가상으로 피난민 신세가 되었다. 남편은 물론이고 두 아들이 해군과 육군 장교였기에 군인 가족으로서 자부심을 느끼며 살았는데 이제는 세상에 둘도 없는 죄인의 아내요 어머니가 되었다.

"와타나베 회장님, 식량만 축내고 단 한 푼도 못버는 신세가 되었으니 짐만 되고 죽는 것만 못하게 되었습니다."

"다무라 상, 고생은 한때랍니다. 희망의 끈을 붙잡고 끝까지 버터야지요. 지금의 시련을 슬기롭게 극복해야 합니다. 마음을 굳게 가지세요."

평소 명랑하고 유머가 풍부한 와타나베 회장은 다무라의 푸념을 웃음으로 넘겼다. 다무라는 동경 폭격 때 아들 가족을 전부 잃었다. 그 후 실의를 견디지 못해 만주에 사는 딸네 집에 다니러 갔다가 그만 피난민이 된 것이다.

그러나 다음 날 다무라는 수용소 밖에 있는 변소에서 면도칼로 동맥을 끊고 생을 마감했다. 새벽에 소변을 보러 갔다가 다무라의 주검을 보고 충격을 받은 야마모토도 그 자리에서 심장마비를 일으켜 사망했다. 하루아침에 두 노인이 저승길을 밟자 수용소는 깊은 슬픔에 잠겼다. 수용소에서 처음으로 목격하는 죽음이라서 충격이 더했다. 대식구였으나 늙은이와 아이들을 빼면 일을 하는데 필요한 사람은 별로 없었다. 당장 돈부터 걷기로 했다. 입관할 관이 필요했기 때문이다. 수용소에서 장례식이 처음이라서 사람들은 장의사가 어디 있는지, 입관부터 매장까지 어떻게 처리해야 할지 몰라 우왕좌왕했다. 이윽고 자치위원회 와타나베 회장이 회의를 소집했다.

"우리 군인 가족들이 그동안 참혹한 시련을 겪으면서도 참아낸 것은 일본으로 돌아갈 수 있다는 희망 때문이었습니다. 다무라 상과 야마모토 상은 일흔이 넘었지만 건강했고 수용소의 자잘한 일을 도맡아 해줬어요. 두 분은 평소 자신들이 수용소 가족에게 큰 짐이 된다고 입버릇처럼 말했습니다. 두 분은 조국으로 돌아가지 못하고 우리들을 위해서 스스로 목숨을 끊었습니다. 그 거룩한 희생이 헛되지 않도록 우리가 반드시 어려움을 이기고 조국으로 돌아가야 합니다. 두 분의 명복을 빌고 정성껏 장례를 치릅시다."

여기저기에서 흐느끼는 소리가 수용소를 가득 메웠다. 와타나베 회장은 우메하라에게 입관에 쓸 관을 구입하고 염하는 사람을 불러달라고 부탁했다. 우메하라는 진심을 다해 일처리를 하고 싶었지만 막상 거리에 나가보니 그저 막막했다. 수용소 안에서만 지낸 탓으로 남시의 지리에 어두워 장의사가 어디에 있는지 감을 못 잡겠고, 일본인이라 하면 이를 갈고 미워해서 어느 누구도 도와주지 않았다. 때마침 건장한 청년이 성큼성큼 걸어왔다.

"학생, 장의사가 어디에 있습니까?"

청년이 깜짝 놀라며 뒤로 살짝 물러섰다. 해방 후 일본 사람이 길거리를 자유롭게 돌아다닌다는 사실이 믿기지 않는다는 표정이었다. 더군다나 무심결에 일본어를 내뱉었다가 소스라치며 움츠리는 분위기가 만연했는데 당당히 일본어로 물으니 화들짝 놀랄 수밖에.

"장의사요? 누가 돌아가셨습네까?"

우메하라는 일본어로 친절하게 대답해주는 학생이 지옥에서 만난 부처 같아 꾸벅 머리를 숙였다.

"나는 일본인 수용소에 있는 우메하라입니다. 오늘 아침 사람이 죽었습니다. 두 명이나요. 빨리 관도 사야하고 염하는 사람도 구해야 합니다. 장의사가 어디에 있는지 알려주시면 고맙겠습니다."

우메하라는 가슴이 저미는 와중에도 애써 미소를 지어 보였다.

"걸어서 이십 분쯤 걸립네다. 갈라지는 길이 많아서 찾기 어려울 텐데…… 그냥 제가 안내하갔습네다."

우메하라는 금을 입힌 뻐드렁니를 내보이면서 연신 미소를 지었다. 두 사람은 방향을 바꿔 발걸음을 맞췄다.

처음 찾아간 영락장의사의 출입문은 굳게 닫혀 있었다. 날씨까지 찌뿌드드해서 우메하라의 가슴이 더욱 답답했다. 학생은 지나가는 남자를 붙잡고 장의사가 어디에 있는지 물었다. 여기서 삼십 분은 더 가야 한다고 했다. 우메하라가 불안한 표정으로 소변이 급하다며 쩔쩔맸다. 도로 한복판이라 공중변소가 있을 리 만무했다. 주변을 살피던 학생이 빈터에 넝마들을 모아놓은 곳을 가리키며 우메하라에게 거기서 소변을 보라고 했다. 잠시 후 넝마를 수집하던 남자가 우메하라를 향해 고함을 질렀다.

"이 쌍놈의 늙은이, 어디에 좆을 내밀고 오줌을 싸! 야, 너 학생 같은데 학교에서 뭘 배웠어! 남의 물건에 오줌을 싸다니, 니가 이 늙은이 아들이가?"

"잘못했시오, 용서하시라요. 저 분이 길을 몰라서 안내하는데 갑자기 오줌이 마렵다고 하기에 실수를 했시오."

청년은 우메하라를 대신하여 사과했으나 넝마주이는 계속 학생을 붙들고 시비를 걸었다. 우메하라는 지레 겁을 먹고서 머리를 숙인 채 등을 돌리고 있었다.

"녕감! 내 말이 말 같디 않소? 남의 물건에 오줌을 쌌으면 본인 입으로 사과를 하라우. 부끄럽지도 않네?"

"잘못했다고 사과를 하는데도 왜 계속 욕하고 싸움을 겁네까? 우릴 때려야 직성이 풀리갔습네까?"

머리를 조아리며 거듭 사과해도 상대방이 뻣세게 굴어 학생이 버럭 화를 냈다.

"야, 너는 입 다물라우. 저 녕감탱이 사과하는 시늉도 하지 않잖아!"

"저 노인은 일본 사람이라 우리말을 모릅네다."

"일본 사람? 일본놈이야? 어이 이리와서 내 앞에 무릎을 꿇으라우."

"아주바니 아픈 노인한테 이러시지 마시라요. 일본인 수용소에서 사람이 둘이나 죽어 날래 관을 사게지구 가야 합네다. 이제 그만 용서하시라요."

"야, 내레 주재소에 끌려가서 왜놈 순사한테 얼마나 많이 무릎을 꿇었는지 아네? 모르면 가만히 좀 있으라우."

"어른이라 좋게 좋게 하려니 정말 못 봐주갔네."

청년이 우메하라의 팔을 붙잡고 자리를 뜨려하자 넝마주이가 귀싸대기를 갈겼다. 학생의 뺨이 시뻘겋게 부어올랐다. 잔뜩 독이 오른 학생이 퇴비를 만들기 위해서 인분을 모아 놓은 커다란 구덩이에 넝마주이를 밀어 넣었다. 순간 텀벙 하면서 넝마주이가 똥구덩이에 빠져 허우적거렸다. 학생은 우메하라를 등에 업고 구남시 쪽을 향해 줄행랑을 놓았다. 학생은 우메하라를 업고 달리면서 계속 뒤돌아보았다. 똥구덩이에 빠진 넝마주이의 모습이 보이지 않자 안도의 한숨을 내쉬고 한바탕 크게 웃었다. 등에 업힌 우메하라도 잔뜩 겁을 집어 먹은 표정이었지만 터져 나오는 웃음을 참지 못했다. 몸이 홀쭉한 노인이라 해도 그를 업고서 이백 미터 남짓 뛰어 학생은 땀범벅이었다.

"나 때문에 아침부터 고생하고 매 맞고…… 정말 미안하고 감사합니다. 학생 이름이 뭡니까?"

"대성입니다. 리대성. 만주 길림에 있는 중학교(현재의 고등학교)에 다닙네다. 여름방학 동안 고향에서 지내려고 왔다가 전쟁이 끝나서 남시에 머무르고 있습네다."

"그런데 일본어를 어디서 배웠습니까?"

"제가 다니는 중학교는 천주교에서 세운 사립학굡네다. 조선학생과 중국학생이 반반입네다. 학교에서는 선생님들이 중국어로 강의를 합네다. 조선어는 일주일에 두 시간 배우고, 일본어는 원래 일주일에 한 시간 배웠는데 해방 일 년 전부터는 전체 학년이 매일 배웠습네다."

"대성 군은 체격이 좋은데 무슨 운동을 배웠나요?"

"어려서부터 중국 무술을 익혔습네다. 제 맏형이 중국 무술 사범입네다."

우메하라가 고개를 끄덕이며 학생의 어깨를 두드렸다. 두 사람은 다시 길을 나섰다. 행인에게 길을 물어 마침내 장의사를 찾았다. 다행히 문은 열려 있었다. 우메하라를 대신해서 대성이 용건을 말했다.

"어느 댁 누가 돌아가셨나?"

"신남시 일본인 수용소에서 두 노인이 돌아가셨답네다. 밖에 계신 노인이 일본인 수용소에서 관을 사러 왔습네다."

"학생은 저 사람과 무슨 관계야?"

대성은 자초지종을 털어놓았다.

"기래, 수고가 많았구만. 학생은 할 일 다 했으니 이제 그만 가보라우. 관을 살 사람이 직접 말하라구 기래."

"저 분은 조선말을 몰라요."

"수용소 노인네가 조선말을 알고 모르고는 자네 일이 아니다. 조선말을 모르면 일본어로라도 말하라구 기래."

우메하라가 장의사 안으로 들어와서 주인에게 절을 하고는 관을 사겠다는 의사 표시를 했다.

"우리 장의사에는 지금 팔 관이 없습네다. 다른 데 가보시라우."

장의사 주인은 친절하게 말했지만 사실은 일본인을 홀대하고 있었다. 옆에서 지켜보던 대성이 끼어들었다

"팔 관이 없다니요? 저렇게 관을 쌓아놓고 없다니요?"

"학생은 빠지라우! 저 관은 모두 임자가 있디."

우메하라는 당황하여 어찌할 바를 몰랐다.

"관을 구하지 못해 시신을 방치하면 매우 곤란해집니다. 저희들의 사정을 딱히 여기시고, 아니 망자를 생각해서서 관을 살 수 있게 해주시라요."

우메하라가 울상을 지으며 애원했다. 허공을 잠시 응시하던 주인은 어쩔 수 없다는 듯 입맛을 다시며 말했다.

"내레 관은 팔 수 있지만 염은 못하갔어. 지금 우리 정서가 일본 사람 염할 기분이 아니야. 내 처제가 강제 징용 나가서 일본 탄광에서 매몰돼 죽었디. 내 조카도 징병 나가서 태평양 어느 섬에서 죽었고, 우리 집안이 일본한테 이런 피해를 당했는데 내레 일본 사람 염해주었다구 소문이 돌아보라우, 내 꼴이 뭐가 돼갔는가. 관은 오늘 오전 중으로 보내갔어."

對面
대면

　　수용소 앞에 사람들이 많이 모여 있었다. 우메하라는 또 소련군들이 부녀자들을 잡아 갔나 해서 초조한 마음으로 발걸음을 재촉했다. 그가 수용소 안에 발을 들여놓은 순간 똥 냄새가 진동했다. 넝마주이들이 똥통에서 똥물을 퍼내 벽이며 바닥, 천장, 심지어는 사람한테까지 닥치는 대로 뿌리고 있었다. 부녀자, 노인, 어린이들이 대들 힘이 없어 똥물을 피해 이리저리 도망 다니느라 수용소가 아수라장이었다. 다무라와 야마모토의 시신을 덮었던 담요가 반이나 벗겨져 있어서 망자의 얼굴이 그대로 드러났다. 그때 똥바가지를 들고서 이리 뛰고 저리 뛰던 넝마주이가 우메하라를 보고 소리 질렀다.

　　"야들아, 나를 똥구덩이에 처넣었던 일본놈의 두상대기가 돌아왔다!"

　　넝마주이가 냅다 달려가 우메하라의 면상에 똥바가지를 덮어씌웠다. 가뜩이나 수용소 안이 구린내로 진동하는 판인데 또 똥을 퍼부으니 수용소는 그야말로 똥 천지였다. 구경꾼들 사이에서 대성을 발견한 넝마주이가 험악한 표정을 지으며 성큼성큼 걸어갔다. 그의 몸이 똥물로 덮여 있어서 수용소 사람들이 코를 싸쥐고 멀찌감치 피했다. 넝마주이가 멱살을 잡으려고 다가오자 대성은 두 발을 움직여 그를 걷어찼다. 그 광경을 접한 넝마주이들이 일제히 대성에게 덤벼들었다. 수용소 안의 일본 사람이나 수용소 밖에서 구경하던 조선 사람들이 모두 숨을 죽이고 넝마주이들과 대성이 대결하는 모습을 지켜보고 있었다. 체격이 좋은 어른 같은 대성이가 넝마주이 대여섯 명을 침착하고 노련하게 상대했다. 그때 넝마주이 하나가 외투 안주머니에서 날카로운 단도를 꺼냈다. 그는 대성의 등을 향해 단도를 힘껏 내리찍었다. 대성은 옆으로 몸을 피하면서 넝마주이의 손목을 발로 걷어찼다. 대성의 몸동작은 세련되고 절도 있었다. 제대로 훈련 받은 무사처럼 손놀림과 발놀림이 날쎘다. 때마침 그곳을 지나가던 대성의 맏형 용성이가 구경꾼들 어깨 너머로 수용소 안을 들여다보고 눈을 휘둥그레 떴다. 넝마주이들이 갈고리, 칼, 몽둥이를 들고 대성에게 덤벼들고 있었기 때문이다. 용성이가 구경꾼들을 헤집고 들어가려하자 옆에 있던 노인이 말렸다.

"이보라우, 넝마 아주바이들이 얼마나 사나운지 알고 참견해야디. 낚시 바닥에서 저 넝마주이들을 당할 사람이 없디."

"우리 막내가 혼자 거지발싸개들한테 당하고 있는데 내레 어케 가만히 있갔시오!"

정신없이 싸우던 대성이 용성을 발견하고는 기뻐 소리쳤다.

"형, 저 거렁뱅이들 손에서 갈쿠쟁이와 칼을 뺏어달라요."

"니 팔에서 피가 많이 나는데 이치들이 찔렀네?"

"저기 쓰러진 놈이 갈쿠쟁이로 내 팔을 찍었시오."

"기래? 이보라요, 아주바이들, 야레 우리 집 막내라요. 어른들이 치사하게 칼, 갈쿠쟁이를 들고 죽이갔다고 덤빕네까? 우리 말로 하자요."

"뭐이 어카라고? 기래 말로 하자. 우리 아재를 똥구덩이에 밀어 넣은 새끼를 그냥 두라 이거가? 꾸뚤메기 같은 새끼들."

"무슨 사정으로 시비가 붙었는지 모르갔지만 일단 진정하시라요. 손에 든 칼이나 몽둥이를 내려놓지 않으면 살인자로 취급하갔시오."

정수리가 휑한 넝마주이가 듣는 척하면서 용성을 향해 몽둥이를 휘둘렀으나 용성은 사뿐히 몸을 피하면서 발차기로 그의 목통을 쳤다. 그는 이내 혼절했다. 대성은 갈고리를 들고 공격할 기회를 엿보고 있던 넝마주이의 복부를 힘껏 때렸다. 그러자 그도 눈이 뒤집히면서 나가떨어졌다. 수용소 안팎에서 서부활극 같은 장면을 흥미롭게 지켜보고 있던 구경꾼들이 긴장을 조금씩 풀면서 형제의 비범한 무술에 탄복하여 한마디씩 찬사를 보냈다.

넝마주이들의 행패는 대성 형제의 등장으로 깔끔하게 수습되었다. 수용소의 일본인들은 대성 형제에게 연거푸 머리를 조아렸다. 간호부 출신 마사고 부인이 얼른 비상약을 가지고 와서 대성의 상처를 치료해 주었다. 다행히 상처는 깊지 않았다. 마사고 부인이 병원에 가서 꼭 치료를 받으라면서 비상금을 대성에게 건넸다. 그녀의 눈에 눈물이 그렁그렁했다. 마사고 부인은 단호히 사양하는 대성의 바지 주머니에 돈을 쑤셔 넣었다. 대성은 마사고 부인과 실랑이를 벌이다가 마지못해 그녀의 호의를 받아들였다.

"목숨을 걸고 우리를 지켜줬어요. 이 은혜를 어떻게 갚을지⋯⋯ 학생은 너무나도 용감했어요."

마사고 부인의 찬사가 너무 쑥스러워서 대성은 빨리 자리를 뜨고 싶었다. 병원에 가겠다는 핑계를 내세워 돌아서려는 순간 대성의 마음을 꽉 붙잡는 것이 있었다. 그것은 화장기라고는 전혀 없는 마사고 부인의 청초한 얼굴이었다. 어질고 착한 마사고 부인의 목소리까지 대성의 마음을 흔들었다. 그녀의 해맑은 눈에 고인 눈물과 뽀얀 얼굴에 피어오른 미소가 좀체 가시지 않았다.

"병원비는 나중에 열 배 보태서 갚아드리겠습네다."

대성은 일본 사람들의 배웅을 받으며 수용소를 나섰다. 그의 머릿속에서 마사고 부인의 여린 모습이 지워지지 않았다. 대성은 한참 걷다가 뒤돌아보았다. 다들 수용소 안으로 들어갔는데 마사고 부인만 홀로 남아 아이를 업은 채 우두커니 서 있었다. 대성과 마사고 부인의 시선이 마주쳤다. 둘은 동시에 웃었다. 마사고 부인이 먼저 손을 흔들었다. 대성도 양손을 좌우로 흔들어 고맙다는 뜻을 전했다. 대성은 남시병원에서 치료를 받았다. 가벼운 상처인 줄 알았는데 다섯 바늘이나 꿰맸다.

收容所의 어둠
수용소의 어둠

대성은 일본인 수용소로 발길을 옮겼다. 수용소에 도착하자 출입문 앞에 웅크리고 앉아서 담배를 피우고 있던 일본 노인들이 대성을 알아보고 먼저 아는 체했다. 그들은 누가 먼저랄 것도 없이 대성에게 다가가 인사를 건넸다.

"대성 군, 우리들 때문에 여러 가지로 수고가 많았습니다. 정말 고맙습니다."

"그 상황에서는 누구라도 그렇게 했을 겁네다. 사람이 죽었다는데 어떻게 모른 척합네까. 그나저나 장의사에서 관을 가져왔습네까? 그리고 우메하라 상은 좀 어떻습네까?"

"덕분에 관이 배달되어 입관을 마쳤습니다. 우메하라 상은 아주 좋아졌어요. 연세가 있으신데다 많이 놀라서 혈압이 좀 높아졌습니다만 안정을 취해서 좀 나아졌어요. 대성 군 상처는 어떻습니까?"

"몇 바늘 꿰맸습네다. 그런데 수용소 안이 왜 이렇게 캄캄합네까?"

"전등이 나갔는데 구할 방법이 없어서 양초를 켜놓았더니 어둡네요. 아침에 넝마주이들이 갈고리로 전등을 다 깨버렸습니다. 전구가 한 개 있기는 한데 사다리가 없어 끼우지 못했습니다."

"동네에서 사다리를 빌리지 그러셨어요."

"누가 우리한테 사다리를 빌려주고 전구를 판답니까. 일본 사람한테는 공기도 아깝다는 것이 요새 인심입니다."

 대성은 멋쩍은 표정을 지으며 우메하라가 누워 있는 곳으로 갔다. 그가 깊은 잠에 빠져 있어서 되돌아 나오려는데 때마침 마사고 부인이 모습을 드러냈다. 그녀는 대성을 반기며 팔의 상처부터 챙겼다. 그는 설레는 마음을 다독이며 마사고 부인을 찬찬히 살폈다. 첫인상 그대로였다. 그녀의 등에 업혀 있는 아이가 칭얼거렸다. 마사고 부인이 이리저리 움직이며 아이를 달랬다. 대성이 아이의 엉덩이를 살살 두드리며 어디 아프냐고 물었다.

 "젖이 잘 나오지 않아서 빈 젖을 물렸더니 배가 고파서 그래요. 이렇게 칭얼거리다가 지치면 잠들어요."

 마사고 부인의 시들시들한 목소리에 서글픔이 배어 있었다. 눈물을 비치지 않으려고 일부러 미소 지었지만 대성의 눈에는 그것이 또렷하게 보였다.

 "마사고 부인을 보니까 경성으로 시집 간 누나 생각이 납네다. 삼팔선 때문에 갈 수도 편지를 쓸 수도 없습네다."

 "대성 군 누님이 부럽네요. 나를 좋아하고 사랑해주는 동생이 있으면 얼마나 좋을까……"

 "마사고 부인은 동생이 없습네까?"

 "지난 해 입대했는데 그만 전사했어요."

 대성은 마사고 부인과 대화를 나누다가 별안간 다녀올 데가 있다면서 밖으로 뛰어나갔다. 그는 부랴부랴 상점으로 가서 전구 세

개를 샀다. 그리고 제재소를 운영하는 고모네 집으로 달려가 사다리를 빌렸다.

밤 열 시가 훌쩍 넘어 대성은 수용소에 도착했다. 수용소는 어둑어둑했다. 두 노인의 영정사진을 지키는 촛불이 있어서 그나마 서로를 알아볼 수 있었다. 온종일 노동에 부대껴 모두 곯아떨어졌고, 와타나베 회장과 몇몇 노인만이 두 개의 관을 지키고 있었다. 대성이 리어카에서 사다리를 꺼내자 시신을 지키고 있던 노인들이 입을 쫙 벌렸다.

"그 귀한 것들을 어떻게 구했습니까?"

"아까 마사고 부인이 치료비에 쓰라고 준 돈이 남아서 전구를 세 개 샀습네다. 사다리는 우리 고모한테 빌렸시요."

와타나베 회장이 연신 고개를 숙이면서 손자를 대하듯 대성의 손을 다정하게 비벼주었다. 대성은 전구를 와타나베 회장에게 건네고 사다리는 출입문 앞에 놓았다. 대성과 와타나베 회장이 이야기하는 동안 부녀자 두어 명이 잠에서 깨어 시신을 지키는 노인들과 교대했다. 마사고 부인도 자리에서 일어났다. 허기에 지친 아이들만 죽은 듯 누워있었다. 적막이 흐르는 수용소 한구석에서 흐느끼는 소리가 들려왔다. 애써 소리를 죽이려 하는 듯했지만 오히려 그 흐느낌이 고요 속에서 두드러졌다. 그 작은 울음소리가 무슨 전염병처럼 번지더니 결국 모두의 설움이 폭발하고 말았다. 아침부터 넝마주이들이 떼로 몰려와 똥을 뿌리고 난동을 피운 사건이 서러움의 씨앗이었다. 그 소동 때문에 오늘은 일하러 나가지 못했다. 단벌 옷에 의지하고 사는 형편이라 똥 냄새가 풀풀 풍기는 옷을 입고 밭에 나갈 수는 없었다. 수용소에는 십여 명의 임산부들이 있었다. 만삭에 가까운 임산부들은 노동은 물론이고 식량도 구하기 어려웠다. 일터에서 돌아온 사람들이 십시일반으로 쌀을 보태주었으나 임산부가 여럿이다 보니 충분한 영양을 취하지 못해 얼굴이 붓고 누렇게 떴다.

"내일은 사망한 두 분의 시신을 묻어야 하는데 우리 힘으로는 허가 받기가 어려울 것 같아요. 우리를 도와줄 분이 없을까요. 땅을 팔 삽이나 곡괭이도 필요합니다."

와타나베 회장의 부탁을 받고 대성은 잠시 난감한 표정을 지었다. 삽이나 곡괭이야 쉽게 빌릴 수 있지만, 임시위원회에 가서 일본인 시신 매장 허가를 얻기란 거의 불가능했다.

"아직도 집에 가지 않았네요. 팔이 몹시 아플 텐데⋯⋯ 휴식을 취해야 할 시간에 우리들 때문에 고생해서 어째요."

마사고 부인이 다가와 안타까운 표정으로 말을 건넸다. 대성은 잠자코 있었다. 와타나베 회장의 부탁이 마냥 부담스러워 마사고 부인의 온기 가득한 인사에 대꾸할 말을 찾지 못했던 것이다. 시신 앞 향불이 꺼지자 그녀가 다소곳이 앉아 다시 불을 붙였다.

"대성 군, 너무 무리하지 말아요. 돌아가신 두 분께 정말로 고마운 일을 해주셨어요. 두 분은 부처님처럼 착하게 사셨어요. 우리 일본인들이 두 분처럼 살았다면 오늘날 우리가 겪고 있는 이 고통과 모욕을 피할 수 있었을 거예요."

"살아서 식량을 축내는 게 미안하다고 입버릇처럼 말씀하시더니 기어이 목숨을 끊고 말았습니다. 살아생전에 조선의 명산 고찰을 답사하고 싶어 했는데 전쟁 때문에 그 소원을 풀지 못하고 떠나셨습니다. 두 분 다 전쟁으로 아들을 잃고 아내까지 일찍 세상을 등져서 홀아비로 고독하게 사셨지요."

내일 장례식을 무사히 치를 수 있을지 깊은 시름에 빠져 있으면서도 수용소 사람들은 두 망자가 걸어온 삶의 궤적을 더듬으며 밤을 지새웠다.

亡者를 위한 念佛
망자를 위한 염불

"오마니, 이따금 우리 집에 오는 탁발승은 어드런 절에 계신가요?"

"탁발승은 와 찾네?"

"죽은 사람을 위해서 념불을 부탁하고 싶어서 기래요."

"그게 누구야?"

"오마니는 모른 척하시라요. 일본인 수용소의 두 노인이야요."

"대성아, 그 사람들 때문에 넝마주이들과 대판 싸우고 팔에 상처까지 입고 또 무슨 봉변을 당할라구 기래."

"일본 사람들이 나쁜 짓 많이 한 거 압네다. 긴데 일본인이고 아니고를 떠나서 곤경에 처한 사람들을 돕는 것이 도리라고 생각합네다. 평소 오마니레 우리 형제들을 그렇게 가르치지 않았습네까?"

대성 어머니는 아들의 당찬 말대꾸에 반박하지 못하고 그저 빙그레 웃기만 했다.

"우리 집에 오시는 스님은 현장암에 계신 법원스님이다. 현장암은 동상면에 있는 미륵산에 있다. 법원스님은 원래 중이 아니었다고 기래. 일본 와세다 대학 재학 중 만세 사건 주동자로 잡혀서 니 아바지와 함께 재판을 받고 복역한 분이야."

"긴데 와 중이 됐시오?"

"한 맺힌 사연이 길다. 스님이 감옥에서 복역하고 있을 때 아내와 아이가 전염병에 걸려서 죽었단다. 그 분이 부인을 무척 아꼈는데 아들과 함께 저승으로 가버린 후 세상이 싫어져 중이 됐다고 하더라."

대성이는 어머니의 이야기를 듣고 나서 이내 현장암으로 떠났다.

인적이 없는 암자에 풍경소리만 찰랑찰랑 들렸다. 법당 앞에 검은 고무신이 가지런히 놓여 있었다. 거의 십리 길을 단숨에 달려와서 대성은 숨이 가빴다.

"스님 계십네까?"

안에서 아무런 대꾸가 없자 대성은 좀 더 큰소리로 외쳤다. 그때 법당 문이 살며시 열렸다. 중년 나이로 보이는 스님이 모습을 드러냈다.

"나를 찾는 사람이 누구요?"

"신룡동에 사는 리대성입네다."

"혹시 너 용성이 동생 아니냐?"

"맞습네다. 우리 가족 몰래 스님을 뵈러 왔습네다. 긴히 드릴 청이 있어서요. 꼭 들어주시라요."

스님은 의아스러운 표정을 지으며 대성을 방으로 안내했다. 이불과 앉은뱅이책상만 있는 소박한 방이었다. 책상 위에 놓여 있는 염주가 대성에게 기묘한 힘을 실어주는 것 같았다. 대성은 스님을 똑바로 쳐다보면서 간절한 말투로 일본인 수용소의 얼룩진 사정을 들려주었다. 무엇보다 다무라와 야마모토를 위해서 독경을 해준다면 망자들이 죽어서도 여한이 없을 거라며 간곡히 부탁했다.

"아버지 모습을 많이 닮았구나. 부처님 말씀대로 살고 있는 대성이가 기특하다. 지금 누가 일본 사람들의 사정을 들어주겠나. 자네는 부처님이 강조하신 자비의 뜻을 잘 알고 있는 것 같으니 내가 기꺼이 소원을 들어주마."

대성은 법원스님을 앞세워 일본인 수용소에 들어섰다. 와타나베 회장을 비롯해 일본인들은 스님을 보자 어리둥절한 표정을 지었다. 법원스님이 일본인들을 향해 합장한 후 자신에 대한 소개와 수용소에 오게 된 사연을 일본어로 유창하게 말했다. 일본인들이 두 손을 모으고서 법원스님에게 깍듯이 절을 올렸다. 그들은 감격에 겨워 손등으로 눈물을 훔쳤다. 법원스님은 바랑에서 향로와 촛대를 꺼냈다. 그리고는 가지런히 놓여 있는 두 개의 관 양편에 촛대를 세우고 초에 불을 피웠다.

　법원스님은 목탁을 두드리며 엄숙하고도 맑은 목청으로 천수경을 독경하기 시작했다. 수용소 사람들의 눈이 저절로 감겼다. 독경 소리보다는 망인, 그것도 일본인을 위해서 불교 의식을 치러주는 법원스님 앞에서 수용소 사람들은 넋이 빠져 있었다.

　"어떻게 이렇듯 훌륭한 스님을 모셔 와서 우리에게 독경을 들려주나요. 염불의 뜻은 잘 모르지만 일본 스님들이 하는 염불 소리와 비슷하네요."

　마사고 부인이 대성 옆으로 다가와 살며시 손을 잡았다. 그녀의 입김이 대성의 귓속으로 부드럽게 스며들었다. 마사고 부인의 따스한 손을 놓고 싶지 않아 대성은 눈을 감아버렸다. 법원스님은 긴 천수경을 책도 보지 않고 암송했다. 목탁 소리와 염불하는 소리가 수용소 안에 울려 퍼졌고, 참을성 없는 아이들이 종알거리자 어른들이 밖으로 내몰았다.

　"대성 군을 만난 지 겨우 이틀인데 오래 만난 사람처럼 느껴져요. 나뿐만 아니라 수용소 사람들 모두 그렇게 생각할 거예요. 대성 군 부모님에 대해서도 다들 궁금해 합니다."

마사고 부인이 상냥하게 웃으며 대성의 표정을 유심히 살폈다.

"우리 아버지는 직업이 따로 없습네다. 우리나라가 해방되기 전까지 독립운동을 하셨지요."

순간 마사고 부인은 말문이 막혔다. 무언가로 머리를 얻어맞은 기분이었다. 조선 독립을 위해 일본과 투쟁한 독립운동가의 아들이 일본인을 돕는다는 것은 상상할 수 없었기 때문이다. 도무지 이해할 수 없는 일이라서 대성이가 일본인들을 돕는 배경에 어떤 속셈이 있을지도 모른다는 의구심마저 들었다.

"대성 군이 우리를 돕는 사실을 어머님도 알고 계신가요?"

"물론입네다. 우리 오마니가 남몰래 도와주고 있습네다."

마사고 부인은 멍한 표정으로 대성을 빤히 쳐다보았다.

同行
동행

수용소의 일본인들은 장지에 간 사람들을 기다리고

있었다. 마침 대성이 들어오자 무슨 소식을 안고 왔을까 하여 주변으로 몰려들었다. 장지에서 오는 길이냐며 마사고 부인이 먼저 말문을 열었다.

"장지에 간 사람들은 아직 돌아오지 않았습네까?"

"혹 무슨 사고가 생긴 건 아닌지 모르겠어요. 아침에 죽 한 그릇 겨우 먹고서 여태 굶었을 텐데 지금까지 돌아오지 않는 것을 보면……."

마사고 부인은 불안한 생각에 안절부절못했다.

장지에 가보고 오겠다며 대성이 앞장섰다. 조금 더 기다려 보자면서 마사고 부인이 말렸다. 그래도 대성이 고집을 부리자 마사고 부인이 함께 가자며 외투를 챙겨 입었다. 그녀는 아이를 맡기고서 대성과 길을 나섰다. 밖은 어두웠다. 그래도 드문드문 나타나는 상점의 불빛이 창문을 통해 비쳐서 걸을 만했다. 하지만 철길 건널목을 건너서 안평동으로 가는 길에는 인가도 상점도 없어서 사방이 캄캄했다. 마사고 부인은 만주에서 살 때 조선의 도깨비에 대해 여러 가지 이야기를 들었다. 그 도깨비가 따라오는 것 같아 마사고 부인은 자꾸 뒤돌아보았다.

"무서우세요?"

"숲속에서 귀신이나 도깨비가 튀어나올 것만 같아요."

마사고 부인이 자기도 모르게 대성의 팔을 꼭 붙잡았다. 대성이는 한바탕 크게 웃었다. 그때 길 저편에서 이리로 접근해 오는 하얀 물체가 눈에 띄었다. 그 물체 옆에 시커멓고 커다란 무언가가 있었다. 조선 땅에서 밤길을 걸어보는 게 처음이라 마사고 부인은 등골이 오싹했다.

"저 흰 물체가 무엇이에요? 그 옆에 있는 건 또 뭐죠?"

"하얀 것은 농부이고 검은 것은 황소입니다. 달랑달랑 소리를 내는 것은 황소 목에 달려 있는 요령이구요."

마사고 부인이 대성의 팔을 꼭 붙들었다. 그녀는 남자와 팔짱을 껴본 것이 처음이었다. 대성은 아직 중학생(현재의 고등학생)이었지만 체격은 어른 못지않게 우람했다. 그의 근육은 중국 무술로 단련되어 단단하고 탄력이 있었다.

"대성 군, 팔짱 껴서 미안해요. 너무 무서워서 그랬어요."

"그게 어때서요? 마사고 부인과 이렇게 걸으니까 우리 누님이 곁에 있는 것 같아 좋은데요."

"나는 아버지와 남동생하고도 팔짱을 껴본 적이 없어요. 남편하고도 그랬어요. 워낙 말이 없고 무뚝뚝해서 남편이라도 다가가기가 꺼려졌어요. 전형적인 군인이었거든요. 정말 재미없는 남자였죠."

"그래도 아기는 낳아주지 않았습네까."

"학생이 못하는 말이 없네요."

두 사람은 다정히 웃으며 대화를 나눴다. 그러는 사이에 농부가 황소를 몰면서 가까이 다가왔다.

"혹시 오시는 길에 장사 지내는 것을 못 봤습네까?"

"저기 황부자 집 뒷산에 모닥불은 봤는데, 그게 장사 지내는 건지 뭔지는 잘 모르갔어. 가보면 알갔디."

농부는 요령을 매단 황소를 앞세우고 어둠 속으로 사라졌다.

별빛에 의지하여 사십 분쯤 걸었을까, 야산 중턱에 피워놓은 모닥불이 보였다. 대성과 마사고 부인은 동시에 발걸음을 재촉했다.

장지에 모인 사람들의 얼굴은 검둥이가 되어 있었다. 여자들은 수건으로 얼굴을 감싸고는 땅바닥에 주저앉아 일어날 엄두를 내지 못했다. 허기진 탓이리라. 저녁밥을 먹지 못한 걸 번연히 알면서도 대성은 와타나베 회장에게 끼니를 챙겼는지 물었다. 역시나 굶었다는 대답이 돌아왔다. 저녁은커녕 점심도 못 먹었다고 했다.

"일본인 수용소에서 점심이 사라진 지는 벌써 한 달이 넘었습니다. 점심을 먹는다는 건 정말로 사치지요."

모닥불에 비친 와타나베 회장의 얼굴에 두 줄기 눈물이 흘렀다. 일흔을 넘긴 고운 외모의 할머니 손에는 삽이 들려 있었다. 대성은 와타나베 회장의 손에서 삽을 억지로 빼앗아 땅을 파기 시작했다.

"천광이며 성분이 무엇입니까?"

조선식 매장법을 모르는 일본인이 물었다.

"관을 땅에 묻으려면 적어도 땅을 어른의 키만큼 파야 합네다. 그걸 천광이라고 하디요. 그리고 무덤의 외형을 알아볼 수 있게 성분을 해야 합네다. 사람이 묻혀 있는 곳에 흙을 덮어 박을 엎어놓은 것처럼 둥그렇게 봉분을 만드는 겁네다."

대성은 일본 사람들의 만류를 뿌리치고 땅을 팠다. 대성의 얼굴이며 셔츠가 땀에 젖어 축축했다. 대성이 셔츠를 벗어 던졌다. 그의 팔뚝은 울퉁불퉁 근육질이었다.

"마사고 상이 대성 군을 데려오지 않았으면 오늘 밤새워 땅을 파도 관을 묻지 못할 뻔했어요."

"저는 처음에 대성 군의 부모님이 우리 일본 사람 밑에서 일한 사람이 아니었을까 생각했어요. 근데 전혀 반대 입장에서 일한 분의 아들이라는 사실을 알고 정말 놀랐어요."

"부모님이 무슨 일을 합니까?"

"대성 군의 아버지가 조선독립운동가래요. 아직 귀국하지 않았다고 합니다."

"그래요? 정말 믿기 어려운 사실이네요."

와타나베 회장과 마사고 부인이 대화를 나누고 있는 사이 누군가가 개를 데리고 걸어왔다. 바로 대성이 맏형 용성이었다. 개가 대성이를 보자 낑낑거리며 꼬리를 흔들었다. 대성이도 삽질을 멈추고서 가슴팍으로 기어오르는 풍산개의 목덜미를 껴안았다.

"형님, 내레 여기 온 것 어케 알았시오?"

"와 모르간, 오마니레 네레 일본인 수용소로 리야까 가지러 갔을 거라고 하더니 틀림없구만. 그나저나 너 혼자 구뎅이를 다 파간? 너 좀 쉬라우. 내레 좀 교대하갔어. 긴데 오늘밤엔 깨띠벌기(반딧불)가 한 마리도 찾아오지 않구, 이 쌍놈의 무고(모기) 새끼들만 송화메키

네. 긴데 너 일본 사람 머슴살이에 소실나디(재미 붙이지) 말라우. 이번이 마지막이야.”

"형님, 일본 사람 머슴살이라고 놀리지 말라요. 내레 돕지 않으면 이 사람들 모두 병들어 죽갔는데 어카겠습니까. 우선 사람을 살려 놓고 봐야디요.”

대성은 형에게 삽을 넘겨주고 풍산개와 함께 어둠 속으로 사라졌다.

“대성아, 어데 가네? 대성아, 대성아!”

용성은 어둠 속을 향해 소리쳤지만 모닥불 타는 소리만 타닥타닥 들려왔다.

母傳子傳
모전자전

대성이가 어둠을 밟으면서 대문 안으로 들어섰을 때는 어느덧 새벽 2시가 넘은 시간이었다. 그는 큰방에서 전등불을 켜 놓은 채 잠든 어머니를 흔들어 깨웠다. 그리고는 식구들이 자는데 방해가 되지 않도록 어머니의 귀에 대고 속삭였다. 어머니는 깜짝 놀라며 일어났다. 아들과 벽시계를 번갈아 바라보면서 눈을 비볐다.

"어슴막에 집을 나가서 어드런 일을 하다가 이제 들어오네? 니 큰형 못 만났네?"

"봤시오. 형은 아침에나 들어올 겁네다."

"온몸이 땀에 절었구나. 얼굴은 검덩이 칠을 하구. 야, 날래 씻구 자라우."

"아직 일이 끝나지 않았시오. 오마니, 내래 배가 고파서 왔시오. 강냉이 스무 개만 삶아주시구, 주먹밥두 스무 개만 날래 만들어 달라요."

대성이는 어머니의 손을 잡아당기며 우는 시늉을 했다.

"간식거리로 중국 찐빵을 만들어놨다. 그걸 개지구 가라우."

"날강냉이도 스무 개만 달라요. 모닥불에 구워 먹게…"

"하여간 너는 벨스럽게 구는구나."

대성이는 장지에 빨리 도착하려고 날강냉이와 중국 찐빵이 들어있는 자루를 등에 지고 뛰다시피 했다. 장지에 도착하자 형이 구덩이를 거의 파놓고 쉬고 있었다. 새벽이 가까워지자 날씨가 서늘했다. 대부분의 부녀자들과 노인들은 거의 탈진 상태였다. 대성이 숨을 몰아쉬며 형에게 다가갔다.

"형님, 정말로 미안합네다."

대성이는 등에 지고 온 자루를 땅바닥에 내려 놓았다.

"이건 뭐이가?"

"중국 찐빵이랑 날강냉이를 가지고 왔시오. 모닥불에 구워 먹자요. 시장하디요?"

"대성아, 우리는 한평생 독립을 위해 희생한 아바지의 아들이야. 이 좁은 남시 바닥에서 일본 사람들 무덤 구덩이나 파주구 다닌다는 소문이라도 돌아보라우. 아바지 체면이 뭐이 되갔나. 난 먼저 가갔어."

"형님 말씀이 백번 옳아요. 긴데 나는 여기 남아서 이 사람들을 도와야 합네다."

형이 어둠 속으로 사라져 보이지 않을 때까지 대성은 우두커니 서 있었다. 그는 자루에서 중국 찐빵을 꺼내어 사람들에게 하나씩 돌렸다. 시장한 터라 모두들 환호하며 받았으나 곧바로 입에 넣지는 못했다. 그 먼 길을 달려가서 식량을 마련해온 대성의 한결같은 마음에 감복했기 때문이다.

대성이가 불을 피우려고 하는데 희미한 안개 속에서 어머니와 큰형이 유령처럼 나타났다. 대성은 눈을 비비고 다시 한 번 안개 속을 살폈다. 분명 어머니였다. 어머니는 머리에 무언가를 이고 있었고, 형은 지게를 지고 걸어왔다. 장군처럼 근엄하고 당찬 형님이 지게를 지고 절뚝거리며 걸어오는 모습이 어색하고 우스워 보였다. 부모님의 뜻을 거역한 적이 없는 큰형은 이번에도 어머니가 하자는 대로 고분고분 따랐을 것이다. 어머니는 왼손으로 머리에 얹은 항아리 손잡이를 꽉 잡고 있었고, 바른손으로는 이마에서 흐르는 땀을 연신 훔쳤다. 대성은 울컥해서 어머니한테 한달음에 달려갔다.

"오마니, 오마니! 여기가 어디라고 오십네까?"

대성이는 맨발에 고무신을 신은 어머니의 발등에 얼굴을 묻고 흐느꼈다.

"야, 대성아, 날래 일어나라. 이게 무슨 짓이야. 장부답지 않게."

"오마니 목 상하실라. 날래 일어나서 항아리를 받으라우. 사내답지 않게 울긴 와 울어."

큰형이 부드럽게 꾸짖으며 대성을 일으켜 세웠다. 새벽 한기에 떨고 서 있던 일본인들이 모자의 모습을 보고 눈시울을 적셨다. 마사고 부인이 대성이 어머니 앞으로 조심스레 걸어가 큰절을 하고는 양손을 들어 항아리를 받아 내렸다. 예순은 족히 넘어 보이는 대성 어머니가 무거운 항아리를 머리에 이고 십리 길을 걸어왔다는 사실에 모두 어쩔 줄 몰라 했다. 와타나베 회장을 비롯한 수용소 사람들 모두 대성이 어머니를 향해 허리를 최대한 굽히면서 인사를 건넸다. 대성 어머니가 묵묵히 가벼운 웃음으로 답례했다.

"오마니, 물동이를 담요로 겹쳐 싸구, 이거이 다 무엇입네까?"

"맹물이디, 너한테 멕일 차가운 맹물이야. 이 맹물 먹고 속차리라우."

대성이와 어머니는 평소 농을 자주하는 편이었다. 대성이는 허겁지겁 물동이를 덮어 쌌던 담요를 풀어헤치고 항아리 뚜껑을 열어 보았다. 순간 따뜻한 팥죽 냄새와 함께 김이 모락모락 솟아올랐다.

"오마니, 놋그릇이 상기 남아 있습네까? 팥죽은 동짓날에나 맛볼 수 있잖아요?"

"놋그릇 말이가? 이거 유명한 안성유기다. 니 외할머니께서 사서 보낸 거이야. 왜정 말에 땅속에 묻었던 거이다. 팥죽은 유기에 담아 먹어야 식디 않디. 일본 사람들은 유난히 팥을 좋아하두만. 모찌, 당고, 젠사이, 요깡… 하지만 이건 우리 조선 팥죽이다."

대성 어머니는 유기에 팥죽을 담아서 한 사람씩 나이 순서대로 나눠주었다.

"팥죽은 너무 뜨거우면 맛을 볼 수가 없디요. 또 식으면 걸쭉해져서 맛이 없답니다. 식기 전에 다 드셔야 합네다. 각자 두 그릇씩은 대접할 수 있으니 사양 마시고 드시라요."

대성이 통역을 했다. 와타나베 회장은 대성 어머니의 교양과 예의범절에 가장 놀랐고, 주도면밀한 사람이라는 사실에 은근히 압도당하는 느낌이었다. 더군다나 조선독립운동가의 부인이라면 자기들을 원수로 여겨야 할 텐데 오히려 정성껏 대해주니 몸 둘 바를 몰랐다.

장남 용성이를 앞세우고 대성 어머니는 장지를 나섰다. 수용소 사람들은 먹던 죽그릇을 땅바닥에 놓고 일제히 일어서서 공손히 인사했다. 대성 어머니를 배웅하기 위해 마사고 부인이 뒤따랐다.

"어데까지 따라옵네까? 어서 돌아가세요."

"대성 군과 어머님의 은혜를 영원히 잊지 않겠습니다."

마사고 부인이 울먹이는 목소리로 말했다. 대성 어머니는 그녀의 눈물을 손끝으로 닦아주었다.

"용기 잃지 말고, 건강하시라요."

대성 어머니는 총총걸음을 재촉하여 산비탈을 내려갔다. 인자한 어른의 뒷모습이 시선에서 멀어질 때까지 마사고 부인은 그 자리에서 오래도록 서있었다.

同宿
동숙

대성은 수용소로 갔다. 마사고를 만나기 위해서였다. 장지에서 돌아온 후 그녀의 매무새가 머릿속에서 떠나지 않았다. 수용소는 언제나 그렇듯 을씨년스러웠다. 때마침 수용소 밖에서 뭔가를 골똘히 생각하고 있던 마사고가 대성을 반겼다. 둘은 오누이처럼 다정하게 서로의 안부를 물었다.

"이제부터 누님이라고 불러도 되지요?"

"대성 군이 그렇게 불러준다면 나야 영광이지요. 그나저나 나도 일을 나가야 할 텐데…… 아이를 돌봐줄 사람이 없으니 꼼짝을 못하겠어요."

"안 그래도 오마니한테 마사고 누님의 일자리를 부탁했시오. 매일 이 집 저 집 돌아다니면 힘들지 않네까. 그래서 숙식을 제공해주는 일터를 찾아달라고 했디요."

"그게 가능할까요? 더군다나 나한테는 젖먹이가 달려 있어서 어려울 거예요. 어쨌든 마음만이라도 정말 든든해요."

며칠 후 마사고는 작은 보따리를 들고 이준봉의 집으로 갔다. 대성 어머니가 마련해준 일터였다. 그녀는 예전에 머슴들이 쓰던 사랑채 옆방에 묵기로 했다. 그녀는 말로만 들었던 조선의 온돌방에 처음 들어가 보았다. 아랫목이 따스했다. 방바닥에 등을 대자 긴장과 노동으로 굳었던 온몸이 풀리는 기분이었다. 마사고의 딸 모모고는 대성을 보자 좋아라 반기며 활짝 웃었다. 그가 모모고를 받아 안았다. 온돌방에 잠시 누운 마사고가 어느새 잠이 들어 버렸다. 대성은 모모고를 안고 밖으로 나왔다. 어느새 서쪽 하늘이 붉게 물들었다. 땅거미가 지면서 한 집 두 집 창문에 불이 켜졌다. 싸늘한 냉기가 온몸을 휘감았다. 모모고가 입은 옷을 만져보니 홑것이었다. 기저귀까지 젖어 있었다. 대성은 모모고를 안고 집으로 갔다.

"뉘 집 아이를 안고 오네?"

대성은 마사고의 딸이라고 말하며 아이의 볼에 입맞춤을 했다.

"아이 엄마가 잠들어서 데리고 나왔시오. 오마니, 아이 기저귀가 젖었시오."

대성 어머니는 모모고를 받아 안았다. 아이는 낯가림을 했지만 울지는 않았다.

"이거이 기저귀라고 채웠네? 기저귀가 아니라 걸레디, 걸레."

"대성아, 부엌에서 따뜻한 물을 소랭이에 담아 오라우. 밑을 좀 씻겨야 되갔다."

대성 어머니는 옷장에서 무명 한 필을 꺼내 기저귀를 몇 개 만들었다. 그리고 새것으로 갈아 채웠다. 모모고가 시원한지 생글생글 웃었다. '네가 무슨 죄가 있느냐, 이 가엾은 순둥아' 대성 어머니는 모모고를 끌어안았다.

'기저귀를 만들어 갈아 채워주면서 아이를 가엾어 하는 우리 오마니는 보살이야' 대성은 마음속으로 중얼거렸다. 일본 사람들에게 그토록 멸시 받고도 그들을 조선 사람 대하듯 하는 어머니의 마음 씀씀이가 너무나도 고와 보였다.

마사고가 이준봉의 집에 기거한 지 일주일이 지나자 그녀의 얼굴에 뽀얗게 살이 올랐다. 밥을 양껏 먹을 수 있었기 때문이다. 마사고는 수용소의 일본인들에 비해 풍요로운 생활을 이어가고 있었다. 모녀는 조선 땅에 와서 처음으로 행복한 나날을 보냈다. 엄마의 젖을 충분히 먹어 모모고의 얼굴도 더욱 예뻐졌다. 마사고가 밭일을 할 때는 대성 어머니가 모모고를 돌봐주었다.

한편 대성은 점점 마사고에 대한 그리움으로 잠이 오지 않았다. 그녀를 하루라도 보지 않으면 불안했다. 달이 중천에 떠 있어서 전등불을 켜지 않아도 방안이 환했다. 두 형이 코를 골며 자는 통에 더욱 눈이 감기지 않았다. 억지로 잠을 청할수록 마사고가 눈앞에 아른거렸다. '내가 정신이 똑바로 박힌 놈인가. 내 나이가 지금 몇 살인데 조선 여자도 아닌 일본 여자를 사모하고 있나. 그것도 장교 부인을 흠모하다니⋯⋯ 무슨 운명의 장난이 이처럼 잔혹한가. 그러나 어쩌랴. 마사고를 보지 않으면 미칠 것 같은데⋯⋯ 마음 가는 대로 움직인다면 내 운명이 어떻게 될 것인가' 달빛에 비친 방안의 벽시계는 새벽 두 시가 지나 있었다. 대성은 주섬주섬 옷을 입고 마당으로 나갔다. 방마다 불이 꺼져 있었다. 그는 숨을 죽이고 대문 쪽으로 살금살금 걸어갔다. 그리고 담을 뛰어 넘었다.

마사고는 엎치락뒤치락하면서 잠을 자려고 애썼다. 부모 외에 뜨거운 사랑을 느끼게 해준 것은 대성이 처음이었다. 그는 아직 청년이지만 정신적으로나 육체적으로는 어른이나 다름없었다. 마사고가 눈을 감았다 떴다 하며 대성을 떠올리고 있는데 누군가가 창호지를 가볍게 두드렸다. 그녀는 깜짝 놀라 몸을 움츠렸다. 별안간 두려움이 온몸을 휘감았다.

"납네다! 대성입네다!"

대성이라는 말에 마사고가 후다닥 일어났다. 얼른 전등불을 켜고서 잠갔던 문을 열어주었다. 대성은 신발을 벗어 들고 방안으로 들어왔다. 마사고의 얼굴에 미소가 가득 피어올랐다. 대성은 손가락을 입에 대고 조용히 하라는 신호를 보냈다. 그리고는 전등불의 스위치를 껐다. 달빛 덕분에 서로의 모습과 표정을 흐릿하게나마 볼 수 있었다. 대성은 마사고를 꽉 껴안았다. 그녀도 대성에게 자연스레 몸을 맡겼다. 사방이 고요했다.

"잠이 오지 않아서 달려왔디요."

대성이 마사고의 귀에 대고 조용히 속삭였다.

"나도 무서워서 잠을 못 잤어요."

대성은 마사고를 더욱 힘껏 껴안았다. 몸은 이미 달아오를 대로 달아올랐다.

"대성 군, 잠시라도 눈을 붙여요. 나도 잠을 자야 내일 일을 할 수가 있지요."

한밤중이라서 조그맣게 말을 해도 크게 들렸다. 마사고와 대성의 대화를 방해하는 것은 사랑채 부뚜막에서 울고 있는 귀뚜라미뿐이었다.

"어머니가 아시면 어쩌지? 밤중에 대성이를 받아들인 걸 아시면 노발대발하실 텐데……."

"만약 탄로 나면 잠이 오지 않아서 놀러왔다고 하면 되지요. 그리고 우리는 아무 짓도 하지 않았는데 누가 뭐래요?"

"밤중에 함께 있는 걸 누구한테라도 들켰다간 나는 쫓겨나요. 더군다나 나는 일본 여자잖아요. 일본 관동군 장교 부인이라는 수치스러운 입장을 망각할 수 없어요. 날이 밝기 전에 집으로 돌아가요. 그래야 내일도 무사히 만날 수 있지요."

"삼십 분만 더 있다 가갔시오."

"대성 군이 옆에 있으니 잠이 밀려오네요."

"내가 지켜드릴 테니 어서 자요. 잠이 드는 것을 보면 곧 가디요. 정말입네다."

마사고는 달빛 속에서 희미한 미소를 지어 보였다. 대성의 손을 꼭 잡고 있던 그녀가 가냘프게 코를 골며 잠이 들었다. 대성은 마사고의 풍만한 젖가슴을 만져보고 싶은 충동을 느꼈다. 그는 한 손을 조심스럽게 움직여 그녀의 젖가슴에 올려놓았다. 손이 얼어붙은 것처럼 감각이 마비되고 심장이 터질 것 같았다. 그는 숨도 크게 쉴 수가 없었다. 손만 얼어붙은 것이 아니라 온몸이 굳었다. 대성은 마치 새매 발톱에 잡힌 참새 마냥 꼼짝하지 못했다. 마사고가 깰까봐 겁이 났다. 그러면서도 조금씩 젖가슴을 만졌다. 그녀의 숨소리가 멈춤과 동시에 대성의 손도 움직이지 않았다. 그녀가 대성의 손을 잡았다. 그리고 눈을 감은 채 대성의 얼굴을 살살 쓰다듬었다. 그는 마사고의 젖가슴에 얼굴을 댔다.

"대성 군, 좋아요?"

"솜처럼 포근하고 봄날처럼 따뜻합네다. 마사고 누님의 젖가슴을 베고 이대로 잠들고 싶습네다."

"나도 대성 군이 곁에 있으니까 마음이 편해요. 그런데 한편으론 너무 불안해요. 첫닭이 울기 전에 빨리 집으로 돌아가요."

"우리의 내일을 위해서 돌아가야디요."

대성이 방안에서 나가려는 순간, 마사고가 두 팔 벌려 안아주었다. 그리고 이번에는 그녀가 자신의 얼굴을 대성의 가슴팍에 묻었다. 대성의 목덜미가 뜨겁게 달아올랐다.

文學靑年과 年上의 有夫女
문학청년과 연상의 유부녀

마사고는 뜬눈으로 밤을 새웠다. 부끄러워 차마 얼굴을 들지 못하고 방을 뛰쳐나간 대성의 모습이 끊임없이 밀려왔다. 그녀는 경성에서 결혼식을 올렸다. 남편 아라이 대위는 토요일에만 집에 왔다. 그는 결혼하기 전 여러 여자를 만났기 때문에 신혼 초에만 마사고를 가까이 했다. 결혼생활이 이어지면서부터는 부부 간의 접촉도 거의 없었다. 그는 토요일마다 꼬박꼬박 집에 왔다. 하지만 그것은 가족이 그리워서가 아니라 바람둥이 친구와 경성 신정에 있는 유곽에 가기 위해서였다. 아라이 대위는 친구와 바둑으로 시간을 보내고 저녁이 되면 군복을 말끔히 차려 입고서 유곽으로 갔다. 화려한 여자들에게 정신이 팔려 아내는 거들떠보지 않았다. 조선군사령부에서 만주에 있는 관동군으로 전속된 후에도 유곽에 가는 것이 취미이자 습관이었다. 아내로서 이런 푸대접을 받으면서까지 정조를 지켜야하는가 싶어 눈물로 밤을 지새운 날이 허다했다. 일본이 항복할 무렵 마사고는 조선으로 피난 갈 채비를 하면서 남편에게 믿기지 않는 고백을 들었다.

"마사고, 당신에게 염치가 없구려. 바쁘다는 핑계로 당신을 외롭게 해서 미안하오. 나를 용서하시게. 이제 헤어지면 언제 만날 수 있을지 모르겠소. 만약 내가 전사한다면 오늘밤이 우리의 마지막 추억이 되겠지."

남편은 무뚝뚝한 말투로 이별을 아쉬워했다. 정이 없는 부부의 생활은 언제나 냉골 같고, 주고받는 말은 형식적이고 습관적이다. 식사하세요, 목욕물 데웠습니다, 내의 갈아입으세요, 어서 오세요, 안녕히 다녀오세요…… 평소 마사고가 남편에게 앵무새처럼 떠드는 말들이었다. 남편 또한 그 이상의 말을 듣기 싫어했다. 아내에게 웃음 한 조각 건네지 않는 남편은 그림자에 불과했다.

10월에 접어들자 농촌은 일이 넘쳐 일손이 딸렸다. 벼를 베는 일은 여간 힘들지 않았다. 저녁 늦게 귀가하면 마사고는 피곤해서 곧장 쓰러졌다. 그날의 피곤을 씻어낼 수 있는 명약은 바로 대성이었다. 그러나 일주일이 지나도 그의 모습은 보이지 않았다. 메마른 마사고의 가슴에 항상 넉넉한 웃음을 안겨 주는 대성의 얼굴이 낮이나 밤이나 수시로 떠올랐다. 혹시 그날 밤의 일로 부끄러운지, 아니면 자신을 오해하고 있는지, 마사고는 시간이 갈수록 초조해졌다.

"대성 군이 통 보이질 않네요. 무슨 일이 있는지 알아봐 주시겠어요?"

어쩔 수 없이 마사고는 주인집 막내아들에게 부탁했다. 그는 곧장 대성이네 집으로 갔다. 대성이는 일본인 수용소에 가고 없었다.

"큼바오마니, 대성이레 와 일본인 수용소에 갔시오?"

"이글래 대성이레 바빠. 오늘 아침엔 큰고모네, 작은고모네 할 것 없이 일가 친척집을 다니면서 헌 솜이불을 얻어개지구 수용소에 주고 왔디. 오십 집은 더 다녀야겠다구 기래. 내레 낳지만 벨스러운 아이야."

주인집 막내아들은 다시 일본인 수용소로 갔다. 과연 대성이 수용소 사람들에게 헌 솜이불을 나눠주고 있었다.

"대성이 바쁘구나. 와 우리 집에 안 오네?"

"내레 여기 있는 줄 어케 알았디?"

"그거 알아내는 게 일이가? 야, 이거이 다 얻어온 솜이불이가? 호케 많구나."

"수용소 노인들이 하도 추워서 잠을 자지 못하고 밤새 오들오들 떨다가 날이 샌다구 기래. 긴데 형이 와 여기 왔디?"

"마사고가 좀 아파. 얼굴이 해쓱해. 모모고도 아파서 밤새 보채구 기래. 마사고랑 무어이 불편한 일이 있네?"

"불편할 게 뭐이 있갔어."

대성은 저녁식사를 마친 후 마사고에게 갈까 말까 망설였다. 아무런 이유없이 발길을 끊다가 들르려니 왠지 쑥스러웠다.

"대성아, 강냉이엿 개져다 주구 오라우."

"누구한테요?"

"누군 누구야, 마사고지. 요새는 마사고랑 만나지 않네?"

때마침 어머니가 바구니에 가득 담아준 강냉이 엿을 들고 대성은 마사고를 만나기 위해 집을 나섰다. 마음은 설레었으나 발걸음은 몹시 무거웠다. 채소밭의 무, 배추가 거의 뽑혀서 황량한데 밭고랑에 대성의 시선을 끌어당기는 것이 있었다. 허리를 굽혀 자세히 들여다보니 여자 머리빗이었다. 낯설지 않았다. 마사고의 머리빗이 분명했다. 대성은 머리빗을 주워 바지 주머니에 넣으며 씩 웃었다.

저 멀리 아이를 업은 마사고가 보였다. 두 사람의 시선이 마주쳤다. 그녀는 한 손을 들어 반갑다는 신호를 보냈다. 웃을 때마다 오목하게 흔적을 남기는 그녀의 보조개가 멀리서도 보였다. 마사고는 평소와 다르게 차분히 기다리지 않고 빠른 걸음으로 걸어왔다.

"대성 군, 이게 얼마만이에요. 정말 걱정 많이 했어요."

등에 업힌 모모고가 대성을 보자 두 손으로 날갯짓을 하며 안아 달라고 보챘다.

"아까 밭에서 뭔가를 줍던데 그게 뭐예요?"

대성이 알아 맞혀 보라며 짓궂은 표정을 지었다.

"혹시 내 머리빗 아니에요?"

"어떻게 알았디요?"

"며칠 전 밭에서 무를 뽑을 때 머리빗을 잃어버렸어요. 물소 뿔로 만든 건데 참 예쁘거든요. 대성 군의 어머니가 주신 거라 소중히 여겼는데 그만 잃어버려서 얼마나 속상했는지 몰라요."

대성이는 주머니에서 머리빗을 꺼내 냄새를 맡아 보았다.

"냄새 좋구나. 엄마 냄새인지, 누님 냄새인지 분간이 가질 않네."

마사고에게 머리빗을 건네주면서 대성이 노래하듯 중얼거렸다.

"누님을 못 본 지 일 년도 더 지난 것 같습네다."

대성은 엿을 담은 광주리를 마루에 내려놓고 모모고를 받아 안았다. 모모고는 대성의 품에 안겨 두 다리를 흔들었다.

"예쁜아, 니가 제일 보고 싶었다. 이젠 너를 보러 매일 오갔어."

"내가 조선 땅에 발을 디딘 이래 가장 아름다운 광경을 보고 있어요."

대성은 그게 무슨 뜻인지 몰라 어리둥절했다.

"대성 군이 모모고를 안고 기뻐하는 표정과 대성 군의 가슴에 안겨 행복해하는 모모고의 모습이 참으로 아름다워요."

방에 들어가자마자 대성은 모모고를 안은 채 한 손으로 마사고를 감싸 안았다. 그녀는 대성이 하는 대로 몸을 맡겼다. 그날 밤 두 사람은 모처럼 감미로운 밤을 보내면서 이야기꽃을 피웠다.

"대성 군 주변에는 예쁜 여학생이 많을 텐데 왜 별 볼 일 없는 유부녀를 좋아하는지 도통 모르겠어요. 더구나 나는 일본인이잖아요. 게다가 연상의 유부녀…… 나를 사랑하면 고통이 계속 뒤따를 거예요."

"마사고 누님을 사랑하는데 조건을 따질 수야 없디요. 누님을 사랑하는 것이 죄라서 사람들이 돌을 던진다 해도 나는 누님을 놓지 못하디요. 그게 나의 운명입네다. 비난이 두려워 비굴하게 사랑을 포기하고 싶지 않습네다."

대성이는 심각한 표정으로 말을 이었다.

"내가 누님을 사랑해서 부담스럽습네까?"

"솔직히 처음에는 의아했지만 나도 점점 대성 군에게 빠져들고 있어요. 내 감정을 나도 어쩔 수 없어요. 이것도 내 운명이겠지."

마사고의 얼굴은 오히려 밝아졌다. 속마음을 고스란히 보여줘서 홀가분하다는 표정이었다.

"대성 군은 생각하고 행동하는 것이 어른 같아요. 체격도 그렇고. 사려가 깊은 걸 보면 책을 많이 읽은 것 같은데, 맞아요?"

"싸움을 많이 해서 책과 가까워졌디요."

"그게 무슨 말이에요?"

"학교 다닐 때 싸움을 많이 했습네다. 나를 놀려서요. 선생님과 친구들이 너는 싸움밖에 모르는 놈이라고 욕하고 비웃었디요. 그래서 오기로 책을 많이 읽었습네다."

"재미있는 사연이네요. 주로 어떤 책을 읽었어요?"

"세계문학전집이나 중국 고전을 즐겨 읽었습네다. 일본 소설도 많이 읽었디요. 야마다 비묘의 『무사시노』라는 소설이 감명 깊었습네다. 야스오카 쇼타로의 『나쁜 친구』와 가와바타 야스나리의 『설국』등 현대소설도 수십 권 읽었디요."

"정말 놀라워요. 나는 일본 사람인데도 대성 군처럼 소설을 많이 읽지 못했어요. 대성 군이 조숙한 원인을 이제야 알겠어요. 일본 작가 누구를 가장 좋아해요?"

"가와바타 야스나리 선생이 제일 좋습네다. 그분의 작품을 읽으면 작가의 인격과 사상, 철학 등을 엿볼 수 있디요. 그래서 그분의 작품을 좋아합네다. 『이즈의 무희』를 아주 재미있게 읽었디요."

마사고 부인은 대성에게 다가가 꼭 껴안아 주었다.

"이제는 내 모든 것을 대성 군에게 맡기는 것이 좋겠다고 생각해요. 어떠한 경우라도 나는 대성 군을 피하지 않을 거예요."

마사고가 대성의 손을 꼭 잡아주었다. 그녀는 어느새 후끈 달아올랐다. 여자로서 행복했지만 동시에 수치심도 느꼈다. 대성도 망설이다가 그녀의 포옹을 받아들였다. 이번에는 마사고가 적극적으로 행동했다. 그녀의 입술이 대성의 얼굴을 더듬었다. 황홀한 공간에 갇힌 남녀는 잡다한 상념에서 벗어났다. 국적이 다르든 유부녀든 연하든 어떤 걸림돌도 개의치 않았다. 세상의 잣대를 훌훌 떨쳐버린 남녀의 밤은 뜨겁고 달콤했다.

아버지의 歸國
아버지의 귀국

　　대성의 아버지 이성민이 중국에서 귀국했다. 북조선 임시인민위원회의 지시로 용천군 인민위원회가 대성 아버지에게 모든 편의를 제공해 주었다. 중국 연안(延安)에서 정치 활동을 하다가 귀국한 지인들이 공산당 창건을 위해 함께 활동할 것을 제의하자 이성민이 주저 없이 물리쳤는데, 곰곰 생각해 보니 무조건 반대했다가는 그들이 아무래도 월남 계획을 반대할 것 같았다. 어쩔 수 없이 새해 초 평양에서 만나 다시 논의하자는 내용을 적어 바로 서찰을 보냈다. 한편 1945년 11월 3일에 조만식 선생을 중심으로 조선민주당이, 12월 5일에 선우기성이 앞장 서 평안북도 당부가 결성되었다. 도당부를 정주에 설치하고 오산학교 교장이었던 주기용이 초대 위원장 자리에 올랐다. 한편 조선민주당에서도 이성민을 영입하려고 평양에서 수차례 시도했으나 그는 몸이 아프다는 핑계로 정치 활동에 참여하지 않았다. 그가 중국에서 귀국하자 이씨 문중과 친척들을 비롯한 용천의 유지들이 수시로 들락거렸다. 사람들이 모여 있는 곳에는 '소문'이 약방의 감초처럼 끼어드는 법, 이성민의 귀에도 아들 대성에 대한 소문이 심심찮게 들려왔다.

"대성 오마니, 남시에 떠돌고 있는 소문이 사실이오?"
"무슨 소문 말입네까?"

"막내놈이 일본인 수용소의 집사 노릇을 했다고 들었수다. 우리 부부레 왜놈들한테 받은 고통을 말로 다 표현할 수 없디. 그란데 삼십 육년간 우리를 탄압한 왜놈 수용소에서 막내놈이 일을 거들었다면 님자레 못하도록 말렸어야디."

"헛소문이야요, 일본인 수용소에 식량이 공급되지 않아 다들 굶는다는 말을 듣고 우리 집안 친척들한테서 식량을 걷어서 좀 도와준 것 뿐이야요. 신경쓸 것 하나도 없시오."

아내의 입을 통해 내막을 듣고도 이성민은 화가 풀리지 않았다. 이내 대성을 불러 호되게 다그쳤다. 대성은 그토록 보고 싶었던 아버지한테 만나자마자 꾸중을 들으니 언짢았다.

"일본인 수용소에서 일했다는 소문은 사실이야요. 밥을 굶는 사람들이 불쌍해서 도왔습네다."

"야, 네레 정신이 있는 새끼야? 애비는 왜놈들 때문에 두 번이나 감옥에 갔다 왔디. 내레 왜경한테 고문을 수타 받은 거이 너도 알고 있디?"

대성이 고개를 숙이면서 풀 죽은 목소리로 "예"라고 대꾸했다.

"알고 있으면서도 앞장서서 왜놈을 돕는 네 심뽀는 어케 된 거이야?"

"아바지, 내레 도와준 사람들은 못된 왜놈이 아니라 일본의 양민들입네다."

"그놈이 그놈이디, 뭐이 다른 게 있네? 못된 왜놈이나, 일본의 양민이나 다 왜놈이디. 너 아바지 앞에서 말장난 할래?"

"아니야요, 제 말씀을 들어보시라요. 수용소의 일본 사람들은 병든 노약자, 힘없는 부녀자, 그리고 어린아이들이야요. 인민위원회에서도 배급을 끊었디요. 로스케 새끼들은 조선 사람들이 준 식량마저도 빼앗아 갔디요. 왜놈 돕다가는 맞아 죽는다고 굶는 사람들을 내팡가티고 있었습네다. 이거이 조선 사람들의 인심이었디요."

"야, 알았다. 이자부터는 일본 사람들 일에 앞장 서지 말라우. 독립운동하다 수타 고난을 받은 사람들을 생각해서라도 너는 물러스라우, 알갔네?"

대성 아버지는 아들에게 단단히 주의를 주었다.

"아바지, 저도 한마디 말씀을 올려두 되갔습네까?"

대성 아버지는 눈에 힘을 주며 아들을 똑바로 쳐다봤다.

"전쟁이 일어났을 경우, 군인들은 서로 적군을 많이 죽여서 전과를 올리려고 합네다. 적군을 많이 죽여야만 전쟁에서 항복을 받거나 이길 수 있으니까요. 그러나 전투에서 적군이라도 항복하거나 생포한 포로는 죽이지 않습네다. 와 그런지 아십니까?"

대성 아버지가 물끄러미 아들을 쳐다봤다.

"항복한 포로와 생포한 포로는 더 이상 적군의 전력이 될 수 없기 때문에 전쟁이 끝날 때까지 보호해주는 겁네다. 일본은 패망했디요. 무조건 항복했습네다. 식민통치자들, 전쟁을 일으킨 일본의 군국주의자들은 처벌을 받을 것입네다. 이제 새로운 역사가 열리는 마당에 일본의 노약자, 부녀자, 어린아이들을 병들고 굶어 죽게 방치했다면 우리는 야만이나 다름없디요. 세계의 양심과 지성이 우리를 응징할 겁네다."

"대성이 이놈 말 한 번 잘한다. 니 말이 백번 옳다. 그런 신념을 지키며 살라우. 하지만 아직 시국이 어수선하니 내 동지들의 입장을 생각해서라도 이자부턴 일본 사람들의 일에 적극 나서디 말라우, 알갔네? 당분간은 학교나 잘 다니라우."

"긴데 전 학교에 못 가고 있디요."

"와? 학교레 없네?"

"선천 아니면 정주나 신의주에 가야 다닐 수가 있습네다. 남시와 용천엔 학교가 없디요. 일본 사람들이 허가를 안 해줘서 학교 설립을 못했다고 합네다."

"용천 아이들은 학교도 다니지 말라는 거이가?"

"일본 관청에서는 평안도를 불량한 조선 사람들이 많이 나오는 곳이라 해서 사립학교 인가를 안 해준다고 들었디요."

"왜놈들이야 그렇게 하고도 남디. 정주 오산학교, 선천 신성중학교에서 우리 조선 민족주의자들과 기독교인들이 많이 배출되니 왜놈들이 학교 설립을 방해했갔디."

"저는 방학해서 고향에 왔다가 해방되는 바람에 중국에 못 갔습네다. 여기서 학교에 다니려면 신의주나 선천으로 가야 하는데 편입할 증명서가 없디 않아요. 기래 놀구 지냈습네다. 내년 신학기에는 신의주나 선천으로 보내주시라요."

"북조선에선 학교 갈 생각 말라우. 내년부터는 공산당 세상이 될 거인데 여기서 무슨 학교에 가갔네. 내년에 남으로 가야디. 입 다물고 명심하라우. 알갔디? 친척들을 더 조심하라우."

인간적인 신념은 지키되 당분간 수용소 일에 나서지 말라는 아버지의 분부를 따르느라고 대성은 한동안 발길을 끊었다. 마사고가 눈에 밟혀 가슴이 탔다. 매일 아침 러시아어를 배우러 강습소를 오가는 길에 수용소 앞을 지나갔으나 외면할 수밖에 없었다. 혹여 동네 사람들의 눈에 띄어 아버지 귀에 말이 들어 갈까봐 얼씬거리지 않았다.

"어데 아프네? 밥을 잘 먹던 아이래 밥도 잘 먹지 않고, 얼굴이 핼쑥하디?"

"기래요? 난 일 없시오."

"어머니, 요즘 도련님이 마사고를 보지 못해서 그런 것 같아요. 아버님이 귀국하신 후로는 수용소에 통 가지 못하잖아요. 제가 한 번 다녀올까요?"

모자의 대화를 듣고 있던 형수가 대성이 답답하다는 듯 끼어들었다.

"그래라. 내가 시루떡이라도 좀 해놓갔으니 마사고에게 주구 오라우. 우리 미련쟁이가 마음이 달아올랐는데 병이 날까 겁이 나디."

대성은 어머니와 형수의 대화를 못 들은 척했다. 마침 그날 오후 평양에서 사람이 왔다. 조선민주당의 당수인 조만식 선생이 인편에 서찰을 보내 대성이 아버지를 평양으로 불렀다.

"대성이 오마니, 내레 이번에 평양에 갔다 금세 돌아오지 못할 것 같소. 일이 잘못되면 난 곧장 남으로 먼저 갈 테니 용성 내외와 셋째 만성을 평양으로 보내라요."

"평양서 무슨 일이 일어날 것 같습네까?"

"중국 국민당 정부에서 비밀리에 정보를 줬는데 미·소가 조선 독립을 미루고 신탁통치할 것 같답네다. 또 다시 목숨을 내놓고 싸워야 할 일이 생길 것 같수다."

"남아 있는 가족은 어카구요?"

"내레 용성 내외와 평양을 떠날 때 집으로 기별하갔수다. 인편에 기별이 있으면 안내하는 사람을 따라서 월남하라요."

이성민이 나가고 뒤이어 대성이 들어왔다. 뭔가 조급해 하는 표정이었다. 대성 어머니가 무슨 일이냐며 다그쳐 물었다.

"마사고 누님이 다른 곳으로 갔답네다. 오늘 저녁에 만나기로 했시오."

대성이는 저녁밥이 들어가지 않았다. 오늘 저녁 마사고를 만날 수 있다는 사실에 가슴이 터질 것 같았다. 암만 생각해도 아버지가 들어와 금족령을 내릴까봐 불안하여 밖으로 뛰쳐나갔다. 대성은 아버지와 마주칠까봐 지름길을 피해 먼 길을 돌아 골목길에 들어섰는데 저만치에서 아버지와 고모부가 걸어오고 있었다. 가슴이 철렁 내려앉았다. 하필이면 아버지가 평소 다니지 않는 길로 돌아오다니. 대성이는 당황하여 대문이 열려 있는 집으로 잽싸게 몸을 숨겼다. 그때 밥을 먹고 있던 개가 날카로운 이빨을 세우고 으르렁거렸다. 아버지가 빨리 지나가지 않아 가슴이 점점 콩알만 해졌다. 해가 뉘엿뉘엿 지는 시간에 남의 집에 숨어들어 잘못하다가는 도둑놈으로 몰릴 판이었다. 그 순간 개가 대성이를 향해 사납게 달려들었다. 개는 대성이의 종아리를 힘껏 물었다. 비명소리가 사방에 울려 퍼졌다. 대성이는 무술을 연마한 몸이라 반사적으로 오른손의 둘째 손가락과 셋째 손가락을 빳빳이 세워 개의 눈을 정통으로 찔렀다. 개는 머리를 사방으로 흔들어대며 고통스러워했다. 대성은 틈을 놓치지 않고 개의 목덜미를 발로 걷어찼다. 저만치 나가떨어진 개가 하늘을 향해 허우적거렸다. 다행히 아버지와 고모부의 모습은 보이지 않았다. 약속 시간이 빠듯했다. '조금 있으면 마사고 상을 만난다. 마사고, 마사고……' 흥분과 긴장으로 몸이 뜨거워진 대성은 한 마리 독수리처럼 훨훨 날아갔다.

깊어가는 사랑 다가오는 이별

마사고는 개한테 물리면서까지 자기에게 달려온 순수하고 착한 청년을 남겨두고 머지않아 일본으로 가야 한다는 사실에 가슴이 저렸다. 따뜻하게 안아주는 것 말고는 당장 할 수 있는 일이 없었다.

"누님 품에 안겨 있으면 이게 천국이지 싶다가도 어쩐지 친누나를 범하는 것 같은 착각이 들어 죄의식에 사로잡힙네다. 누님도 나처럼 느껴지나요?"

"절대로 그렇지 않아요. 우리가 결혼하려는 건 아니잖아요? 내가 대성이를 사랑하는 것은 지극히 자연스럽고, 누가 막을 수도 없고, 막을 권리를 가진 사람도 없어요."

두 사람은 이불 속으로 들어갔다. 한동안 말없이 천장을 바라보았다. 방안의 공기가 무겁게 느껴졌다. 대성이 이불 속에서 마사고의 손을 잡았다.

"누님한테서 풍기는 젖 냄새가 참 좋습네다. 언제나 누님의 품에 안겨 있고 싶디요. 누님이 칠 년만 늦게 조선 땅에 태어났으면 내가 마음 놓고 누님 곁에서 지낼 수 있었을 텐데. 너무 일찍 태어났디요······."

대성에게 마사고는 첫사랑이었다. 그녀의 몸매는 탄력있으면서 비단처럼 보드라웠다. 그 풍만한 몸매에 대성은 숨이 막혔다. 마사고는 대성의 순정을 받아줘야 한다고 다짐했다. 지금 이 순간 대성을 거부한다면 마음에 큰 상처가 생길 터였다. 대성의 몸은 불덩이처럼 달구어져 있었다. 그는 사랑하는 여자의 몸으로 성급히 파고들었으나 마사고가 여유를 가지라며 다독거렸다.

"너무 조급하게 굴지 말아요."

마사고는 흥분으로 숨을 거칠게 내쉬는 대성의 귀에 대고 속삭였다. 그녀는 달콤한 말로 대성을 이끌었다. 성적 쾌락을 맛보기 전까지 마사고는 대성의 사랑을 그저 청년의 순수한 마음으로만 생각했다. 그런데 대성과 몸을 섞으니 그동안 여자로서 느끼지 못한 황홀한 감정이 자욱한 안개처럼 온몸을 휘감았다. 두 사람은 사랑의 속도를 늦추지 않았다. 그들은 처음으로 서로에게 반말을 써가며 사랑을 나눴다.

"누님은 참으로 아름답습네다. 내가 범해서는 안 될 조물주의 조형물에 상처를 입힌 것 같습네다."

대성이는 흥분을 가라앉히고 마사고의 젖가슴에 이불을 덮어주었다

"조선 사람들은 일본 사람들을 미워하고 싫어하는데 대성은 어째서 나를 사랑하지? 그것도 유부녀인 나를……."

"사실 우리 부모님은 일본 사람한테 많은 시달림을 받았습네다. 나도 그렇디요. 하지만 반대로 조선 사람을 위해서 착한 일을 한 일

본인도 있디요. 그러니 선악을 구별해서 사람을 대해야 합네다."

마사고는 붙박이장 서랍에서 종이 한 장을 꺼내 보여주었다. 등사판으로 인쇄된 글이었다. 일본인 제 1수용소 와타나베 회장의 명의로 보낸 통지문이었다. 수용소에 있는 일본인 전원은 금년 말 평양으로 집결한 후 원산에서 승선하여 귀국하니 현재 위치에서 이탈하지 말라는 내용이었다.

"앞이 캄캄합네다. 이렇게 빨리 귀환하다니……."

대성은 땅이 꺼지도록 깊은 한숨을 쉬었다.

"미안해. 진작 통지서가 나왔는데 보여줄 수가 없었어."

"삼팔선 넘어서 경성을 통해 일본으로 보내지 않고……."

"하필이면 엄동설한에 서두르는 이유를 모르겠네."

"그야 뻔하지요. 겨울에는 소련의 항구가 대부분 얼어붙으니까 짐을 운반할 수 없는 겨울에 귀환시키려는 거디요."

마사고가 잠시 숨을 고른 다음 조심스레 물었다.

"오늘밤 집에 들어가야 해?"

"오늘은 어쩔 수 없이 들어가야 합네다. 내일 아버지가 평양에 가신다고 해서요."

대성은 그녀의 부축을 받으며 마지못해 몸을 일으켰다. 그리고 서로 얼싸 안았다.

"이렇게 한없이 시간이 흘러가다 그냥 죽어버렸으면……."

대성은 마사고의 귀에 대고 중얼거렸다. 그는 마사고의 손을 뿌리치고 절룩거리며 어둠속으로 사라졌다.

대성이 아버지와 맏형 내외는 서울에 무사히 도착하고, 셋째 형은 조만식 선생의 사업을 돕기 위해 평양으로 떠났으며, 넷째 형은 소련 유학을 가겠다고 신의주로 가버렸다. 결국 집에는 대성이와 둘째 형, 어머니, 이렇게 세 식구만 남았다.

수용소의 환경은 하루가 다르게 열악해졌다. 그새 여러 노인이 죽었고 아이들은 폐렴에 걸려 고통스러워했다.

"오마니, 마사고 누님을 수용소에 그냥 놔둘 수는 없시오."

"놔둘 수 없다면 우리집에 데리고 오자 이거야?"

"이대로 두면 모모고도 폐렴에 걸려서 죽습네다."

"동네 사람들 눈도 있고, 매일같이 친척들이 출입하는데 어케 일본 여자를 여기 두갔네. 내레 다른 일로는 니 말을 따랐디. 긴데 집에 일본 사람을 두는 거, 나는 못하갔다."

"고럼 내레 집을 나가야디요. 이렇게 추운 날씨에 어케 냉바닥에서 자라고 합네까? 차라리 함께 나가 굶어 죽든지 얼어 죽는 편이 낫디요."

대성은 울면서 집 나갈 채비를 했다. 대성 어머니는 깜짝 놀라 호되게 야단치면서도 어쩔 수 없이 아들의 간청을 들어주었다. 그 길로 대성 어머니는 일본인 수용소에 가서 마사고 모녀를 데리고 왔다. 추위에 얼굴이 얼어붙은 마사고는 흐르는 눈물을 어쩌지 못했다. 벅찬 감정을 토로하고 싶어도 독립운동가 집에 머물고 있기 때문에 일본말을 내뱉을 수가 없었다. 그녀는 온종일 숨을 죽인 채 입을 다물고 살았다. 대성의 집에는 사람의 발길이 끊일 날이 없었다. 덕성스럽고 인심이 후한 대성 어머니를 이웃뿐만 아니라 일가친척들이 따랐다

"바깥채에 못 보던 여자가 있던데 누구라요?"

"내 큰아들 친구의 각시야. 남편이 어딜 가서 잠시 우리 집에 있기로 했디."

"얼굴이 무척 곱습네다."

마사고는 하루 대부분의 시간을 자기 방에서만 보냈다. 대성과 이야기를 나누고 싶어도 눈치가 보여서 꾹 참았다. 대성도 마찬가지였다. 불난 호떡집 쥐새끼 마냥 하릴 없이 집 안을 들락날락할 뿐이었다.

"대성아, 너 나 좀 보자우. 너 와 그래? 남이 흉본다, 벨나게 굴지 말라우. 혹시 너 마사고랑 무슨 일 있었네? 에미 눈은 못 속이디. 대성아, 바른 대로 말하라우. 매사 일이 작을 때 해결하면 쉬워도 커디면 수습하기 곤란해지디."

"아무 일 없시오. 날 믿으라요!"

"이 세상에 에미 말구 너를 믿는 사람이 누가 있네? 없으면 말해 보라우. 이 에미는 니 친구보다도 너를 더 사랑하디. 니가 무슨 말을 해도 나는 너를 이해하갔어."

"오마니, 혹시 만에 하나 마사고 누님이 내 아이를 가졌다면 어

케하나요?"

"뭐? 어케 그리 흉한 농담을 하냐. 누가 들을까 무섭다. 니 정말 무슨 일 있네? 저번에 살을 맞댔다는 것이 그런 뜻이었네? 응?"

"살을 맞댄 건 사실이야요. 하지만 임신은 내 추측이라요."

"네레 사람새끼야? 이 에미가 너를 믿은 거이 큰 잘못이디. 아이고, 어케 이 일을 수습하갔네. 너야 철없는 아이라지만, 마사고가 정신 있는 계집이가?"

다음 날 대성 어머니는 마사고를 불러 앉혀 놓고 심각한 대화를 나눴다. 수용소에 있는 동안 조선말을 조금씩 배워서 마사고는 가벼운 대화를 나눌 수 있었다. 마사고는 대성과의 관계에 대해 실토했으나 임신 가능성에 대해서는 부정했다. 대성 어머니에게 비밀을 털어놓으니까 마음이 한결 가벼워졌다.

"어머니한테 왜 우리 관계를 얘기했어. 내 입장도 생각해야지. 누가 임신했다고 그래. 정말 부끄럽고 죄송스러워서 얼굴을 들지 못하겠더라. 난 내일 수용소로 돌아갈게. 어머니 말씀이 대성이도 해가 바뀌면 남으로 가야 한다고 하던데."

"남으로 가야지요. 마사고 누님도 함께 가요."

"그건 말도 안 돼. 나는 일본으로 돌아가야 해."

마사고가 단호히 대꾸하며 자리를 떴다.

아버지의 직업

　　　　대성은 어릴 때 아버지를 두 번 만나본 적이 있었다. 한 번은 경성에서 봤는데 밤에 왔다가 이른 새벽에 집을 떠났기 때문에 기억이 흐리마리하다. 또 한 번은 만주의 반석이라는 곳에서 잠시 만났다. 하지만 만남의 시간이 워낙 짧았고 무엇보다 무뚝뚝한 아버지의 첫인상에 실망하고 말았다.

"여보, 야레 막내 대성이오?"

"예, 장난이 좀 심합네다. 대성아, 아버지께 큰절 올려라."

　말로 듣고 사진으로만 봤기에 무척 그리워하던 아버지였다. 다른 친구들 아버지처럼 용돈을 주며 안아줄 거라고 기대했는데 그러기는커녕 손 한 번 잡아주지 않았다.

"대성이레 장인어른을 많이 닮았구만."

　아버지가 처음으로 한 말은 이것이 전부였다. 대성은 자기에게 무슨 말을 건네겠지 하고 아버지의 입을 뚫어지게 쳐다봤다. 그러나 아버지의 말문은 계속 닫혀 있었다. 오매불망 아버지를 그리던 대성의 마음에 먹구름이 끼었다. 대성이는 방에서 나오면서 아버지 신발 한 짝을 냅다 발로 찼다.

　대성은 엄연히 아버지가 살아 있는데도 아버지 없는 아이로 취급 받았다. 그는 어려서부터 아버지에 대해서는 어떤 말도 하지 말라는 교육을 어머니한테 철저히 받았다. 선생님들이 아버지에 대해 집요하게 물었다. 특히 김덕건이라는 담임을 만난 후로는 하루도 편할 날이 없었다. 그는 창씨개명이 정식으로 시행되지 않았는데도 자신을 가네모토 선생이라고 부르라고 했다. 그러나 대성은 말을 듣지 않았다. 담임이 으름장을 놓고 매질해도 대성은 가네모토 선생이라고 부르지 않았다.

"이 자식아, 다들 나를 가네모토 선생이라고 부르는데 너만 유독 엇나가는 이유가 무엇이냐?"

"출석부 표지에 선생님 이름이 '김덕건'이라고 한자로 써 있어서 그대로 부를 따름입네다."

"그래도 내가 가네모토 선생이라고 부르라면 불러야지, 이 나쁜 새끼야."

"선생님은 왜 저를 '만슈진'이라고 부릅네까? 선생님이 그러니까 아이들도 저를 만슈진이라고 부릅네다. 저는 엄연히 조선인이니 '리대성'이라고 불러달라요."

"이놈아 니가 왜 조선인이야? 우리는 전부 일본 사람이 되었다. 조선 사람이라고 하면 그냥 놔두지 않겠어, 알겠는가?"

대성은 더 이상 대꾸하지 않았다. 가네모토 선생이 빨리 나가라며 고함을 질렀다. 다음날 수업 시간에 가네모토 선생은 여러 학생들 앞에서 대성의 아버지 직업을 물었다. 대성은 공연히 주눅이 들었다. 학우들의 시선을 한몸에 받고 있는 대성의 얼굴이 홍당무처럼 붉어졌다.

"니가 아버지의 직업을 모른다면 니 어머니는 알겠군?"

아버지는 독립운동가이며 현재 경성 마포형무소에 수감되어 있다는 사실을 알고 있었지만 대성이는 평소 어머니의 뜻대로 입을 열지 않았다. 대성은 가네모토 선생이 성질이 고약하고 자기를 미워하는 것을 잘 알고 있었다. 때문에 그에 대한 분노가 항상 가슴 속에서 끓고 있었다. 가네모토 선생은 대성에게 교탁 앞으로 나오라고 명령했다.

"대성 군, 고개를 들고 학생들의 얼굴을 잘 봐라. 학생 여러분, 대성 군의 입이 있나 없나 자세히 봐라. 입이 있다고 생각하는 학생들은 손을 들어라."

신이 나서 손을 드는 학생, 재미있다고 깔깔거리는 학생, 심지어 어떤 학생은 혀를 내밀면서 놀리기도 했다. 대성을 따르는 몇몇 학생만 억지로 손을 드는 시늉을 했다. 가네모토 선생은 교단에서 내려와 대성이의 귀를 한 손으로 잡고 다른 한 손으로 뺨을 후려갈겼다. 뺨 때리는 소리가 어찌나 큰지 깜짝 놀라는 학생도 있었다. 담이 약한 아이는 눈을 감고서 벌벌 떨고 있었다. 대성과 절친한 친구들은 그가 까닭 없이 매 맞는 모습을 똑바로 쳐다보며 분을 삼키고 있었다.

대성은 더 때려도 좋다는 듯 눈을 감고서 꼿꼿이 서 있었다.

"고집 부리지 말고 나에게 사과해라."

가네모토 선생이 뻐드렁니가 보이도록 히죽 웃으며 대성을 타일렀다.

"저는 선생님께 사과할 일이 없습네다. 아버지의 직업을 몰라서 대답을 못했을 뿐입네다."

"좋다, 그러면 내일 어머니더러 학교에 오시라고 해라. 오전 중에 꼭! 그리고 너는 오늘 수업이 끝나고 교직원 전원과 학생들이 다 귀가할 때까지 교실 밖에 나가면 안 된다. 내가 집에 가도 좋다는 허락이 있기 전에는 교실에 남아 있어야 해, 알겠나?"

가네모토 선생은 냉혈인간이었다. 오로지 돈과 선물을 자주 챙겨주는 학부모의 자식들만 감싸고돌았다. 대성에게 학교는 지옥 그 자체였다. 대성을 괴롭히는 일에 재미를 붙인 사람처럼 가네모토 선생이 툭하면 시비를 걸었기 때문이다. 고양이가 쥐를 잡으면 한참 동안 데리고 놀다가 잡아먹듯 가네모토 선생도 그랬다.

대성은 아버지를 혹독하게 고문하는 고등계 형사들 대부분이 조선 사람이라는 사실을 어머니한테 들었다. 황국신민화 교육에 열을 올리는 것도 가네모토 선생이 단연 적극적이었다.

"대성 군, 오늘 등교할 때 봉안전에 절을 했나? 왜 대답을 못해. 월요일 조회 때마다 교장선생님께서 훈화하시지 않나. 학생들은 한 사람도 빠짐없이 등하교할 때 반드시 봉안전에 큰절을 하라고. 너는 봉안전이 누구를 모신 곳인지 알고 있나?"

"모릅네다."

"왜 몰라?"

"제가 만주에서 다니던 학교에는 그런 것이 없었습네다."

"이놈아, 무엄하게 그런 것이라니. 봉안전은 천황폐하를 모신 곳이다. 그러니 봉안전을 지나갈 때는 반드시 큰절을 올려야 한다. 오늘은 너희를 작은 벌로 다스리겠다. 다섯 놈은 앞으로 나와."

봉안전에 큰절을 하지 않은 다섯 명의 학생이 나란히 줄을 섰다.

"양 손바닥을 펴서 위를 보게 하고 다들 눈을 감아라. 내가 지시할 때까지 절대로 눈을 떠서는 안 돼, 알았나? 그리고 내가 이름을 부르는 학생들은 삼십 센티 자를 들고 앞으로 나와라."

네 명의 학생이 가네모토 선생 앞에 섰다.

"너희들은 손바닥을 벌리고 있는 학우들을 마주 봐라. 그리고 내가 하는 대로 따라해. 자, 나는 대성이를 마주보겠다. 너희들은 마주보고 있는 학생들의 손바닥을 자로 힘껏 때리면 된다. 단 세 번이다. 내 구령에 맞추어서 행동한다, 알았나?"

매를 맞는 학생들은 불안하여 한쪽 눈을 가늘게 뜨고는 맞은편 학생에게 살살 때려달라고 속삭였다. 자를 들고 있는 네 명의 학생들은 고개를 돌려 가네모토 선생의 동작을 유심히 지켜보고 서 있었다. 가네모토 선생이 자를 어깨 위로 높이 쳐들더니 대성의 손바닥을 내리쳤다. 딱, 하는 소리와 함께 대성의 얼굴이 찌푸려졌다. 다른 학생들은 매질 소리에 일제히 눈을 감았다. 가네모토 선생이 큰 소리로 외쳤다.

"자, 너희들도 나처럼 때려라!"

酷寒의 收容所
혹한의 수용소

대성은 어머니의 협조를 얻어 마침내 마사고를 집으로 데려왔다. 이제야 마음이 놓였다. 2월로 접어들면서 남시의 날씨는 매우 사나워졌다. 밤에는 기온이 평균 영하 25도 이하로 내려갔다. 대성은 일본인 수용소를 둘러보고 깜짝 놀랐다.

'이거이 사람 살라고 해놓은 수용소인가?' 인민위원회가 수용소의 일본인들을 굶어 죽거나 얼어 죽게 하려고 일부러 방치한 것 같았다. 수용소에서는 누워서 자는 사람이 없었다. 대개의 일본인들이 앉아서 잠을 잤다. 어린아이들을 한가운데 뉘고, 노인들은 이불을 뒤집어쓰고 앉아서 잠을 청했다. 부녀자들은 팔을 끼고 원을 형성하여 눈을 붙이고 있었다. 난로에는 불씨 하나 없었다. 사람이 모여 있는데도 수용소는 허허벌판 같았다. 대성은 집으로 달려가 장작을 실어 날랐다. 그는 두 개의 난로에 관솔을 먼저 넣고 불을 피운 다음 장작을 넣어 잘 타도록 부채질했다. 제대로 먹지도 입지도 못한 수용소 사람들은 대성을 도와줄 힘이 없었다. 난로에서는 장작 타는 소리가 요란하게 들렸다. 장작은 활활 잘도 탔다. 한꺼번에 장작을 나를 수 없었기에 대성은 그 일을 늦게까지 했다. 새벽 세시쯤 마침내 일이 끝났다. 대성은 귀가해서 마사고 방으로 갔다. 모녀가 깊은 잠에 빠져 있었다. 대성은 이불 속으로 살금살금 들어갔다. 그리고 마사고의 젖가슴을 살살 만졌다. 젖가슴의 온기에 금세 추위가 풀렸다. 마사고가 잠에서 깰까봐 그는 사랑하는 여자의 젖가슴을 병아리 만지듯 조심스럽게 다뤘다.

"어디 다녀왔어? 어머니한테 들키면 어쩌려고 그래. 빨리 자기 방으로 돌아가요."

마사고가 대성의 귀에 대고 명주실 같은 가느다란 목소리로 속삭였다. 대성이 수용소에 다녀왔다고 말하자 그녀의 눈이 커졌다.

"난로에 불을 피워주고 왔디요. 수용소가 꽝꽝 얼어붙었시오."

마사고는 대성의 얼어붙은 손을 양다리 사이에 넣고 녹여주었다.

대성 어머니는 아침에 일어나 마당에 쌓아둔 장작이 없어진 것을 보고 깜짝 놀랐다. 대성은 어머니의 잔소리에 눈을 떴으나 이불을 뒤집어쓰고 자는 척했다.

"수용소에 개져다 주었으면 개져다 주었다고 말할 노릇이디 와 말을 못하고 자는 척하디. 우리 집 부엌 아궁이에 땔감이 없다. 우리 두 생활비가 들창났어."

한파가 이어지자 일본인 수용소에서는 또 한 사람이 이승을 떴다. 조선 사람들은 누구 하나 일본인들을 도와주지 않았다.

제일 먼저 마을을 등진 건 교인이었다. 병원의 의사들도 죄다 남으로 내려갔다. 목사와 권사, 집사 등 교회의 직분이 있는 사람들은 거의 약속이나 한 듯 뿔뿔이 흩어졌다. 운명을 다한 일본인들은 덮고 자던 담요로 둘둘 싸여 땅에 묻혔다. 땅바닥이 얼어서 삽이나 곡괭이로는 땅을 팔 수가 없었다. 일본인들은 한밤중에 남시 밖으로 나가 일본인 공동묘지에 돌을 쌓아 무덤을 만들었다. 대성은 수용소의 죽음을 접할 때마다 함께 움직이며 일손을 덜어주었다. 수용소의 일본인들은 뜨물 같은 옥수수 죽을 먹으며 일했다. 반찬은 소금에 절인 시래기가 전부였다.

"와타나베 회장이 평소에 대성 군을 많이 칭찬하고 좋아했는데 오늘을 넘기기가 힘들 겁니다."

대성이는 와타나베 회장이 누워 있는 곳으로 다가갔다. 수용소의 실내가 마치 냉동창고 같았다.

"와타나베 할머니! 건강하게 지내시다가 귀국하셔야 합네다."

대성은 와타나베 회장의 손을 쓰다듬었다. 싸늘했다. 그녀의 손을 비벼주자 온기가 살아나는 것 같았다. 혼수상태에서 가쁜 숨을 몰아쉬던 와타나베 회장은 힘없이 실눈을 뜨고는 고개를 몇 번 흔들었다. 그녀는 무슨 말을 하려는 듯 입술을 움직였으나 결국 눈을 감았다.

"와타나베 할머니! 수용소 사람들은 제가 끝까지 보살필 테니 걱정하시 마세요."

대성은 회장의 가슴에 얼굴을 묻으며 서럽게 울었다.

다음날 대성은 지게를 빌려왔다. 지게 위에 널빤지를 올려놓고 와타나베 회장의 시신을 실었다. 장지에 갈 수 있는 사람이 없었다. 모두 독감에 걸렸기 때문이다. 대성은 지게를 지고 한손에 삽을 들었다. 마사고는 장작을 들고서 손등으로 눈물을 훔치며 뒤따랐다.

"지게가 무겁지 않아?"

"무겁지 않아요. 설령 무거워도 메고 가야디요. 나를 사랑해준 분에게 마지막으로 해줄 수 있는 일이니까요."

워낙 날이 추워서 들에는 아무도 없었다. 어디서 날아온 까마귀 수십 마리가 먹이를 찾느라 밭고랑을 헤집고 있었다. 대성이 장작불을 피웠다. 주위가 금세 따뜻해졌다. 대성은 근방에서 나뭇가지를 수북이 긁어모았다.

"누님 주려고 감자랑 주먹밥을 가지고 왔시오. 눈을 녹여 마시려고 양재기도 챙겼디요. 누님, 모닥불을 좀 더 피우면 얼어붙은 땅이 녹아서 삽질하기가 쉬울 겁네다. 땅속은 깊이 얼지 않디요. 여우나 너구리가 와타나베 할머니의 시신을 해치지 못하도록 땅을 깊이 파서 무덤을 제대로 만들갔시오."

"와타나베 회장님은 대성이 때문에 눈을 편히 감으실 거야. 그나저나 난 곧 일본으로 돌아갈 것 같은데 그럼 우리는 이제 어떻게 되는 거지?"

"무슨 얘기 들었시오?"

"어제 수용소에 갔다가 인민위원회에서 보낸 공문을 봤어. 2월 말경 이곳을 떠날 계획인가 봐."

"누님과 헤어지면 다시 못 만날까봐 겁납네다. 추울 때 38선을 넘어야 한다고 했시오. 그래서 지금 우리 오마니가 방한복을 만들고 있디요. 마사고 누님과 모모고의 방한복도 거의 다 만들었다고 하던데……"

모닥불의 온기로 얼어붙었던 땅에서 김이 무럭무럭 피어오르자 대성이 삽으로 땅을 꾹꾹 찔러보았다.

"누님, 지금은 땅을 파는 게 중요하디요. 모닥불 때문에 땅이 부드러워졌습네다. 이제부터 와타나베 할머니를 위해 땀을 흘려보갔시오. 와타나베 할머니의 무덤을 내가 만들어서 기쁩네다."

대성은 본격적으로 삽질을 했다. 그는 쉬지 않고 땅을 팠다. 입에서 김이 하얗게 퍼져 나왔다.

두 시간쯤 지나자 와타나베 회장의 무덤이 완성되었다. 모닥불이 다 타버려 온몸을 적신 땀이 식는 바람에 대성은 추위에 떨었다. 두 사람은 빠른 걸음으로 산을 내려와 집에 닿았다. 대성은 집에 들어가 방에 눕자마자 온몸에서 열이 나기 시작했다. 그는 고열에 헛소리를 해대며 고통스러워했다. 대성 어머니와 마사고가 밤새 번갈아가며 간호한 덕분에 열이 내려갔다.

"마사고, 밤새 고생했시오. 우리 대성이레 이제껏 감기 한 번 걸리지 않은 아이인데 땅 파는 게 호케 힘들었던 모양이야. 그리고 이거 햇솜을 넣어서 만든 속옷이야. 재봉틀로 잘 누벼서 만든 옷이라 솜이 뭉개지지는 않을거야. 이건 아이 옷이니 챙겨 입히라구."

"친정어머니라도 이렇게 따뜻하게 대해주지는 못할 거예요. 대성 어머님의 자비에 우리 일본인들은 감복하고 반성하고 있어요. 이 은혜는 언젠가 꼭 갚겠습니다."

마사고가 누비 속옷을 품에 안고서 떨리는 목소리로 말했다.

대성은 미음과 죽으로 사흘을 견디면서 독감을 이겨냈다. 불덩이같이 달아올랐던 몸이 원래의 모습을 되찾자 마사고의 얼굴이 한눈에 들어왔다.

作別
작별

이럭저럭 2월 중순이 지났다. 수용소의 일본인들이 이틀 후에 평양으로 이동한다는 소식이 날아왔다. 대성도 마사고도 당황했다. 그녀는 수용소에 다녀온 즉시 짐을 꾸리기 시작했다. 짐이라야 보따리 하나였다. 이불은 각자 들고 가야 한다고 해서 대성 어머니가 새로 지은 솜이불을 마련해주었다. 떠나기 전날 대성 어머니는 찹쌀밥에 팥을 얹었다. 마사고가 제일 좋아하는 팥밥이었다. 국은 된장을 풀어서 동태국을 끓였다. 무 대신 감자를 넣어 더욱 구수한 맛이 났다. 그동안 생활비를 아끼느라고 소고기를 구경 못한 지도 한 달이 넘었다. 고기 굽는 냄새가 진동했다.

"대성의 마음을 영원히 잊을 수 없어. 어머니의 은혜는 우리들의 생명줄이었어. 대성과 어머니의 사랑은 삶을 포기하고 싶었던 수용소 일본인들을 오뚝이처럼 일어서게 했어."

목이 메이고 눈물이 앞을 가려서 마사고가 말을 잇지 못했다. 모모고는 대성 어머니 등에 업혀 깊은 잠에 빠져 있었다.

"안방으로 좀 오라우. 내레 줄 거이 있어서 기래."

마사고가 다소곳이 앉자 대성 어머니가 큰 보따리를 풀어 보여주었다.

"이건 털실로 짠 목도리이고, 이건 마른 작은 새우야. 배 안에서 식량이 부족하면 도움이 되갔디. 그리고 이건 기름에 튀겨 말린 고구마야. 이 단지 안에 들어 있는 거이 청밀이디. 모모고가 배고파서 보채면 한 수저씩 따뜻한 물에 타 먹이라우. 그리고 요거이 육포, 어포, 미숫가루야. 물에 타 먹을 때 벌거지가 있나 살피라우."

대성 어머니가 꼼꼼히 마련한 먹을거리를 보고 마사고는 그저 눈물만 흘렸다. '눈물'은 마사고의 언어나 다름없었다. 대성 어머니는 그런 마사고를 힘껏 껴안아 주었다.

"대성아, 저 검은 보자기에 싼 누룽지도 가져오라우."

"오마니, 고만 하라우."

"고만 하라니. 애써 만든 거이야. 긴데 마사고가 남편 없이 귀국하게 되어서 마음이 아파. 우리가 서로 갈 길이 다르지만 언젠가는 꼭 만날 수 있을기야."

자정이 넘어서야 식구들은 잠자리에 들었다. 대성은 방을 빠져나와 마사고를 만나러 갔다. 방은 외풍이 심했다. 마사고가 이불 속에 코를 박고 있었다.

"잠이 오지 않아서 왔시요. 오늘밤이 지나면 누님은 떠나는데 우리가 또 언제 만날 수 있을까요."

"대성이가 여기 와 있는 것을 알면 어머님이 얼마나 실망하겠어. 나를 봐서라도 어서 나가."

"그럼 우리는 언제 만나디요? 시간이 없잖습네까. 내일이면 떠날 사람하고 밤새워 말도 못합네까?"

"어머님이 떠나는 날까지 온 정성을 기울여 주셨어. 평생을 갚아도 다 갚지 못할 은혜를 입고 떠나. 내가 결혼하기 전에 대성을 만나 사랑을 하고 결혼해서 살았으면 얼마나 행복했을까 하는 생각을 수시로 떠올려봤어."

첫닭이 울 때까지 마사고와 대성은 이불 속에서 뜬눈으로 밤을 보냈다.

수용소 앞에 일본인들이 모여 있었다. 제대로 먹지 못해 뼈만 앙

상하게 남아 있는 모습이었다. 바람만 불어도 쓰러질 것 같았다. 그동안 저승으로 떠난 사람이 많아서 수용소 식구가 단출했다. 겨울 날씨가 유난히 매서웠다. 추위에 벌벌 떨고 있는 노인들과 아이들이 불쌍해서 대성은 그 자리에 더 이상 머물러 있을 수가 없었다. 그들이 대성을 발견하고는 힘없이 웃었고, 몇몇 사람은 그에게 다가와 그동안 베풀어줘 거듭 감사하다는 인사를 건넸다.

용천군 인민위원회에서 나온 일꾼들이 일본인들에게 주먹밥을 돌렸다. 간밤에 만들었는지 꽝꽝 얼어 있었다. 일본인들은 손이 시린지 주먹밥을 제대로 들지 못하고 보따리 속에 쑤셔 넣었다. 걷기가 어려운 노약자와 병자들을 위해 소달구지가 여러 대 동원되었다. 소들의 입과 코에서는 새하얀 콧김이 새어나왔다. 소련 장교와 총을 멘 보안대원들이 인원을 확인했고, 완장을 두른 사람의 지시에 따라 일본인들은 남시 정거장을 향해 발걸음을 옮겼다. 걸어간다기보다는 발을 질질 끌고 가는 모습이었다. 마사고는 모모고를 업고 대성에게 다가왔다. 그녀의 눈은 충혈 되어 있었다. 눈물이 가득해서 눈동자도 제대로 보이지 않았다.

"어머니가 만들어주신 방한모와 벙어리장갑이 아주 따뜻해. 울지 마, 우리 희망을 갖고 살자. 나는 대성이를 절대 잊지 않을 거야. 잊을 수도 없고, 잊히지도 않을 거야, 내가 죽어서도."

대성은 가슴 밑바닥에서 치밀어 오르는 설움을 억누를 수가 없었다. 마사고가 장갑을 벗고 대성에게 손을 내밀었다.

"누님이 일본에 도착하기 전에 나는 38선을 넘어서 경성에 가 있을지도 모릅네다. 도착하면 어떻게든 누님한테 연락하갔시오."

마사고의 모습이 멀어져갔다. 대성이 어서 가라고 손짓했다. 서로의 모습을 알아볼 수 없을 정도로 멀어졌을 때 두 사람은 마지막으로 손을 흔들었다. 어느 순간 마사고의 고운 자태가 사라졌다. 북받치는 감정을 억누를 수가 없어 대성은 달렸다. 길모퉁이를 돌아서자 완장을 두른 남자가 빨리 걸으라고 일본인들을 재촉하고 있었다. 대성은 감시 요원 때문에 더 이상 마사고에게 다가갈 수 없었다. 일본인들이 기차역으로 줄지어 들어갔다. 소련군 장교와 인민위원회에서 나온 요원이 서류를 들고 일본인들을 호명하며 일일이 신분을 확인했다. 두 개의 객차에 화물차가 연결되어 있었고, 기관차는 짐승처럼 연기와 수증기를 내뿜고 있었다.

"기차가 몇 시에 출발합네까?"

대성이 정거장 울타리 밖에 서 있는 역무원에게 다가가 물었다.

"오전 열한 시 반에 출발하디."

한 시간 쯤 여유가 있었다. 대성은 아무 생각 없이 집으로 갔다. 대문을 열고 들어가자 개줄에 묶어둔 풍산개가 좋아서 껑충껑충 뛰었다. 대성은 풍산개의 목덜미와 머리를 만져주며 얼굴을 비볐다.

"이제 정을 붙일 데라고는 너밖에 없구나."

멍하니 앉아 먼 산을 바라보던 대성이 풍산개를 데리고 집을 나섰다.

그는 안평동 가는 철로 건널목에서 관동군 가족을 태운 열차가 지나가기를 기다렸다. 살을 에는 듯한 추위였다. 그는 눈이 빠지도록 열차를 기다렸다. 손발이 금세 얼어붙는 추위였다. 안평동 가는 철로 건널목에서 남시역까지는 선로가 직선으로 뻗어 있어서 기차가 출발하는 것이 보였다. 대성은 허기와 추위에 지쳐서 온몸이 마비 상태였다. 입을 꾹 다물고 있어도 이빨이 제멋대로 부딪쳤다. 점점 체온이 내려가고 기력이 떨어졌다. 대성은 마침내 풍산개를 안고 눈 위에 쓰러졌다.

기차는 순식간에 건널목을 지나쳤다. 대성은 몽롱해지는 의식을 간신히 붙잡으면서 기차가 지나가는 소리를 희미하게 들었다. 기차를 보려고 안간힘을 썼으나 결국 눈을 뜨지 못했다. 영리한 풍산개는 주인에게 닥친 위험을 본능적으로 직감하고 지나가는 행인을 향해 짖기 시작했다.

收容列車
수용열차

일본인 피난민을 태운 열차는 예정보다 일곱 시간이

나 늦게 남시역을 출발했다. 객차는 몹시 낡고 볼썽사나웠다. 난방시설을 누가 다 뜯어 갔고, 차창의 유리도 곳곳이 깨어져 널판때기로 겨우 바람막이나 해놓은 정도였다. 의자도 낡은데다 구멍이 뚫린 곳이 많았으며, 용수철이 밖으로 툭툭 튀어나왔다. 천장에 간신히 매달려 있는 등이 희미하게 껌벅거리고 있었다. 전구의 촉수가 워낙 약해서 사람의 형상만 겨우 알아볼 수 있었다.

"해도 너무 한다. 우릴 사람으로 여긴다면 어떻게 이런 마구간같은 객차에 태울 수 있을까!"

"축생 같은 조선놈들! 우리가 조선놈들한테 이런 꼴을 당하자고 귀한 아들들을 전쟁터로 보냈단 말인가!"

광대뼈가 튀어나온 노인이 악다구니를 쓰듯 이어받았다. 두 노인은 분을 삭이지 못하고 객차 마룻바닥에 주저앉아 훌쩍거렸다. 곁에 있던 젊은 여인이 노파를 위로하면서 일으켜 세웠다.

"어디 앉을 곳이 있어야 엉덩이를 붙이지. 의자 용수철이 튀어나와서 앉았다가는 엉덩짝이 찢어지겠다."

때마침 주먹밥을 가득 담은 커다란 광주리가 조선인 장정들에 의해 객차 안으로 운반되었다. 생기를 잃은 아이들의 눈이 광주리에 쏠렸다. 장정들이 주먹밥을 나누어주기 시작하자 아이들은 앞다투어 광주리 주위로 몰렸다. 아이들은 돌덩이처럼 단단히 얼어버린 주먹밥을 양손에 들고 입김으로 호호 불면서 게걸스럽게 먹었다. 앞니가 성하지 못한 노인들은 입에 대지도 못했다. 노인들은 아이들을 부러운 눈으로 바라보며 주먹밥이 녹기를 기다리고 있었다. 한편 마사고는 불안한 마음을 좀체 진정시킬 수 없었다. 남시역을 출발한 기차가 안평동 건널목을 지나칠 때 그녀의 시선을 단번에 사로잡는 것이 있었기 때문이다. 건널목 길바닥에 누군가가 낯익은 개를 안고 쓰러져 있었던 것이다. 그녀의 육감대로라면 그는 대성이일 것이다. 철길 건널목에서 손을 흔들어주겠다던 대성이 어쩐 일로 길바닥에 쓰러져 있단 말인가! 이렇게 추운 날 동사하지나 않을까. 대성아, 죽지마. 니가 죽으면 나도 끝이야…… 순간 느낀 두려움은 발작으로 돌변했고, 그녀는 복받치는 설움을 억누를 수가 없었다. '자비하신 부처님, 제발 대성이를 살려주세요. 내 몸을 팔아서라도 공양을 바치겠으니 부디 대성이만은 데리고 가지 말아주세요. 나무아미타불 관세음보살!' 눈물이 멈추지 않았다. 대성 어머니가 햇솜을 넣어 만들어준 방한모를 깊숙이 뒤집어쓴 모모고는 죽은 듯 잠들어 있었다.

    객차 안은 적막했다. 천장에 홀로 매달린 희미한 전등 때문에 객차 안이 더욱 을씨년스러웠다. 이따금 들려오는 기적소리가 마사고 귀에는 대성의 울부짖는 소리처럼 들렸다. 마사고는 지그시 눈을 감고 대성이를 위해 관세음보살을 되뇌며 기도했다. 대성이가 얼어 죽었을까? 왜 건널목에 쓰러져 있을까? 시간이 갈수록 마사고의 마음 속에 근심의 불꽃이 일렁였다.

    비록 일본이 패망했으나 마사고의 친정과 시댁은 전통적 무사

혈통을 이어온 집안이었다. 자신의 처지가 아무리 고달프고 가련하다 해도, 명예를 중시하는 무사의 딸이요 아내로서 연하의 조선 남자와 사랑에 빠졌다는 것은 수치스러운 일이었다. 더군다나 육체적인 관계까지 맺었으니 과연 자신은 살아 있을 가치가 있는 인간인가? 마사고는 후회와 연민으로 깊은 신음을 내뱉었다. 하지만 친정과 시댁의 명예와 아내로서의 정조가 아무리 귀중해도, 자신에 대한 대성의 열렬한 사랑과 비교할 수 없었다. 사랑의 물기가 말라버린 부부의 정조란 아무런 가치도 없는 일방통행식 허식에 불과한 것이다. 여성들을 정조의 기둥에 묶어놓고, 남성들은 때와 장소를 가리지 않으며 심지어는 죽음을 앞둔 처절한 전쟁터에서마저 성의 향락을 즐기지 않는가. 이러한 현실은 마치 파리채에 맞아 죽는 처절한 운명 앞에서도 교미에 몰두하는 파리들과 다를 바 없었다. 마사고는 한 남자의 아내요 한 아이의 엄마였지만, 남편의 동물적 욕구를 채워주는 도구에 불과했다. 애정 따위는 고사하고 아내로서 최소한의 인격적 예우조차 받아보지 못했다. 더구나 남편이 포로가 되어 외몽고로 잡혀가는 바람에 부부 간의 사랑에 대해 깊이 생각해볼 시간도 없었다. 남편 아라이 대위는 원래 말수가 적고 과묵한 일본 전통 무사의 기질을 가진데다 총각 시절부터 유곽의 창녀들과 노는 데 재미가 붙은 남자라 결혼 후 마사고와 동침한 날은 손가락으로 꼽을 정도였다. 아라이 대위는 관동군에 있을 때도 단골 유곽에 들렀다가 귀가하곤 했다. 어쩌다 집에 들르는 일이 있어도 식탁에서 반주를 곁들여 밥을 먹는 매우 냉정한 군인이었다. 전통적인 군인의 집에서 성장한 마사고는 결혼 후 소박 아닌 소박을 당하면서도 남편에게는 공손히 대했다. 때로는 분노의 감정이 폭발 직전에 이르기도 했지만, 친정의 명예에 누가 될까 두려워 항상 자신을 낮추었다.

남편과 대성에 대한 생각이 갈마들었다. 객차 안은 견디기 어려울 정도로 추웠다. 이불을 뒤집어썼는데도 이가 덜덜 떨렸다. 등에 업혀 있던 아이가 칭얼대기 시작했다. 아기를 돌려 안고 얼굴을 만져 보니 불덩이처럼 뜨거웠다.

순간 대성과 남편의 환영이 말끔히 사라졌다. 아픈 아이와 혹독한 추위라는 현실이 마사고를 강하게 붙들었다. 일본의 남쪽에서 태어나 자란 마사고가 견디기에는 너무나도 매서운 추위였다.

"북조선 인심이 더럽게 고약하다더니 날씨도 그렇구나!"

"해도 너무해! 사람을 어떻게 이렇게 취급할 수가 있어! 이런 야만적인 대우가 어딨어. 이 미개한 조선놈들. 때가 되면 밥은 먹이고 추우면 얼어 죽게는 하지 말아야지!"

"조선놈들이라니? 말조심해요. 조선 사람이라고 다 그런 것은 아니지! 대성이 어머니와 대성이같은 사람을 봐. 우리를 이렇게 대우하는 것은 소련군한테 아첨하는 일부 조선인들의 짓이야!"

한편에서는 조선인들을 두둔한다고 쌍말이 쏟아져 나왔다.

"언제부터 조선 사람들 편에 섰나? 이런 축생 대접을 받으면서도 조선놈들을 두둔하다니 창자가 비었으니 머리통도 비어버렸나?"
 "이 노인네가 미쳤나! 아무리 우리가 패전국이라 해도 일본인의 기상이 패전국 사람의 기상이 되어서는 안 되지! 배고프고 춥다고 조선 사람들을 싸잡아서 몽땅 미개인이라고 욕해서는 안 된단 말이야! 여기는 조선 땅이야. 우리는 못 갈망정 어린아이들과 부녀자들은 안전하게 일본까지 가게 해야지. 이 고통을 참지 못하고 더 큰 수모와 학대를 자초한단 말인가?"
 머리가 허연 노인이 일갈하자 모두들 흠칫 놀라 입을 봉했다. 기차가 달리는 중간 중간에 간이역에서 정차했지만, 사람이 내리거나 타지 않고 짐짝도 실어 나르지 않았는데 워낙 낡은 기관차라서 평양역에 도착한 것은 거의 열 시간 만이었다.

어머니의 쌍가락지

 트럭이 남문교회에 도착하자 교회 관리인과 임시인민위원회 남동지회 일꾼들이 앞장서서 짐도 날라주고 보행이 불편한 노인들을 부축하거나 손을 잡아 교회 안으로 일일이 안내했다. 남시에 비하면 일본인들에 대한 인심이 그렇게 사나운 편은 아니었다. 교회에 도착하기 전에는 낯선 곳에 대한 불안과 기대감이 반반이었다. 한편 기차 안에서 밤새 추위에 시달리다 평양역에서 따뜻한 국과 밥으로 허기를 채우자 졸음이 쏟아져 병든 노인들은 교회 마룻바닥에 바로 쓰러졌다. 마사고는 잠을 못자고 칭얼대는 딸을 달래느라 피로가 쌓여 코피가 계속 흘렀다. 모모고의 몸은 불덩이 같았고 의식도 거의 없었다. 그녀는 어찌할 바를 몰랐다. 약도, 병원에 갈 돈도 없었다. 마사고는 양집사 부부에게 사정했다. 아이를 치료할 방법이 없는가 하고 울며 간청했으나 달리 방법이 없는 것 같았다.

"내레 병원은 찾아보갔는데 자신이 없습네다. 이름난 의사들은 거의 평양을 떠났으니까요. 다들 남으로 갔겠디요. 그래서 요즈음 평양의 의사들은 당국의 허가를 받아야 여행을 할 수 있습네다. 하지만 가족을 몽땅 데리고 막무가내로 달아나는데 어쩌겠소. 그나저나 돈은 있시요?"

마사고는 불현듯 떠오르는 것이 있었다. 남시를 떠나기 전날 밤 대성 어머니가 모모고의 속옷 안주머니에 오색 천으로 만든 작은 복주머니를 달아주면서 이른 말이 있었다.

"마사고, 이건 조선의 부적이야. 아마 일본 사람들은 이것을 미신이라고 말하갔지만 절대로 버리면 안 돼! 또 어려운 일이 생기면 그때 가서 이 주머니를 열어보라우."

마사고는 인사불성이 된 모모고의 속옷 안주머니에서 복주머니를 서둘러 꺼냈다. 하얀 솜으로 곱게 싼 물건이 나왔다. 크기에 비해 묵직했다. 그것은 대성 어머니가 손에 끼고 있던 쌍가락지였다. 주머니 안에는 쪽지도 있었다. '일이 요긴할 때 사용하라.' 마사고는 감격해서 말을 잇지 못했다. 대성 어머니의 어진 마음씨가 눈물샘을 자극했다. 더구나 마사고는 쌍가락지에 대한 사연을 대성 어머니에게 직접 들은 적이 있다. 그렇듯 귀한 쌍가락지를 모모고의 속옷에 넣어주다니. 그때 복주머니 속에 쌍가락지를 넣는 줄 알았다면 끝내 사양했을 것이다. 그저 단순한 부적이라고 둘러대서 사양하지 못하고 염치없이 받고 말았다.

"아이고, 횡재하셨네. 하늘이 무너져도 솟아날 구멍이 있다더니…… 내가 이 근처에 의원이 있나 찾아보리다."

양집사 부인이 의원을 찾으러 이내 교회를 나섰다. 얼마 후 양집사 부인이 의원을 데리고 왔다. 예배당 안에 기쁨의 소리가 가득 고였다.

"나는 광제병원에서 온 정희제입니다. 누가 아픈가요?"

공손히 절하는 마사고에게 의원이 싱글싱글 웃으며 말했다. 정의원은 마사고 옆에 누워 있는 아이 곁으로 다가갔다 숨을 가쁘게 쉬면서 할딱거리는 아이의 얼굴을 만져보고는 가방에서 체온기를 꺼내 겨드랑이에 집어넣었다.

"고열이구나!"

정의원이 다시 청진기를 아이의 가슴과 등에 대보고는 짧은 한

숨을 내쉬었다. 그가 주변을 둘러봤다.

"당분간 아이를 나에게 맡겨야겠습니다. 이런 환경에서는 아이를 회복시키기가 어렵습니다. 우리 병원에 입원시켜서 계속 치료해야 합니다."

"하지만 의원님 제가 가지고 있는 것이라고는 이것 밖에 없는데 어쩌지요?"

마사고가 울먹이며 쌍가락지를 정의원 앞으로 내밀었다. 그리고 고개 숙여 절을 하며 부디 살려달라고 애원했다.

"부인, 돈이 전부는 아닙니다. 의사로서 정성을 다해 치료하겠습니다."

정의원은 모모고에게 피하 주사를 한 대 놓았다. 모모고는 잠시 얼굴을 찌푸릴 뿐 다른 반응이 없었다. 그리고 가루약을 물에 타서 억지로 입에 넣어 주었다. 마사고가 건네주는 쌍가락지를 정의원은 끝내 사양했다.

"당신들을 딱하게 여기고 기꺼이 쌍가락지를 내주는 사람도 있는데 나도 인심 한번 씁시다."

정의원이 교회를 나서면서 마사고에게 아이를 업고 따라오라며 턱짓했다. 마사고는 의사의 지시대로 순발력 있게 움직였.

정의원의 정성어린 치료로 모모고가 생기를 되찾았다. 이제는 죽도 잘 먹고 웃기도 하고 방안에서 혼자 놀기도 잘했다. 한편 마사고는 간호원 자격증이 있는데다 경험까지 갖춰서 정의원의 병원에 자리를 얻었다. 동생과 가족이 월남한 후 정의원은 혼자 적적한 나날을 보냈는데 이제 마사고 모녀가 곁에 있으니 병원 분위기가 한결 밝아졌다. 모모고가 건강을 되찾자 마사고의 머릿속에 대성이 크게 들어앉았다. 무엇보다 그의 생사 여부가 궁금했다. 마사고는 평양 인민위원회의 허가를 얻어 잠시 남시에 다녀올 수 있게 해달라고 정의원에게 조심스레 부탁했다. 그리고 대성과 얽힌 사연을 숨김없이 털어놨다.

共產黨의 橫暴
공산당의 횡포

한의사가 대성 어머니에게 마늘대를 준비하라고 이르고는 환자의 몸을 가볍게 문질렀다. 이 엄동설한에 어디서 마늘대를 구한단 말인가. 대성 어머니는 태산 같은 근심을 안고 이 집 저 집 돌아다녔다. 마침 동서네 집에 마늘대가 있었다. 그녀는 소쿠리에 마늘대를 담아 단숨에 집으로 달려가서는 끓는 물에 푹 삶아 한의사가 시키는 대로 했다. 한의사는 대성을 가마니 위에 옮긴 후 마늘대를 삶은 물에서 풍기는 김을 쐬게 했다. 환자의 몸이 축축이 젖기 시작했다. 한의사는 원활한 혈액순환을 위해 환자의 몸을 손바닥으로 연신 비볐다. 얼음처럼 굳어 있던 대성의 몸에 피가 돌기 시작했다. 삶은 마늘대 수증기 덕분에 냉독(冷毒)으로 얼었던 근육과 피부가 점점 부드러워졌다. 한의사는 대성의 맥을 다시 짚어보았다. 제법 힘차게 뛰고 있었다. 한의사는 숨을 크게 들이마셨다가 서서히 내뱉었다.

"대성이 생명을 구했쑤다!"

"침은 놓지 않습네까?"

"침을 놓았다가는 큰일 납네다. 내레 젊어서 대성이 큰아버지한테 의술을 배울 때 늘상 하신 말씀이 있습네다. 조선 의술의 특징은 첫째 침(鍼)을 우선 하고, 다음은 뜸을 중시하고, 세 번째로는 약을 쓰는 것이 좋다고 하셨디요. 그러나 사람이 동상에 걸렸을 때 침을 놓았다간 큰일 납네다. 대성이래 워낙 건강 체질이라 피부의 마찰로 기운을 차렸습네다. 이제 십전대보탕 몇 첩만 먹으면 완전히 기운을 회복하갔디요."

환자는 깊은 잠에 빠져 있었다. 대성 어머니는 한의사 말대로 아들의 몸을 계속 마늘대 삶은 물에서 풍기는 수증기로 쐬어 주었다. 대성은 잠결에 자주 헛소리를 했다. 아침도 한참 지나서 대성은 잠에서 깼다. 그는 힘없이 눈을 떴다. 생기 없는 두 눈은 천장에 고정되어 있었다. 밤새 악몽에 시달린 사람처럼 온몸이 땀으로 젖어 있었다. 어머니가 말을 걸어도, 둘째 형이 뭔가를 물어봐도 묵묵부답이었다. 대성은 힘없이 고개만 끄덕였다.

"현성아, 대성이가 와 이래? 실성한 사람처럼 날 보지도 않구! 어케 된 거이야? 이 거이 또 무슨 사달이 났구만! 이제 살아났구나 했더니 이건 또 무슨 낭팬가. 와 말을 못 하네? 대성아, 약 좀 먹자우. 약을 먹어야 기운을 차리디!"

"오마니! 대성이가 혹시 실어증에 걸린 거이 아닙네까?"

대성 어머니는 아들을 물끄러미 바라보다가 뭔가를 기원하듯 지그시 눈을 감았다. 실어증 환자가 어머니 쪽으로 서서히 고개를 돌렸다. 말을 하고 싶은데 입안이 말라 소리가 나지 않는 듯 마른침을 계속 삼켰다. 대성은 손을 뻗어 어머니의 옷자락을 잡았다. 그의 눈에 눈물이 고여 있었다.

"대성아 기운 차리라우. 방이 춥디. 아궁이에 불을 더 데피자우."

대성은 고개를 좌우로 흔들며 무슨 말인가를 하는 듯했으나 알아들을 수 없었다.

"마사고! 마사고!"

"기래, 마사고는 와? 마사고는 일본으로 갔디. 날래 잊으라우!"

"오마니, 대성이 말을 듣지 말라우요! 남편 있는 여자의 새서방이라도 되갔다는 말입네까?"

"넌 좀 가만히 있으라우. 불난 집에 부채질하지 말라우. 막내레 얼어 죽었다 살아났으면 동기 간에 위로할 생각은 하디 않구, 어떻게 동생을 간통한 남자 취급하며 지껄이고 있네? 남이 듣갔어!"

대성은 어머니의 수심 깊은 얼굴을 바라보며 손을 꼭 잡았다.

"대성아, 죽이라도 좀 먹고 기운을 차리라우. 이제 에미 속 좀 그만 썩이라우!"

대성은 어머니의 손을 잡아당겼다. 그리고는 어머니의 귀에 대고 울먹이며 말했다.

"오마니, 내레 살아 뭘하간! 집안 망신만 시키구. 오마니 난 마사고를 보지 못하면 살아날 희망이 없시오. 내레 와 이렇게 됐시오? 내 마음이 말을 듣지 않아요. 오마니, 나 평양에 보내 달라요. 딱 한 번만 마사고를 보게 해달라요. 다시는 조르지 않갔습네다."

"마사고래 평양 어데 있는 줄 알간? 평양이 호케 크디. 모래밭에서 바늘 찾기야."

"내가 어떻게든 찾갔시오. 차비만 마련해 주면 오늘이라도 잠시 갔다 오갔시오."

대성 어머니는 조금도 화내지 않고 아들을 품에 안고는 잠시 생각에 잠겼다. 그때 밖에 나갔던 둘째 아들 현성이 숨을 몰아쉬며 방으로 뛰어 들어왔다.

"일 났수다! 고모네 애들이 예배당에 다녀오다 공산당 놈들한테 수타 매를 맞았답네다."

"올 거이 왔구나! 공산당이 들어서면 예배당이고 절간이고 남아날 거 없디! 긴데 어느 고모의 아들이 매를 맞았다구?"

"셋째 고모 아들 기호와 광호 형제가 맞았답네다. 호케 많이 맞았다구 합네다. 기래 고모가 보안대에 고발하러 갔드래요. 긴데 보안대 새끼들이 거짓말하지 말라고 들은 척도 하지 않드래요."

"요 근래 예배당에 예배 보러 나오는 사람들이 아직도 있다던?"

"있긴 뭘 있갔시오? 남시의 예배당들도 한솟 다 유리창이 깨져 있답네다. 예배는커녕 목사와 장로들이 보안대에 불려가서 닦달 당하기 일쑤라 예배당은 텅텅 비어 있드래요."

음력설이 지나면서 용천군 각 면의 보안대에서는 해방 전 일본 관헌에 협력한 친일파들을 가려내기 시작했다. 그 가운데서도 목사, 장로, 권사, 집사, 이른바 교회 간부들이 불려가 곤욕을 당했다. 3월에 토지개혁이 실시된다는 소문이 퍼지면서 용천군의 지주들은 집을 버리고 38선을 넘어 월남했다. 그러나 땅과 고향에 대한 미련을 버리지 못하고 끝까지 지키겠다고 버틴 사람들은 결국 집과 토지를 몰수당하고 고향에서 쫓겨나 유랑민의 신세로 전락할 판이었다. 앞서 상경한 남편의 기별을 이제나저제나 애타게 기다리던 대성 어머니는 아들들을 데리고 월남할 준비를 하고 있었다. 그러나 셋째 아들 만성이 월남을 거부했다.

"오마니, 고향을 버리고 어데 간단 말입네까. 우리는 지주 계급도 아니야요. 친일파도 아닙네다. 게다가 아버지는 항일 독립운동에 평생을 바친 분인데 와 고향을 떠나야 합네까? 이제 모처럼 가족이 고향에 모여 살게 되었는데, 아버지 먼저 고향을 버리고 월남했습네다. 아버지가 가족을 생각하는 분입네까?"

"만성아, 모르는 소리 그만 하라우. 요즘 세상 돌아가는 꼴을 보면 사람 사는 사회가 올 것 같네? 기리구 아바지래 서울에 가셨으면 우리도 당연히 그곳으로 가야디."

"아바지래 또 우리 가족을 버렸시오. 난 가디 않을래요. 평양에 가서 조만식 선생님 일을 돕갔습네다. 그리고 나는 아바지 월남하자 곧 조만식 선생이 이끄는 평안남도 건국준비위원회에 가입했습네다. 이제 제 몸과 마음을 나라에 바쳤습네다. 아바지래 우리나라 독립을 위해 가족을 돌볼 수 없었던 것처럼 나도 해방된 조국을 위해 살갔습네다. 내레 상해 동제대학에 진학한 것도 외숙모의 힘이었디요. 아바지래 언제 우리 형제들의 장래와 교육에 관심이 있었습네까? 긴데 뭘 바라고 또 아바지 계신 곳에 가야 합네까?"

"네래 정 가디 않갔다는데 할 수 없디. 니 아바지한테 기별이 있든 없든 대성이가 회복되는 대로 난 남으로 가야디. 아바지래 일부러 기별을 안 하시는 거이 아니디. 무슨 사정이 있갔디."

마침 북중면에 살고 있는 대성의 셋째 고모가 왔다.

"경성에 갔다는 오라버니한테 소식이 있시오?"

"상기 없시오. 큰애를 보내서 함께 월남하도록 하갔다고 약속했었는데. 사정이 여의치 않은 모양이외다. 대성이가 기운을 차리면 우리끼리라도 가야디요. 긴데 우리 셋째래 아바지한테 안 가갔다는데 일 났시오. 고향을 지키고 나라 위해 몸과 마음을 바치갔답니다."

"잘 구슬러 보라요. 긴데 우리 영감도 교회를 버리고 어케 월남할 수 있갔나 하고 고집부리는 바람에 한바탕 했시오. 난 형님이 월남하면 때를 맞춰서 함께 가야디요."

"기호 아바지는 어카구요?"

"어카다니요? 잡아 끌구라도 가야디요. 안 갈 재간이 있갔나요?"

"이제 삼월이 되면 토지개혁이 실시된다고 하는데 기리케 되면 세상이 바뀌디. 토지와 가옥, 조상이 묻혀 있는 선산까지 몽땅 몰수한다고 기래요. 기호 아바진 뭘 개지구 살 수 있다구 기래요? 교회에 나가는 거이 다 먹구 살 수 있는 길이 있어야디. 맹탕 마음만 개지구는 안 되디요."

"기호 아바지가 나가는 교회뿐 아니라 북동면 교회란 교회는 한솟 다 문짝과 들창의 유리를 박살냈시오. 추워서 어디 예배를 보갔습네까? 출입문에다간 더럽게 똥을 발라놔서 출입하는 신자들의 손과 옷에 묻습네다. 냄새래 고약해서 예배를 볼 수 있갔습네까?"

"고롬, 교인들이 나서서 교회를 부수는 범인을 잡아야디."

"열댓 놈의 새끼들이 손에 연장을 들고 몰려다니면서 맨날 어슴막에 나타나 부순답네다. 기운 쓸 만한 남정네는 한솟 다 보안대에 잡혀가서 매띔질을 당했답네다. 우리 기호 아바지도 매띔질을 당해서 귀창이 상했시오. 병원에 남아 있는 의사가 없는데도 우리 기호 아바지래 월남하지 않갔대요."

妊娠
임신

　　　　대성 어머니는 막내아들과 한동안 평양에 머물 작정을 하고 남시를 떠났다. 전보를 받은 대성 어머니 사촌 내외가 평양역으로 마중을 나와 있었다. 평양역에는 새벽에 도착했다. 오랜만에 만난 대성 어머니와 사촌은 서로 부둥켜 안고 한참 눈물을 흘렸다.
　"혜숙아, 몇 해 만이야! 오래 살고 볼만도 하디. 넌 정말 변하지 않았구나."
　"성님, 형부 독립운동 내조하느라 수타 고생했디오. 몰라 보게 변했수다. 주름도 많고, 흰머리도 수타 났수다."
　사촌동생 집에 도착하자마자 대성 어머니는 제부한테 일본인 수용소의 소재부터 물었다. 대성은 신경을 곤두세우고 이모부의 입만 주시하고 있었다.
　"알아 놨시오. 남문동에 있는 남문교회에 수용돼 있습네다."
　"고생했갔구만! 일본인 피난민들은 아직 평양에 있습네까?"
　"예, 로스케 새끼들이 일본 군수 시설을 죄다 뜯어 실어 나르느라고 일본인 귀환에 쓸 선박을 몽땅 빼앗아 쓰고 있답네다. 기래서 일본인들은 한솟 다 평양에 머물고 있답니다."
　"내래 부탁한 마사고 소식은 알아봤시오?"
　"남문교회에서 멀디 않은 광제병원에서 임시로 간호부 일을 하고 있디요."

대성은 마사고의 소식을 듣고는 마른침을 삼키면서 안도의 한숨을 쉬었다. 대성 어머니의 얼굴에 잔잔한 미소가 번졌다. 모자는 아침을 먹고서 남문동 광제병원으로 달려갔다. 마침 의사는 진찰 중이었고 마사고는 약을 조제하고 있었다. 마사고는 두 사람을 보는 순간 기겁하며 조제실에서 뛰어나와 머리가 땅에 닿도록 큰절을 하고는 서글피 울기만 했다. 얼추 감정을 추스른 마사고가 약을 기다리는 환자들을 힐끗 쳐다보고는 마지못해 조제실로 들어갔다. 약을 조제하면서도 마사고는 대성을 바라보고 있었다. 때마침 안마당에서 놀다 들어온 모모고가 대성을 보고는 반가워서 껑충껑충 뛰며 매달렸다.

'사람의 인정이란 국경이 없다더니 과연 그렇구나!'

대성 어머니는 혼잣말로 중얼거렸다.

"의사 선생님, 처음 뵙갔습네다. 마사고를 여기서 일하게 해주셔서 고맙습네다."

"의사들이 죄다 이남으로 가는 바람에 평양에는 의사들이 부족합네다. 간호부들도 많이 월남했디요. 기래서 바빠요. 간호부 출신 마사고한테 많은 도움을 받고 있습네다."

"기래도 평양 인심은 좋습네다. 일본 여자가 일하고 밥을 먹을 수 있도록 받아주는 거이 쉽디 않디요."

"마사고 부인을 통해서 용천과 남시에 관한 얘기를 호케 들었습네다. 긴데 마사고래 홀몸이 아닌 것 같습네다."

"예? 그걸 어케 아십네까?"

"어케 알다니요? 내레 의사입니다."

대성 어머니는 눈앞이 캄캄했다. 마사고가 남편과 헤어진 것은 지난 해 팔 월이고, 그녀가 남시에 있을 적만 해도 임신하지 않은 것은 분명했다. 더구나 남시에서는 어느 남자하고도 관계를 갖지 않았다는 사실을 뻔히 알고 있었다. 마사고가 자유스럽게 상대할 수 있는 남자는 자기 아들밖에 없었다. 그저 오누이와 같은 사이로 생각하고 두 사람의 만남을 묵인했는데, 그들이 건널 수 없는 강을 건넜다면 이는 전적으로 어머니인 자신의 책임이었다.

"대성아, 넌 모모고를 데리고 밖에 나가서 잠시 놀다 돌아오라우."

마사고와 함께 있고 싶었던 대성은 볼멘소리를 내뱉으며 밖으로 나갔다. 대성 어머니는 남시에서 만들어온 떡 보따리를 식모에게 건네주고서 마사고의 방으로 들어갔다.

"마사고, 고생 많았디?"

"아니에요. 마침 일손이 부족한 병원에서 일할 수 있어서 호강하고 있어요. 대성 군이 건널목에 쓰러진 것을 보고 오늘 이때까지 근심과 걱정에 젖어 살았습니다."

"우리 대성이가 쓰러진 걸 어떻게 알았디?"

"일본인들이 남시를 떠나는 날 대성 군이 안평동 건널목에서 배웅하겠다고 했는데 그만 기차가 일곱 시간이나 지체됐어요. 설마 그때까지 건널목에 있을까 하고 창밖을 내다봤는데 대성 군이 개를 끌어안고 쓰러져 있었어요. 얼마나 울었는지 몰라요."

"마사고, 대성이가 그렇게도 좋아?"

마사고는 이내 머리를 숙인 채 잠자코 있었다.

"우리 막내래 마사고가 떠난 날 밤에 얼어 죽은 시체가 되다시피 해서 돌아왔시요. 그 모습을 보고 숨이 넘어갈 뻔했습네다. 그때 받은 충격은 내 평생 잊지 못하디. 아직 청춘인데 인생의 종말을 보는가 해서 말이야. 내가 낳은 자식이지만 천성이 착하고 생각이 깊어서 정이 더 가는 아들이디. 근데 마사고, 혹시 아이를 가졌나?"

"어머님이 그걸 어떻게……"

"의사선생님한테 들었디. 아기 아버지는?"

마사고는 묵묵부답이었다. 대성 어머니는 마사고를 달래고 설득하며 대답을 재촉했다.

"내 말을 잘 들어. 만약 마사고의 임신이 조선 사람 혹은 우리 가족 중 누구와 관계된 일이라면 내게 분명히 말해야 해. 왜냐하면 나는 마사고를 위해서 모든 일을 주선했기 때문이디. 비밀을 지킬 테니 날 믿으라."

"제 임신은 불문에 부쳐 주세요. 제가 알아서 할 일입니다."

"만에 하나 우리 막내와 관계된 임신이라면 에미된 나로서는 더더욱 모른 척할 수 없디. 내 아들이 부끄러운 일을 저질렀는데 어떻게 에미가 나 몰라라 할 수 있갔어?"

두 사람 사이에 한동안 침묵이 흘렀다. 방바닥만 물끄러미 쳐다보던 마사고가 입을 열었다.

"뱃속의 아이는 대성의 아이입니다."

순간 대성 어머니는 머리가 핑 돌았다. 마사고 입에서 흘러나온 '임신'이라는 단어는 가문의 치욕이면서 저주였다. 장차 이 일을 어찌하면 좋은가. 순간 대성 어머니의 입에서 욕이 튀어나왔다.

"이 망할 놈! 애써 키워놨으면 탈선을 해도 정도껏 해야지! 믿었던 내가 잘못이다. 마사고를 믿었던 것은 더더욱 큰 실수였어! 어린 놈이 철없이 덤벼들어도 지각 있는 어른이 말렸어야지! 중국에서 야영노숙하며 키운 놈이라 불쌍해서 마음껏 기를 피도록 했는데 그것이 오히려 멀쩡한 자식의 장래를 망쳐 놓았구나!"

"어머니 죄송합니다! 인정에 젖다 보니 사리를 분간 못했어요. 대성에게는 절대 비밀로 해주세요. 제가 낳아서 잘 키우겠습니다."

"태어날 아이에 대한 속죄를 어떻게 대성이에게 감당하라고?"

마침 대성이가 모모고를 안고 들어왔다. 어머니와 마사고가 한참 좋아서 웃으며 담소를 나누고 있으리라 생각했던 대성은 뭔가 심상치 않은 분위기를 느꼈다. 대성 어머니는 억지로 웃으며 모모고를 받아 안았지만 어색한 기운은 한결 더했다.

다음날 대성 어머니는 병원으로 마사고를 찾아갔다.

"마사고, 우리 가족과 함께 이남으로 가자. 지금 홀몸도 아니고, 언제 소련군이 일본인들을 귀환시킬지도 모르니까."

"혹시 저 때문에 대성 군의 가족이 무슨 봉변을 당할지도 모르니 그냥 평양에 있다가 일본으로 갈게요."

"이제 마사고는 일본 사람만은 아니다!"

대성 어머니는 막내 아들을 평양에 남겨두고 홀로 남시로 떠났다. 어머니가 서둘러 월남하려는 이유가 궁금한 대성은 골똘히 생각에 잠겼다. 마사고도 월남시키려는 것 같았다. 더구나 어머니는 마사고를 전과 달리 엄하게 대하고 있었다. 그녀에게 무슨 변화가 있는 것이 분명했다. 그렇다면 마사고의 임신 가능성을 의심해볼 만했다. 어머니가 아침 일찍 신의주행 열차 편으로 떠난 후 대성은 광제병원으로 갔다. 마침 환자가 없어서 마사고와 이야기를 나눌 시간은 충분했다.

"마사고 누님, 평양에 온 지 이틀 밖에 안 되었는데 시간이 호케 빨리 흘러간 것 같아요."

"나도 그래. 대성이와 단둘이 있는 시간을 얼마나 고대했는지 몰라."

대성은 마사고의 손을 잡아끌면서 집안으로 들어갔다. 늦잠에서 깨어난 모모고가 눈을 비비며 마루로 나왔다. 대성은 달려가 모모고를 끌어안았다. 대성과 모모고를 흐뭇하게 바라보던 마사고는 자신의 뱃속에서 대성의 아기가 커가고 있다는 사실에 새삼 흠칫 놀랐다. 먹구름이 눈앞을 가렸다. 마사고의 얼굴은 이내 어두워졌다.

"우리 오마니가 이남으로 같이 가자고 하지 않던가요?"

"그러셨어. 내가 선뜻 대답을 하지 못하니까 생각해보라고 하시대. 만약 38선을 넘다가 잡힐 경우 어머니가 당할 고초가 엄청날 거야. 정의원이나 일본인 수용소 책임자 또한 나와 연관이 있으니 책임을 면하기 어렵지. 나 때문에 여러 사람이 고통을 당할 수는 없어."

"피난민 수용소의 일본인은 전쟁 포로도 아니고, 형무소의 죄수도 아닌데 수용소를 떠났다고 해서 무슨 죄가 됩네까? 식량을 해결하기 위해 수용소를 이탈한 일본인이 한 두 사람이 아니야요. 마사고 누님이 평양에 남겠다면 나도 북에서 꼼짝하지 않갔시오."

마사고는 대성 어머니에게 꾸중을 들은 후로 불안한 생각을 떨칠 수가 없었다. 조선 사람의 아이를 임신했다는 사실은 그야말로 큰 사건이었다. 자신의 임신은 일본이든 조선이든 용서와 동정을 받을 수 없는 비도덕적 행위로 지탄 받을 터였다.

대성은 마사고의 태도가 전과 다르다고 느꼈다. 그녀는 묻는 말에나 겨우 대답할 뿐 좀처럼 웃지 않았다. 왠지 서먹서먹했다.

"누님, 이상해요. 나한테 분명히 숨기는 것이 있디요."

"그런 것 없어. 나를 믿어."

"남시에 있을 때는 나를 이렇게 어색하게 대하지 않았잖아요?"

"난 달라지지 않았어. 다만 우리가 머지않아 헤어져야 한다는 사실은 분명하지. 우리는 부부도 가족도 아니라는 사실이 서러워서 그래. 헤어지고 싶지 않아도 헤어지게끔 되어 있는 것이 우리의 운명이야. 현실을 받아들여."

"아무리 헤어지는 순간이 온다 해도 사랑하는 사이라면 이렇게 자신을 속이는 행동을 할 수가 없디요."

"자신을 속이는 행동이라니? 그게 무슨 당치도 않은 말이야? 사람들이 나를 비난하고 욕해도 대성이를 사랑하는 마음은 영원히 변하지 않아. 내게는 대성이라는 존재가 있기 때문에 우리가 곧 헤어진다고 해도 슬플 것은 없어. 다만 이 행복과 작별해야 하는 엄연한 현실이 안타까워서 괴로울 뿐이야."

越南 準備
월남 준비

서울에서 대성 아버지가 보낸 안내자 '박 주사'가 모습을 드러냈다. 그는 서울 세검정 토박이면서 삼각산 표범으로 불렸으며 중경의 임정에서 일했다. 중국어와 러시아어가 유창하고 사격의 명수였으며 기골이 장대했다. 과거 대성 아버지가 군자금을 조달할 때 그림자처럼 따라다니던 사람이었다. 그는 늘 대성 어머니를 형수님이라고 불렀으며 농담도 잘했다.

"서울에서 영 기별이 없어서 북에 남아 살라구 하는 줄 알았습네다. 대성이 아바지레 새장가 간 줄 알았디요. 서울 살림에 소실난다는 소식이 들려옵디다."

대성 어머니는 반갑기도 하고 한편 화도 나서 농담과 푸념을 섞어 말을 건넸다. 박 주사는 저간의 서울 사정을 소상히 일렀다.

"요즘 서울에 이름난 기생들이 선생님을 독점하려고 다투어가며 수청을 드린다고 야단법석을 떨어요. 그래서 한동안 선생님이 형수님을 싹 잊었지요. 그러더니만 나더러 월북해서 형수님하고 아이들을 데려오라고 합디다."

박 주사는 싱글싱글 웃으며 농을 섞어 말을 이어갔다.

"우리 영감하고 나랑 부부싸움 붙일 일 있습네까? 내레 서울에 가야 영감하고 싸우드래도 싸우디요. 긴데 나는 곱살스러운 애교도 없디만 질투도 몰라요. 우리 영감이 서울 기생들 꽃방석에 앉아 호강하면 얼마나 좋갔시오. 평생 독립운동 하다가 걸핏하면 유치장 신세요, 감옥살이도 두 번씩이나 했시오. 성질이 앙칼스러워 왜놈 관헌한테 매띰질도 수타 당했디요. 군자금 거둬들이는 일은 고문을 각오해야 합네다. 어느 독립군한테 군자금을 대줬냐고 사정없이 고문하디요. 아녀자인 나에게도 고문을 퍼부었으니께!"

"형수님은 기생 얘기를 해도 눈 하나 깜짝 안 하네요. 하긴 그런 믿음 때문에 고난의 세월을 견뎠겠지요. 신의주형무소에 수감되었을 때 제가 선생님 옆 감방에 있지 않았습니까. 선생님은 형무소에서 독종으로 유명했습니다. 참대 꼬챙이로 손톱 밑을 쑤시고 찌르는 고문이 가장 지독해서 대부분 혼절하거나 결국 자백하는데 선생님은 끝까지 입을 다물었답니다. 그때 왜놈이 선생님한테 제발 죽어달라고 부탁했다지요."

박 주사는 한바탕 너털웃음으로 집안 분위기를 바꾸어 놓았다.

"나도 그 얘기 들었수다. 우리 영감이 옥살이 마치고 나온 다음 고문하던 그 고등계 형사가 우리 집을 찾아 왔드랬시오."

"그 형사놈이요?"

"일본인 형사가 장담을 했답네다. 자백을 받는가 못 받는가 두고 보자구요. 참 벨스러운 사람 다 봤시오. 우리 영감이 몇 번이고 혼절하면서도 자백을 하지 않아서 차라리 죽어달라고 했드래요. 재판정에서 이 말을 듣고 일본 판사도 웃었답네다."

"선생님은 보통 분이 아닙니다. 거액의 독립군 군자금을 어떤 일본 사람에게 뜯어냈어요. 그래서 총독부 경찰청이 발칵 뒤집혔지요. 어느 일본놈이 조선 독립군에게 군자금을 대주는가 하고 말이지요. 그래서 선생님이 가장 심한 고문을 당했다고 들었습니다."

"그나저나 박 주사님, 우리는 언제 평양을 떠나디요?"

"달이 있어야 38선을 넘을 수 있습니다. 보름달은 너무 밝고, 그믐달이나 초승달이 있을 때 넘어야 안전합니다."

"다음 주일이면 되갔습네까?"

"예, 좋습니다. 그런데 아이가 있으면 곤란해요. 요즘 월남하는 사람이 늘다보니 로스케들이 보초 서는 곳이 많아져서 아이가 울었다가는 몽땅 잡혀갑니다."

"고롬 야단났구만! 우리 일행 가운데 세 살배기 아이가 있시오. 기렇다구 아이를 버리고 갈 수야 없디요."

"때려서라도 낮잠을 못 자게 해야 밤에 곤하게 잡니다."

"우리 영감은 어드런 길로 월남했디요?"

"선생님은 증명서를 가지고 월남해서 문제가 없었습니다. 이번에 우리는 사리원까지 가서 기차를 갈아타야 합니다. 다시 사리원에서 해주 가는 완행열차를 타고 학현이라는 역에서 내립니다. 그리고 거기서 도보로 38선을 넘어 이남의 천태라는 면소재지까지 가야 합니다. 천태에 도착하면 성공입니다. 천태에서 아침밥을 먹고 토성까지 걸어가면 거기서는 기차 편으로 서울까지 갈 수 있으니까요."

"대충 몇 시간을 걸어야 38선을 넘을 수 있디요?"

"빠른 걸음으로 일곱 시간은 걸어야 합니다. 그리고 겨울과 여름이 다른데, 지금은 밤 아홉시나 돼야 행동할 수 있어요. 새벽 네 시 전에 월경해야 합니다."

"박 주사님, 우리 일행 가운데 임산부가 있시오. 남들처럼 걷지를 못하갔는데 어카면 좋갔나요."

"지게꾼을 사야지요. 어른이 아이를 업고 임산부는 지게에 얹어 태우면 됩니다."

지게꾼을 얻기가 쉽겠느냐는 대성 어머니의 걱정에 염려 말라며 박 주사가 안심시켰다.

"소문을 듣자니 월남 가족들을 털어먹는 도적들이 있다는데 그

거이 사실입네까?"

"38선을 넘다가 돈과 짐을 다 털리고 알몸으로 넘어간 사람들이 한둘이 아니에요. 더 못된 놈들도 있어요. 38선을 넘기 전에 선금을 받고는, 월남하는 사람들을 소련군 초소 쪽으로 안내해서 짐을 빼앗아요. 그런 식으로 소련군한테 붙잡혀 해주감옥으로 가는 사람들도 허다합니다."

박 주사는 허리춤에 차고 있던 미제 45구경 권총을 꺼내 보였다.

"이것만 있으면 걱정 없습니다. 제가 중경에 있을 때 구해둔 권총입니다. 38선을 넘을 때 우리 일행이 많으면 도적들이 따라 붙을 겁니다. 그때는 이 권총이 지켜줄 테니 아무 걱정 마세요."

運命
운명

        대성은 평양을 떠나기 앞서 마사고와 함께 부벽루에 올랐다. 모모고는 대성의 등에 업혀 있었다. 유유히 황해로 흘러가는 대동강물을 바라보며 두 사람은 깊은 감회에 젖었다.
  "마사고 누님, 평양이 아름답디요?"
  "그래, 너무나 아름다운 도시야. 한참 걸었더니 다리가 아프네. 저기 벤치에서 좀 쉬자. 모모고는 대성이 등이 마냥 좋은가봐."
  "월남하지 않고 평양에서 누나와 같이 살았으면 좋겠시요. 내가 누나하고 결혼하면 행복하게 해줄 수 있어요."
  "그건 전설 같은 이야기야, 우리가 부부가 되려면 저승에 갔다가 다시 환생하여 죄업을 쌓지 않아야 하고, 삼보에 귀의하여 득도한 연후에 우리의 소원을 빌어야 해. 그리고 이승을 떠났다 해도 환생하려면 몇 겁을 기다려야 할지 모르지. 나는 지금이 좋아. 이 찰나, 이 순간이 한없이 좋아. 부부의 연을 맺은 사람도 결국은 한동안 살다가 죽는 거야. 찰나(刹那)는 길기도 하고 짧기도 해. 모든 것은 마음에 달린 거니까. 이제 여기 평양의 부벽루를 떠나 대성이 이모 집에 기거하면 남매가 되기도 하고, 일가친척 앞에서는 남남이 되기도 해야겠지."
  마사고는 시종 심각한 표정을 짓고 있는 대성의 어깨를 토닥거렸다.

"내 운명이 기구해질 것 같습네다. 내가 누님을 사랑했다는 것, 누님과 부부처럼 지냈다는 것 자체가 기구한 운명이디요. 누님 뱃속의 아이는 분명 내 아이일 겁네다. 내 육감은 속일 수 없디요."

"자꾸 자신을 불길한 운명으로 끌어들이려고 하지마. 또 그런 말을 하면 다시는 대성을 보지 않을 거야."

"덮어버린다고 진실이 사라집네까?"

"그럴 필요가 있으면 덮어야지. 당분간 입을 다물고 있어. 나를 미친 여자로 만들지 않으려면 제발 그렇게 해줘."

마침 지나는 길에 엿을 파는 집이 있었다. 대성은 생각났다는 듯 바지 주머니를 뒤적거렸다. 이모부가 준 돈이 약간 남아 있었다. 그는 둘이서 먹을 만큼 호박엿을 샀다. 떡과 엿을 좋아하는 마사고는 대성의 자상함을 온몸으로 느꼈다.

"그나저나 어머니는 언제 월남하신대?"

"이번 주말에요. 보름달이 뜨는 밤에 38선을 넘기로 했답네다."

모모고는 계속 자고 있었다. 대성은 마사고 곁으로 다가가 앉았다. 그리고 그녀의 배를 살며시 만졌다.

'마사고의 몸에 내 아이가 자라고 있는 것이 틀림없다. 어머니가 마사고를 데리고 월남하려는 것도 그 이유 때문이야. 마사고가 출산한 아이를 우리 집안에서 받아줄 것인가, 아니면 일본으로 데려갈 것인가, 이러한 사실을 아버지가 안다면 어떻게 될 것인가······'

"무얼 그렇게 골똘히 생각하고 있지?"

"누님은 나를 사랑해요?"

"그걸 지금 말이라고 해?"

"누님이 나를 사랑한다면 진실을 말해야디요. 누님이 임신했는데, 누님을 사랑한 남자로서 당연히 그 아이의 아버지가 누구인지 알아야 합니다."

"더 이상 아이에 대해서는 묻지 마. 일본에 가면 편지로 내 속마음을 소상히 털어놓을 거야. 그때까지 대성이는 잠자코 지켜보기만 해. 어떤 이유도 달지 말고."

대성은 말없이 고개를 끄덕였다. 마사고는 안도의 한숨을 내쉬며 대성의 커다란 귀를 만져주었다.

"대성이 귀는 부처님의 자비로운 귀를 닮았어. 언제나 인정을 베풀면서 살 거야."

대성은 마사고를 껴안았다. 그녀도 대성을 거부하지 않았다. 이제 월남하면 곧 헤어질 기구한 운명이 안타까워 마사고의 가슴이 까맣게 타들어갔다.

沙里院驛
사리원역

　　녹음이 우거진 6월 중순, 대성 가족은 밤에 월남 길에 나섰다. 당초 계획은 6월 하순, 초승달이 뜨는 밤에 출발할 예정이었다. 그러나 남한만의 단독 정부 수립을 위한 움직임이 본격화되었고, 대성 아버지는 전쟁이 일어날지도 모른다고 걱정했다. 그래서 박 주사의 친구를 통해서 넘을 수 있을 때 38선을 넘어 남한으로 오라고 지시했던 것이다. 대성 어머니는 인민위원회로부터 38선 월경 허가증을 발급받았다. 그러나 월경 허가증은 북조선 보안대원한테만 통용되었고, 누구든 월남하다가 소련군에게 발각되는 날에는 해주 감옥으로 직송되었다. 박 주사와 현성, 대성, 그리고 마사고 모녀는 대성 어머니를 필두로 조심조심 발걸음을 옮겼다. 대성의 가족이 승차한 해주행 완행열차는 밤 아홉시 정각에 해주를 향해 힘차게 달리기 시작했다. 기차 안은 빈 좌석이 없었다. 좌석은 고사하고 통로마저 승객으로 꽉 차서 발 디딜 곳이 없었다. 그러나 다행히 대성이네 가족은 인민위원회 직원들이 자리를 미리 잡아 놓은 덕분에 서서 가는 수고를 덜었다. 해주행 야간열차를 이용하는 승객은 대개 월남하는 사람들이었다. 등에 메거나 선반에 얹은 크고 작은 보따리가 그 사실을 증명했다. 사람들은 너나없이 긴장된 표정으로 주변을 살폈다.

"현성아, 우리는 사리원에서 내리자우."

"와요? 우리 기차표는 해주행 거이 아닙네까?"

"이유는 나중에 말하디! 월남하는 사람들이 호케 많아!"

기차는 연착하여 다음날 새벽 한 시가 지나서야 사리원에 도착했다. 대성 어머니는 가족 전원을 사리원에서 내리도록 했다. 사리원에서 내린 승객은 대성이네 가족을 포함하여 백 명쯤 되었다. 캄캄한 역 앞에서 어린아이들이 승객을 상대로 여관을 안내하며 호객행위를 하고 있었다. 대성 어머니가 그 중 한 아이를 불렀다.

"넌 어느 여관에서 나왔네?"

"황해여관에서 나왔습네다. 우리 여관이 말끔하고 음식이 아주 맛있습네다."

대성이네 가족은 소년을 따라 황해여관으로 갔다. 사리원 정거장에서 오 분 거리에 있었다. 새벽 한 시가 넘었는데도 여관 안은 마치 잔칫집처럼 시끌벅적했다. 방마다 전등을 환하게 켜놓고 밤참을 먹느라 투숙객들이 법석을 떨고 있었다. 십여 개 되는 방 앞에는 손님들이 벗어놓은 신발이 즐비했다. 신발들은 모두 일본 군화였다.

"웬 일본 사람들이 이리도 많소? 일본군들이 묵고 있습니까?"

박 주사가 여관 주인에게 물었다.

"지금이 어느 때라고 일본군들이 몰케 다니나요. 오늘 사리원 농업학교에서 공산당 사리원 지부 결단식이 있습네다. 일본군에 강제로 끌려갔다가 풀려난 사람들이랍니다. 공산당에 입당한답네다."

여관이 너무 어수선하고 시끄럽다고 박 주사가 불평하자 주인이 일행을 뒤채로 안내했다. 뒤채는 조용했지만 변소가 있어 투숙객들이 자주 왔다갔다 해서 소란스러웠다. 그런가 하면 취객이 밥상을 일찍 치웠다고 고래고래 소리지르며 주인한테 시비를 걸기도 했다. 어떤 남자가 소변을 보고서 대성 어머니와 마사고가 있는 방을 기웃대면서 술주정을 했다. 대성 어머니가 나가라고 타일렀으나 주정꾼은 방에서 한 발짝도 움직이지 않고 빈정거리더니 급기야 방바닥에 누워버렸다.

"대성아, 밖으로 좀 나오라우!"

대성 형제는 물론 박 주사까지 옷을 챙겨 입고 나왔다.

"술주정뱅이가 우리 방에 들어와서 나가지 않고 시비를 걸고 있지 않네! 그 인간을 방으로 데려다 주라우!"

"손님, 일어나시라요. 여긴 우리 방이라요. 날래 일어나시라요."

대성이 취객을 흔들어 깨워도 대꾸가 없었다. 이번에는 취객의 코를 잡아 비틀었으나 역시 반응이 없었다.

"술버릇이 나쁜 놈이니 혼 좀 나야갔구만! 여관 뒷문을 열고 밖으로 내보자우."

"야, 바지를 벗기라우. 버릇 좀 가르쳐야 되갔어!"

형제는 취객의 바지와 팬티를 홀랑 벗겼다. 외등 불빛에 취객의 물건이 코끼리 코 늘어지듯 밖으로 덜렁 모습을 드러냈다. 형제는 킬킬거리며 다시 방으로 들어갔다. 취객의 물건에 모기들이 순식간에 달라붙어 피를 빨아댔다. 밤하늘은 구름 한 점 없이 맑아서 달이 뜨지 않는데도 사방이 환했다.

날이 밝아오자 황해여관 뒷문으로 지나다니는 행인들이 하나둘씩 나타났다. 황소처럼 생긴 취객은 여전히 아랫도리를 드러낸 채 깊은 잠에 빠져 있었다. 아낙들은 얼굴을 찌푸리면서도 연신 곁눈질을 해댔다. 어떤 남자가 그냥 지나치려니 딱했는지 달구지를 세워놓고 취객을 흔들어 깨웠다.

"이봐요! 날래 일어나라요. 날이 밝았수다. 이거이 무슨 꼴이람!"

취객은 벌떡 일어나 억지로 잠을 깨우는 사람에게 신경질을 부렸다. 그는 어느 순간 말을 하다 말고 자신의 아랫도리를 쳐다보았다.

"아이쿠! 내 바지가 어데 갔담!"

취객은 손으로 황망히 아래를 가리고는 겅중겅중 여관으로 들어갔다. 두 손으로 아랫도리를 겨우 가린 채 마당에 들어서는 취객을 보고 투숙객들이 눈을 휘둥그레 뜨며 박장대소했다.

"긴데 어떤 놈이 내 바지를 벗겼나?"

취객은 그제야 아래가 몹시 가렵다는 것을 느끼고는 자신의 물건을 내려다보았다. 모기들이 어찌나 물어뜯었는지 옥수수 알처럼 볼록볼록 튀어나와 도무지 성한 데가 없었다. 넓적다리를 비롯해 하반신 전체가 그 모양이었다. 그는 방문을 열고 목을 쑥 내밀었다. 그리고는 일하는 여자에게 주인을 불러달라고 청했다. 그런데 이번에는 마당이 야단법석이었다.

"야, 어느 놈들이 남의 구두를 훔쳐갔어!"

투숙객 십 여 명의 구두가 온데간데없다는 거였다. 일본군 출신 공산당원들이 군화가 없어진 사실을 알고 고래고래 소리 질렀다. 황해여관은 순식간에 아수라장이 되었다.

"이것 보라우, 누구래 군화를 똥통에 처박아 놨어! 거름 담아두는 항아리 안에 구두를 넣었다. 어느 미친 새끼레 이 따위 짓을 했디!"

이 소리를 듣자마자 구두를 잃은 사람들이 검은 고무신을 대충 신고서 뒤채 변소로 우르르 몰려갔다.

"아이쿠, 똥 냄새가 독해서 골이 아프구나! 이 구두를 어케 신고 출타한담? 아주마니, 이 구두를 물로 말끔히 씻어내라요!"

列車안 騷動
열차안 소동

대성은 혹시나 하는 의심이 생겨 그날 밤차를 타지 않고 해주행 완행열차를 탈 생각으로 기차표를 사러 나갔다. 사리원역은 발 디딜 틈이 없었다. 크고 작은 가방과 보따리를 들거나 멘 사람들이 엄청나게 많았다. 차표는 진작 매진되었다. 사람들은 굳은 표정으로 말이 없었으며 누군가가 다가가면 일단 경계부터 했다. 무언가를 물으면 무조건 모른다고 했다. 대성은 차표를 사지 못해 마음이 조급해졌다. 날마다 이렇게 사람들이 몰려온다면 낭패였다. 해주행 야간열차는 오후 두 시부터 발매한다고 했다. 이른 아침인데도 사람들이 매표소 앞에 길게 서 있었다. 황주, 봉산, 안악, 은율, 사리원 등에서 몰려온 사람들로 기차역은 북새통이었다. 아무리 생각해 봐도 줄을 서서는 표를 살 수 없을 것 같았다. 사방을 샅샅이 훑어봤으나 아는 사람 하나 눈에 띄지 않았다. 마침 역무원이 지나갔다. 금테 두른 모자를 쓴 걸로 보니 사리원역의 조역쯤 되는 것 같았다.

"선생님, 청이 하나 있습네다. 사례는 올리갔시오."

"사례는 무슨, 일단 용건부터 말해보라요."

"노모와 가족들을 데리고 중국에서 온 피난민입네다. 오늘 밤차로 꼭 해주에 가야합네다. 제 아내가 임신해서 오늘 내일 아기를 낳을 것 같습네다. 오마니도 몸이 아파요. 환자를 여관에 두고 갈 수도 없고……"

대성은 인민위원회가 발행한 중국 피난민 증명서를 보여주었다. 증명서에는 최대한 편의를 제공해주라는 주문이 적혀 있었다.

"차표는 몇 장이 필요합네까?"

"아이 하나에 어른이 다섯입네다. 해주까지 갑네다."

"나를 따라오라요."

대성은 조역을 따라 사리원역 조역실로 들어갔다. 황송하게도 표를 구할 수 있었다. 돈을 지불하고서 대성은 소련제 회중시계를 내밀었다. 조역은 받지 않으려 했지만 대성이 강제로 떠안겼다.

"뜻이 있는 시계라요. 내레 중국 연안에서 조선으로 나올 때 중국군 주덕 총사령관님이 기념으로 주신 거라요. 시계 뒤딱지에 그분의 이름이 새겨 있습네다."

"내레 무슨 큰일을 했다고 이렇게 귀한 것을 받나요. 노모가 계시다구요. 사람들이 많아서 자리를 못 잡으면 고생합네다. 기차 시간 삼십 분 전에 내 사무실로 오라요. 내가 역원을 시켜서 미리 자리를 잡아 놓갔으니."

시계 하나로 두 사람은 끈끈해졌다.

"이남으로 갑네까? 요 근래 이남으로 가는 사람들이 다 이리로 몰케 옵네다. 해주에서 배 타고 강화도로 가는 모양입네다. 바다에는 소련군 감시병이 없답네다. 긴데 요 근래 와서는 38선 경비가 몹시 심해져서 월남하다 많이 붙잡힌다고 들었디요."

대성은 황해여관으로 달려가 가족들에게 야간열차로 떠날 수 있게 됐다고 알렸다.

"대성이가 재간이 있구나. 표도 구하고 자리도 얻어 탈 수 있구, 제법이다. 아들 몫을 하는구나."

어머니가 흡족해하며 대성의 등을 토닥였다.

황해여관을 나와 승차할 때까지 긴장하여 누구 하나 입을 열지 않던 대성의 가족은 막상 기차가 목적지를 향해 출발하자 안도의 한숨을 내쉬었다. 등에 봇짐을 진 사람들이 기차 통로를 메우고 있었다. 변소에 가는 게 문제였다. 긴장과 흥분으로 들떠 있는 승객들은 누가 조금이라도 건드리기만 하면 당장 덤벼들 듯 사나워 보였다. 마사고의 얼굴이 점점 창백해지면서 진땀을 흘렸다. 간밤에 잠을 설친 가족들은 기차가 출발하자 이내 깊은 잠에 빠졌다. 대성이만 잠을 자지 않고 마사고를 살폈다.

"어디 아파요?"

"배가 아파서 설사할 것 같은데……."

대성은 즉시 마사고의 손목을 잡고 사람들 사이를 헤치며 서둘러 걸었다. 통로를 열어주는 대성의 뒤를 따라 겨우 변소에 도착했다. 그러나 변소 안에 있는 누군가가 좀처럼 나오지 않았다. 마사고의 얼굴은 거의 사색이 됐다. 여차하면 큰 망신을 당할 판이었다. 마사고를 바라보는 대성은 죽을 맛이었다. 그는 참다못해 변소 문을 거칠게 두드렸다.

"빨리 좀 나오라요! 사람 죽갔습네다!"

아무런 대꾸가 없었다. 대성은 재차 문을 두드렸다. 마침내 변소 문이 열리면서 험상궂게 생긴 남자가 욕설을 내뱉으며 나왔다. 대성은 대꾸하지 않고 마사고를 변소 안에 디밀었다. 그런 다음 변소에서 나온 사람의 노기를 풀어 주고자 정중히 사과했다. 그가 주먹으로 대성의 이마를 쥐어박았다. 그러고도 분이 풀리지 않았는지 눈을 부라리며 대성의 정강이를 발로 찼다.

"말로 하라요. 내레 뭘 잘못했시오? 와 때립네까?"

"이 새끼가 누구한테 말대꾸야!"

그는 대성의 멱살을 잡아 흔들었다. 변소 앞에서 봉변을 당하고 있는 동생을 발견한 현성이 사람들 사이를 비집고 달려왔다.

"목을 조이면 숨을 쉴 수 있나요. 야래 내 동생이라요. 멱살에서 손 떼라요!"

"아야, 아야! 이 손 놓지 못 하갔어? 야, 내 팔 부러지갔다!"

때마침 변소에서 나온 마사고가 현성의 팔에 매달려 벙어리 시늉으로 싸움을 말렸다.

승객들의 시선이 이쪽으로 모아졌다. 차 안에서 소동이 벌어지자 철도 보안대원이 차장과 함께 달려와 싸움을 말리고는 그들을 열차 맨 뒤 칸에 있는 차장실로 데리고 가서 심문했다. 철도 보안대원은 심문하는 도중 현성을 자꾸 쳐다봤다.

"너 혹시 평양에 있던 현성이 아니냐?"

"어케 날 알아보십네까?"

"현성이 맞디?"

"누룩뱀 형, 맞나요?"

철도 보안대원과 현성은 와락 껴안았다. 잡혀온 사람들도 어안이 벙벙했다. 심문은 싱겁게 끝났다. 기차 안에서 학교 선배를 만난 덕분에 대성의 가족은 편안히 여행할 수 있었다. 알고 보니 차내에서 소동을 벌인 사람은 기차표도 없이 승차하여 결국 보안대로 넘겨졌다. 철도 보안대원은 현성에게 꼭 학현역에서 내리라고 신신당부했다.

"해주까지 가지 말라우, 너무 위험해. 해주에서 불심검문을 받고 해주감옥으로 잡혀 간 사람들이 많아. 학현에서 38선을 넘어서 이남 천태로 직행하는 거이 제일 안전할거야. 세월이 좋아지면 다시 만나자우. 너 지금도 중국 무술을 연마하고 있네?"

"고롬, 늘 무술로 신체를 단련하디요. 이번에 형 신세를 단단히 졌수다. 고마워!"

"안내원들을 조심하고, 특히 미리 돈 달라는 놈들을 경계하라우."

대성 어머니와 형제들은 철도 보안대원에게 고맙다는 말을 푸짐하게 건네고 학현역에서 내렸다. 어디서 소문을 들었는지 다른 월남 가족들도 학현역에서 내려 새벽의 어둠을 밟으며 어디론가 사라졌다. 월남 가족들이 서로 이름을 부르느라 한동안 소란했던 학현역은 그들이 뿔뿔이 흩어지자 다시 적막해졌다.

越南 案內者
월남 안내자

　　학현에 도착한 날은 음력 6월 보름이었다. 대성 일행은 박 주사의 안내로 학현역에서 좀 떨어진 주막을 찾아갔다. 전기가 없는 집이라 밖에는 등이 걸려 있었다. 바람 소리조차 들리지 않는 고요한 동네였다. 멀리서 개 짖는 소리만이 야밤의 적막을 이따금 흔들어 놓았다. 보름달이 둥실 떠올랐다.
　　"주인장 계슈!"
　　"누구시꺄?"
　　출입문이 열리면서 한 노파가 고개를 내밀었다.
　　"주인장 어데 가셨나요?"
　　"아들이 곧 올 겁니다. 오늘밤 여기서 주무시니까? 한 달 전에 다녀가셨지요? 기억이 납네다. 우리 둘째 아들하고 중국에서 함께 지냈다는 박 선생이 아닙니까?"
　　"어머님 기억력이 참 좋으십니다. 그런데 어데 갔나요?"
　　"일 갔디요. 요즘 월남 피난민들이 와짝 많이 늘었습네다. 하루도 쉴 날이 없지요. 그제 밤에 천태로 갔으니까 오늘 새벽에나 돌아올 거외다. 방으로 들어들 오라니까."
　　일행은 모두 지쳐서 방에 들어가자마자 그대로 무너져 내렸다.
　　"주사님, 어케 이 집 주인하고 압네까?"

대성이 박 주사에게 물었다.

"이 집 주인 할아버지가 의병을 일으켜 항일 투쟁을 하다가 전사하셨어요. 내가 소개 받은 사람은 바로 그 할아버지의 둘째 손자예요. 아주 다부지게 생겼어요. 원래 직업은 포수였답니다. 사냥총을 들고 전국을 누벼서 모르는 길이 없고, 일제 때는 요시찰 인물이었습니다. 38선이 생긴 후 워낙 길을 잘 알아서 월남하는 사람들의 안내자가 됐다고 하대요."

대성 일행은 주막에서 이틀을 머물렀으나 둘째 손자라는 사람은 나타나지 않았다. 대성의 가족은 점점 몸이 달았다. 주변 동리 여기저기서 38선을 넘어 이남으로 가고자 하는 피난민들이 모여들었다. 다들 38선을 넘기 위해 안내자를 구하고 있었다. 쥐새끼 한 마리 돌아다니지 않는 동네 같았으나 어둠이 깔리면 피난민들의 웅성거리는 소리로 동네가 부산해졌다. 안내 규칙상 한 가족이 38선을 넘을 수 없었다. 여러 가족이 한데 모여 안내자를 앞세워 가야만 비용을 줄일 수 있었다. 이북의 여러 고장에서 모여든 피난민이 많았으나 초면인 사람하고는 38선을 넘으려 하지 않았다. 그러나 안내자가 여러 가족을 한데 묶으면 별 수 없이 지시를 따라야 했다. 안내자가 기피하는 인물은 바로 아이였다. 38선을 넘어갈 때 아이가 울면 소련군 감시병에게 즉시 발각되기 때문이다. 그나저나 대성의 가족을 이끌 안내자는 이틀이 지나도 나타나지 않았다.

"동리에 나가서 다른 안내자를 구해봐야디. 달이 기우는 날에는

38선을 넘지 못한다고 기래."

현성은 마을의 이장 집을 찾아갔다. 이장이 안내자를 구해준다면서 앞장서서 걸으며 고갯길을 하나 넘었다.

"밭 가운데 외딴 집이 보이디요? 바로 저 집에 가서 문상현 씨를 찾으라요. 안내자가 많지만 내가 보기에 가장 믿을 사람이디요."

현성은 이장에게 머리 숙여 인사하고는 주머니에서 '등대'라는 중국 담배를 두 갑 꺼내 건네주었다. 이장은 사양하는 척하더니 슬그머니 주머니에 넣었다.

"문상현은 아이가 있는 가족의 안내는 절대로 맡지 않디요. 혹시 가족 중에 아이가 있으까?"

"세 살짜리 아이가 있습네다."

"저런…… 문 씨가 맡지 않으려고 할 거이 뻔하디. 자칫 잘못하면 잡혀가니까 아이가 있으면 나서지 않으려고 합네다. 잘 사정해보시라요."

현성은 이장을 보낸 후 안내자 문상현의 집을 찾아갔다. 초가집이었는데 거기에도 월남하려는 가족들이 투숙하고 있었다. 울타리가 없는 집이라 현성은 바로 마당에 들어서서 주인을 찾았다. 피난민들의 시선이 현성에게 쏠렸다. 다들 긴장한 만큼 현성을 경계하는 눈치였다. 현성이 방문을 두드리자 문 씨가 눈을 비비면서 얼굴을 내밀었다. 현성을 훑어보며 이마에 주름이 지도록 얼굴을 찌푸리는 모습이 여간 거만하지 않았다.

"38선을 넘으려고 하는데 안내자가 필요해서 왔습네다."

"누가 우리 집을 알려주었소?"

"이장이 알려주었습네다."

"거 참 큰일 났네. 내가 안내자로 소문나면 보안대에서 나를 잡아가려고 할 텐데……그런데 혼자이시니까?"

"가족이 있습네다. 세 살배기 아이도요…….''

"아이가 있으면 다른 피난민들이 함께 가려고 하지 않습네다. 밤에 아이가 울기라도 하면 바로 잡힙네다. 우리 동네 안내자들이 셋이나 잡혀가서 돌아오지 않아요. 저 사람들도 같은 처지디요. 아이가 둘이나 있습네다."

"비용은 섭섭지 않게 드리갔시요."

비용을 많이 준다는 말에 안내자의 눈빛이 달라졌다.

"아이를 놓고 갈 수도 없고, 이것 참 난감하네…… 어찌됐든 부딪쳐 보디요. 한 가지 명심할 것은 아이를 낮에 재우면 안됩네다. 때려서라도 낮잠을 재우지마쇼. 그래야 밤에 자니까."

학현의 크고 작은 마을마다 평안도와 황해도에서 온 피난민들이 그득했다. 달 없는 밤에는 길을 잃어버리기 쉬우므로 안내자들이 나서지 않으려 해서 달이 뜨는 날이면 동네가 무슨 장터 같은 분위기로 변했다. 딱한 처지의 피난민들을 울리고 등쳐먹는 인간들도 속속 생겨났다. 반면 용감하고 의협심이 강한 실향민들을 만나서 죗값을 톡톡히 치르는 악질 안내자도 있었다.

越南
월남

밤 열한 시 반이 되자 대성의 가족은 안내자 문상현의 집으로 갔다. 달이 밝아 걷기가 수월했다. 함께 38선을 넘기로 약속한 다른 가족들이 보따리를 들고 앞마당에 모여 있었다. 그들은 어색하게 인사를 나누었다.

"난 중화에서 온 김관수입네다. 여기 이 사람들은 내 아우라요."

현성이도 가족을 소개했다. 김관수라는 사람은 초면임에도 현성과 박 주사를 한쪽으로 데리고 가서 속마음을 털어놓았다

"여기 안내자가 아주 수상합네다. 38선을 넘으려는 실향민들을 털어먹는 놈 같아요. 아무래도 우리가 잘못 걸렸수다."

"형씨가 어떻게 아시오?"

박 주사가 눈을 둥그렇게 뜨고 반문했다.

"초저녁에 내레 변소에 가다가 안방에서 집주인과 또 다른 안내자가 얘기하는 것을 엿들었수다. 어제 여기 있다가 월남 길에 나선 사람들을 보안대에 밀고해서 해주감옥으로 보냈다고 합네다. 그 사람들한테 빼앗은 금붙이와 돈은 반씩 나누었대요. 우리도 안녕 저수지 근방에서 체포하도록 다 계획을 세웠다는 얘기를 들었수다. 보라요, 이 집에는 안내자의 가족이 없디요. 자기 가족들은 다른 곳에 숨겨 놓고 못된 짓을 하는 도적놈이외다."

대성은 김관수의 말을 듣고 긴장했다.

"내레 어데로 가는가 물어볼까요? 정말 안녕 저수지를 통해서 간다면 그들의 계획이 틀림이 없갔네. 그렇다면 우리가 먼저 손을 써야 하디요."

"손을 어케 쓰자는 거야요?"

"없애야지요!"

"죽이자 말입네까?"

"고롬, 우리 가족이 살자면 그것 말고 또 다른 방도가 있시오?"

"저 자들을 죽이고 나면 우리는 갈 길을 모르지 않소. 어디로 도망 갑네까?"

"둘 다 죽여서는 안 되지요. 한 놈은 살려주고 꽁꽁 묶어서 다른 길을 안내하라고 해야디요. 이남으로 가는 길이야 여러 갈래가 있갔디요."

"내레 저들이 수작하는 얘기를 듣고 한참 고민했수다. 우리가 해주감옥으로 가는 게 뻔하니까 여기서 이 새끼들을 죽이자는 생각을 했시오. 이 집 광에 손도끼가 있길래 내 보따리에 숨겨놨수다. 긴데 어느 놈을 잡아 죽이디요?"

"젊고 힘 있는 놈을 죽여야디요."

현성과 김관수는 안녕 저수지에 다다르기 전에 일을 해치우기로 입을 모았다. 현성은 나이 먹은 놈을, 김관수 형제와 박 주사는 젊은 안내자를 맡기로 했다. 가족들이 놀라지 않도록 정황을 미리 알려주는 것도 잊지 않았다.

달이 중천에 떠서 사방이 훤했다. 밤 열두 시 정각에 대성의 가족과 중화에서 넘어온 실향민은 38선을 향해 길을 나섰다. 안내자 두 사람이 각각 앞뒤에 섰다. 안내자들은 손에 낫을 들고 있었다. 현성은 무술인의 직감으로 그들이 낫을 들고 온 이유를 간파할 수 있었다.

"김씨 아주바니, 낫은 와 들고 가십네까?"

현성이 앞선 안내자에게 물었다.

"이거 말입니까? 이 고장에 늑대가 종종 출몰합네다. 늑대가 덤비면 이 낫으로 죽이려구요."

일행은 학현을 떠난 지 30분 쯤 되어 인기척이 없는 산모퉁이를 돌았다. 달빛 아래 보이는 것은 울창한 산림뿐이었다. 대성은 뒤따라오는 김관수 형제에게 손을 들어 신호를 보냈다. 김관수 형제도 손을 들어 응답했다.

"김씨 아주바니, 좀 쉬었다 갑시다래."

"쉬었다 가자니요? 길을 떠난 지 한 시간도 되지 않았시오."

"노인들도 있고 아이들도 힘들어 하는데 좀 쉬었다 가시자요."

"늑장부리다 날이 새는 날이면 소련군 경비병에게 잡히지요. 그런 일이 벌어지면 난 책임지지 않습네다."

바로 그 순간이었다. 현성은 김달순의 오른쪽 목을 등 뒤에서 수도(手刀)로 사정없이 내질렀다. 김달순은 소리 한 번 지르지 못하고 앞으로 쓰러졌다. 거의 동시에 박 주사가 주먹으로 문상현의 명치를 때렸다. 문상현 역시 비명도 지르지 못하고 뒤로 나자빠졌다. 현성과 박 주사는 미리 준비한 수건을 두 안내자의 입에 처박았다. 박 주사가 현성에게 턱으로 신호를 주자 그는 김달순의 바지를 홀딱 벗겼다. 이어 문상현의 바지도 벗겨 팬티 바람으로 일으켜 세우고는 준비한 노끈으로 결박했다. 벌어진 사태를 미리 알렸음에도 가족들이 벌벌 떨며 지켜보고 있었다. 대성이 가족들 곁에서 안심시켰다. 현성은 안내자들을 데리고 밤나무 숲으로 들어갔다. 문상현과 김달순은 잔뜩 겁을 먹었다. 안내자들은 입을 봉한 수건 때문에 소리를 내지 못했으나 연신 허리를 굽히며 온몸으로 살려달라고 말했다.

"이 새끼야! 어제 평양에서 왔다는 가족들을 해주감옥으로 보내고 재물을 몽땅 빼앗지 않았어!"

그들은 고개를 설레설레 흔들었다. 김관수가 도끼를 집어 들며 죽여 버리겠다고 소리쳤다. 두 안내자의 얼굴이 파랗게 질렸다. 박 주사는 품에서 단도를 꺼냈다. 단도의 칼날이 달빛에 예리하게 빛났다. 칼날을 세워 김달순의 목에 대고 그어버리겠다는 시늉을 하자 그가 결국 자백했다.

"우리 일행을 안녕 저수지로 유인하여 잡혀가게 하자는 거인데, 이남으로 가는 다른 길로 우리를 안내하라우, 그렇지 않으면 다 죽여버리갔어!"

현성은 김달순의 입에 다시 수건을 처넣고는 그를 박 주사에게 맡겼다. 그리고 삼십 미터 쯤 떨어진 곳으로 문상현을 끌고 가서는 그나마 입고 있던 팬티를 벗기고 밤나무에 붙잡아 매었다.

"승냉이가 냄새를 맡고 오면 니 부랄부터 뜯어 먹갔다."

살려달라고 애걸복걸하는 문상현을 뒤로한 채 일행은 김달순을 앞세워 38선을 향해 부지런히 걸었다.

새벽 다섯 시가 넘어 동녘 하늘이 밝아오기 시작했다.

"김달순, 저기 불빛이 보이는 마을이 어데야?"

"안악입네다. 여기가 이남이야요."

일행은 안도하면서 주막집을 찾아갔다. 그들은 밤새 긴장하여 졸였던 마음을 새벽 해장국으로 풀었다.

"안악 주막집 해장국 맛이 일품이외다. 오마니 이제 마음 푹 놓으시라요. 오늘 아침은 여기서 푹 자고, 느지막이 점심 먹고 청단으로 가야디요. 여기가 이남이라 기분 좋습네다."

모두들 늦잠에서 깨어났다. 대성의 가족은 모기장 없는 주막집에서 잠을 자느라 모기에 뜯겨 손발이 울퉁불퉁 빨갰다. 모모고의 얼굴에도 붉은 반점이 생겼다. 이남으로 왔다는 사실에 긴장이 풀려 피로가 온몸을 덮쳤다.

"오마니, 마사고가 몸살을 앓고 있습네다."

대성 어머니는 마사고가 누워 있는 방으로 갔다. 그녀는 아픈 티를 내지 않으려고 애써 표정을 밝게 했다.

'어쩌다 여기까지 흘러와서 생고생을 하누……'

대성 어머니는 안쓰러운 마음에 마사고 모녀의 머리를 번갈아 쓰다듬었다.

"마사고가 임신한 것을 내가 깜빡 잊었어. 홀몸인 우리도 이렇게 힘든데 마사고는 오죽하간. 내 생각이 짧았어."

대성 어머니는 사과하듯 모녀에게 조선식 이름을 지어주었다. 모모고는 예쁜이, 마사고는 귀순이었다.

"오마니, 날래 여기를 떠나자요. 주막집 주인의 말로는 북의 보안 대원들이 사복 차림으로 38선을 마음대로 넘나든다 합네다. 얼마 전에는 실컷 술에 취해 잠든 안내자를 잡아갔다고 기래요."

옆에 있던 대성이 걱정스러운 표정으로 말했다.

"형수님, 대성이 말이 맞아요. 여기 안악은 불안합니다. 소달구지를 구해서 여기를 뜹시다."

대성 일행은 마사고를 달구지에 태우고 서둘러 안악을 등졌다. 신작로에 나서자 보따리를 등에 짊어진 사람들이 가득했다. 38선을 넘어온 피난민들이 분명했다. 대부분 고향을 버리고 38선을 넘었을 터였다. 그들은 이남 땅을 밟았다는 안도감에 젖어 이러구러 떠들어댔다.

西北靑年會와 南勞黨
서북청년회와 남로당

　　대성의 가족은 도보로 한나절을 걸어 토성에 도착했다. 토성역도 피난민들로 복잡하기 이를 데 없었다. 대성은 미군들을 처음 보았다. 미군들은 소련군에 비해 한결 단정하고 깨끗했다. 미군들은 너나없이 뭔가 입에 넣고서 씹고 다녔다. 완장을 두른 청년들이 정거장 광장에 천막을 쳐놓고는 기차를 기다리고 있던 피난민들에게 한 줄로 서라고 지시했다. 천막 안으로 들어가면 쇠막대기 같은 것을 옷소매나 허리춤, 그리고 등에 꽂고는 기계를 작동하여 하얀 가루를 온몸에 뿌렸다. 어떤 사람은 놀라 도망가 버렸다. 대성 일행도 예외가 아니었다. 밀가루를 뒤집어 쓴 것 같은 서로의 모습을 바라보며 피난민들은 한바탕 웃었다. 현성은 중국에 머물 때 영어를 배워서 미군과 대화가 가능했다. 그는 미군 장교에게 다가가 도대체 하얀 가루가 무엇이냐고 물었다.

　"이를 박멸하는 디디티라는 살충제예요. 약명이 길어서 약자로 디디티라고 불러요."

　"인체에 해롭지 않습니까?"

　"전혀 해롭지 않아요. 월남하는 사람들의 몸에 이가 너무 많아서 디디티가 아니고서는 없어지지 않습니다. 그런데 어디서 영어를 배웠습니까?"

"중국에서 배웠습네다."

"피난민들 중에 영어를 할 줄 아는 사람이 없어서 통역사를 구하지 못해 어려움이 많습니다. 서울로 갑니까?"

"네. 아버지가 서울에 계십네다."

"당신의 영어 실력이라면 여기서 최고의 통역관이 될 수 있어요. 만약 보름 안에 여기 올 수 있다면 내가 통행 증명서를 발행해 드리지요."

현성은 미군 장교를 따라 잠시 자취를 감추었다가 반시간 만에 종이 한 장을 들고 나타났다. 게다가 그는 양손에 여러 개의 상자를 잔뜩 들고 왔다.

"이거이 미군들의 야전용 식량입네다. 내레 북경에 있을 때 미군들이 줘서 먹어봤습네다."

"긴데 손에 들고 있는 종이는 뭐이야?"

"증명서야요. 여기 미군 민사처 출입 통행증입네다. 나를 통역관으로 쓰고 싶대요."

대성 일행과 김관수 가족은 허기가 져서 미군이 준 깡통을 몽땅 비웠다. 오늘은 서울로 떠나는 기차가 없어서 정거장 근방 여관에서 하룻밤 묵기로 했다. 대성은 홀몸이 아닌 마사고의 어깨나 다리를 주물러 주면서 꾸벅꾸벅 졸았다. 그 모습을 지켜보는 대성 어머니의 가슴이 쓰렸다. 서울에 도착하면 아들과 마사고를 떼어놔야 하는데, 임신한 마사고를 집에 데리고 갈 수도, 그렇다고 당장 일본으로 보낼 수도 없지 않은가. 대성 어머니의 근심은 시간이 갈수록 눈덩이처럼 커졌다.

"현성아, 내일 서울에 도착하면 당장 마사고를 어데 숨겨야 할 텐데 이거이 야단났구만. 니 생각 좀 빌리자우."

"오마니, 뭘 걱정하십네까. 염려 놓으시라요. 어차피 아바지래 아시게 될 텐데 마사고를 어데 숨깁네까. 곧바로 집으로 데리고 갑시다레."

"야래 별스럽게 말하는구만. 니 아바지 성격을 알면서 강 건너 불구경 하듯 말하는 거 보라우."

"아바지래 알면 뭐이 어드렇단 말입네까? 월남하다 만난 일본 여자라고 둘러대면 되디요. 와 대성이와 연관시켜 생각합네까? 독립운동한 사람 집에는 일본 사람을 잠시 두면 안 되나요?"

"마사고 뱃속에 아이가 자라고 있디. 서울 우리 집엔 고향 친척들이 와 있을 거이 뻔한데 어케 일본 여자를 데리고 들어 가갔네. 호케 둔하디! 내일 서울역에 내리면 넌 곧장 마사고를 황금정 큰이모 집으로 데리고 가라우."

대성 어머니는 그날 밤 마사고가 딸과 함께 독방을 쓰도록 배려했다. 토성 정거장 근처의 여관마다 피난민들이 넘쳐났다. 여러 명이 함께 방을 썼다. 피난민들이 투덜대면 콧대가 높아진 여관 주인은 "그렇게 불만스럽거든 나가라"며 엄포를 놓았다. 자정이 넘자 번잡했던 거리가 조용해졌다. 대성 일행이 묵고 있는 청해여관도 잠잠했다. 형이 깊은 잠에 빠진 것을 확인하고 대성은 몰래 방을 빠져 나와 마사고가 있는 방으로 살금살금 걸어갔다. 그녀는 잠을 자지 않고 있었다. 두 사람은 뜨겁게 얼싸안았다. 대성은 말소리가 새어나가지 않도록 거미줄처럼 가느다란 목소리로 말을 건넸다. 그녀는 답변대신 손바닥으로 대성의 입을 막았다. 그러고는 잠을 자라는 시늉으로 대성의 가슴을 꾹꾹 눌렀다.

"여기서는 안 돼. 내가 며칠 동안 몸을 씻지도 못했고, 무엇보다 옆방에 어머니가 계시잖아."

대성은 말을 듣지 않았다. 그는 이불 속으로 들어가 마사고의 옷을 벗겼다. 딸이 깰까봐 마사고는 더 이상 대성의 사랑을 피할 수 없었다. 대성은 다소 거칠게 마사고의 몸속으로 파고들었다. 그녀는 긴장하면서도 신음을 참느라 애를 썼다. 대성의 욕망은 한 번으로 부족했다. 그는 마사고를 향해 열렬히 날갯짓을 했다. 두 사람은 모처럼 밤의 회포를 풀었다.

"대성아, 조심하라우. 여기는 집이 아니야."

형은 깨어 있었다. 무안해진 대성이 잠시 물을 마시고 왔다고 둘러댔다.

"물을 마시려면 장소를 살피라우. 내 말을 명심해야 하디."

다음날 대성 일행은 토성에서 출발하는 열차를 타고 개성을 거쳐 문산, 일산을 통해 서울역에 도착했다. 토성을 출발한지 거의 네 시간 만이었다. 대성과 김관수의 가족은 사리원에서 만나 서울에 닿을 때까지 붙어 지내서 그새 정이 들었다. 이제는 석별의 아쉬움을 나눠야 했다. 마침 남산에서 집회를 마친 수천 명의 남로당원들이 서울역 광장으로 행진해 오고 있었다. 길게 줄을 선 남로당원들의 데모 행렬은 끝이 없었다. 스탈린과 레닌의 대형 초상화를 든 건장한 청년들을 앞세우고 김일성 노래를 우렁차게 합창하며 행진했다. 경찰들은 질서를 유지하며 행진하도록 길 양편에 도열하여 경비를 서고 있었다. 이남에는 공산당이 한 사람도 없을 줄 알았는데 수천 명의 공산당원들이 레닌과 스탈린의 초상화를 높이 쳐들고 적기가를 공공연하게 부른다는 사실에 대성은 충격을 받았다. 북에서는 어디를 가나 하루도 빠짐없이 대형 스피커를 통해 들었던 노래였으나, 미군이 있는 남한에서 그런 풍경을 볼 수 있다는 것은 이해할 수 없는 일이었다. 대성 자신도 습관적으로 불렀던 노래라 자기도 모르게 작은 목소리로 따라 불렀다. 순간 청년 여러 명이 몽둥이를 들고 다가와서는 사정없이 대성을 두들겨 팼다. 현성과 어머니가 허겁지겁 달려왔다.

"서북청년회 청년들이 몰려와서 때리고 갔지요. 남로당 데모대들이 부르는 노래를 따라 불렀다고 삽시간에 와서 두들겨 패고는 쏜살같이 돌아갔습니다."

어디로 갔느냐고, 현성이 흥분한 목소리로 물었다.

"만리동 쪽으로 갔습니다. 무슨 날만 되면 저 사람들이 몽둥이를 들고 나타납니다. 저들이 오면 남로당 청년들도 나타나지요. 그리고 싸웁니다. 하루가 멀다 하고 좌우의 청년들이 으르렁거려요. 먹고 할 일이 없는 놈들이지요."

"왜놈한테서 풀려났다고 좋아했는데 분단되고 나서는 좌우익으로 갈라져서 싸우는 일 뿐입니다."

대성은 잠시 쓰러졌다가 정신을 차렸다. 서울역파출소 경찰관이 다가와서 대성을 세브란스 병원으로 옮겨 치료받게 해주었다.

뜻밖의 作別
뜻밖의 작별

서울역에 도착한 순간부터 대성에게는 수난이 닥쳤다. 대성 어머니는 마사고를 우선 서울역 근방의 여관에 투숙시켰다. 그리고 큰이모 집으로 현성을 보내서 당분간 마사고 모녀를 받아줄 것을 부탁하고, 이모가 승낙하는 즉시 그곳으로 데려다주라고 일렀다. 대성 일행이 대문 안으로 들어서자 집안 식구들이 놀랐다. 마침 대성 아버지는 큰아들 용성이와 출타 중이었다. 대성 어머니는 도착하자마자 큰며느리를 몰래 불러내서 현성이 올 때까지 마사고가 있는 여관에 가있어 달라고 부탁했다. 집에는 평안도에서 일찍 이남으로 넘어온 친척들이 방을 하나씩 차지하고 있었는데, 대성 어머니를 보자 다들 반가워서 부둥켜안고 어쩔 줄 몰라 했다. 한성부윤이 살았다는 이 집은 대성이 할아버지가 천 원을 주고 장만한 집이었다. 당시 쌀 한 가마 값이 일 원이었으니 천 원은 대단히 큰돈이었다. 당시 사직동에 있는 조선식 대형 기와집으로는 이완용이 살았던 아흔 아홉 칸 집이 제일 컸고, 그 다음으로는 대성 할아버지가 거처하던 아흔 칸 집이었다.

대성의 집은 작은 피난민 수용소 같았다. 아침저녁으로 식사 때가 되면 아이들이 반찬을 가지고 싸움하기 일쑤였다. 변소가 세 개나 있었지만 사십 명이나 되는 사람들이 사용하기에는 태부족이었다. 그들은 밥 세 끼를 꼬박꼬박 먹으면서도 반찬이나 쌀값을 내놓지 않았다. 어떤 친척은 반찬 타박도 했다. 대성 어머니는 그저 웃고 넘겼으나 맏며느리는 꾹꾹 참다가 기어이 폭발했다.

"반찬이 맛이 없어 지겹다니, 무슨 말씀을 그렇게 하세요? 하루 이틀도 아니고 여러 달 동안 매일 세 끼 밥과 반찬을 마련하려면 얼마나 힘이 드는지 아세요? 언제 밥 한 그릇 값이라도 내놓은 적이 있나요? 음식 타박도 정도껏 하셔야죠. 국이 짜다느니, 김치가 싱겁다느니, 밥이 질어서 맛이 없다느니…… 참는 데도 한계가 있어요."

"이 집 메너리, 심성이 고약하구만. 친척이 찾아와서 신세를 좀 진다고 괄세가 너무 심해. 티꺼워서 날래 나가야지!"

일제강점기 때 일본 순사 노릇을 하던 친척의 아내가 골이 잔뜩 나서 강아지의 배를 발로 힘껏 내질렀다. 강아지는 깨갱 죽는 소리를 내며 입에서 거품을 내뱉더니 발버둥 치다 이내 숨을 거뒀다. 대성이가 며칠 전 옆집에서 얻어온 강아지였다. 대성은 개를 무척 좋아했다. 북에 있을 때도 풍산개를 밤낮 끌어안고 놀았다. 대성 어머니는 화가 머리끝까지 났다.

"이보라요! 죄 없는 강아지를 와 발로 차서 죽게 만드나요? 대성이래 호케 좋아하는 강아지라요. 안 되갔수다. 종태 아바지가 돌아오는 대로 짐 싸개지구 나가라요. 밥 한 끼 주고 인심 잃으나, 열 끼 주고 인심 잃으나 매한가지야. 얻어먹는 주제에 무슨 불평이 그렇게 많아!"

한없이 양순한 대성 어머니였으나 친일파 친척에 대해서는 엄격했다. 그 친척은 며칠 후에 쫓겨났다.

마사고는 대성의 큰이모 집에 머물렀다. 그녀는 재일교포로서 대성의 먼 친척이라고 말을 꾸몄다. 하루가 멀다 하고 사직동에서 마사고를 만나러 오는 대성을 보며 집안 식구들이 눈치를 채는 것 같았다.

"대성이랑 마사고가 보통 사이가 아니야. 내 눈을 못 속이디. 대성이래 줄창 여기 와서 마사고 방에 들어가 살다시피 한다. 내레 식모 보기 민망해서리. 나한테 바른대로 말해보라우. 내 입이 무거운 거 너도 알지 않네."

대성 어머니는 속으로 뜨끔하면서도 여유만만한 표정을 지었다.

그리고 한발 다가가서 큰언니의 손을 꼭 잡았다.

"내레 언제 성님한테 거짓말 한 적 있었시오?"

"독립운동가의 집에서 어케 왜년을 돌봐줄 수가 있네. 지금이 어느 시대라고 왜년을 집에 두냔 말이야."

대성 어머니는 큰언니를 안심시키고서 황급히 나와 대성을 밖으로 불러냈다.

"이모가 눈치를 챘다. 어카겠니? 이모는 고지식한 분이야. 니가 눈치 없이 마사고한테 가니께 이상하게 보디 않니? 마사고의 배가 제법 불러 있더구나. 이모한테 사실대로 말하고 양해를 구해야 되갔어."

그런데 다음날 일이 벌어졌다. 마사고가 일본으로 떠났다는 것이다. 대성의 얼굴이 백짓장처럼 하얘졌다. 그는 마룻바닥에 주저앉아 소리 내어 울었다.

"이모가 마사고를 내쫓았디요!"

그날 밤 늦도록 대성은 집에 돌아오지 않았다. 대성 어머니는 수용소 일본인들이 머물렀던 절로 가보았다. 하지만 이미 때는 늦었다. 일본인들은 한 사람도 눈에 띄지 않았고 승려 몇 사람만 남아서 절간을 청소하고 있었다.

"여기 머물렀던 일본인들은 어디로 떠났습네까?"

대성 어머니는 마당을 쓸고 있는 승려들을 망연자실 바라보면서 물었다.

"부산으로 간다고 했습니다. 혹시 이대성이라는 사람을 아시는지요?"

"제가 대성이 에미입네다."

"딸아이를 데리고 있던 일본 여자가 이대성이라는 사람 집에서 누가 오면 편지를 전해 달라고 신신당부하며 떠났습니다."

대성 어머니는 두 통의 편지를 받아 들었다. 한 통은 대성에게, 다른 한 통은 자신에게 쓴 편지였다. 그녀는 절간 마당의 플라타너스 나무 아래 주저앉아 편지를 뜯었다. 펜으로 글씨를 또박또박 썼다. 달필이었다. 군데군데 잉크가 번진 것으로 보아 마사고는 편지를 쓰면서 눈물을 흘린 것 같았다. 눈물방울이 떨어져 종이를 적신 흔적이 선명했다.

어머님께

어머니라고, 단 한 번만이라도 부르고 싶었어요. 이제부터는 어머니라고 당당히 부르겠습니다. 제 몸에서 자라고 있는 아이의 할머니니까요. 그동안 저를 아껴준 어머니의 은혜를 평생 잊을 수 없습니다. 이제 조선을 떠나면 언제 다시 뵐 수 있을지 막연합니다. 지금 조선을 떠나면 이것이 마지막이 될 지도 몰라서 어머니를 그리워하는 마음을 글로 남깁니다. 어머니의 손자가 제 몸에서 무럭무럭 자라고 있습니다. 대성이를 너무 사랑했던 나머지 큰 충격을 주고 떠나서 정말 죄송합니다. 인륜과 도덕을 짓밟은 죄인이 되어 일본으로 돌아가는 저의 앞날이 어떻게 펼쳐질지 두렵기만 합니다. 남편 집안과의 인연을 끊겠습니다. 제가 이혼하지 않은 상태에서 다른 남자의 아이를 임신하고 버젓이 옛 남편의 아내로 살 수는 없습니다. 저는 이혼하고 독신으로 살겠습니다. 아이를 낳으면 조선 이름을 지어주겠습니다. 대성이를 남시에서 처음 만났으니 '남시'라고 부르겠어요. 그리고 아이에게 반드시 조선말과 조선의 역사를 가르쳐 독립운동가의 자손으로 당당하게 키우겠습니다. 어머니, 부디 건강하세요. 만수무강을 기원합니다.

1946년 10월 6일 마사고 올림

마사고의 편지를 읽고 난 대성 어머니는 이 상황을 아들에게 어떻게 설명해야 할지 갈피를 잡을 수 없었다. 절간 대문을 나서려고 하는데 때마침 대성이가 두 팔을 휘저으며 걸어오고 있었다.

"마사고 어데 있습네까?"

"떠났어!"

"며칠 전까지 아무런 얘기가 없었는데, 아이를 이모 집에서 낳을 수 없다는 말까지 했는데, 왜 갑자기 떠났느냐 말입네다. 분명 이모가 떠나라고 닦달을 했을 겁네다."

"흥분을 가라앉히고 편지나 읽어보라우."

대성은 편지를 빼앗듯이 받아들었다. 지금 이 순간만큼은 어머니의 시선을 피하고 싶어 나무 그늘 아래로 몸을 숨겼다. 마사고의 편지를 읽으면서 대성은 하염없이 울었다. 부풀어 오른 감정을 도무지 가라앉힐 수 없었다.

"오마니, 난 어카면 좋습네까. 마사고가 없으면 살아갈 이유가 없디요. 오마니, 날 살려 달라요!"

"이 못난 새끼야. 남자 새끼래 와 빌빌해! 정신 차리라우. 마사고도 기구한 운명을 헤쳐나가기 벅차니까 고향으로 돌아가지 않았네? 마사고래 뭐라고 썼기에 그렇게 대성통곡을 하네."

사랑하는 대성에게

대성이랑 막상 이별하려니까 너무 슬퍼서 글을 쓸 수가 없어. 대성이는 내가 가장 사랑하는 남자였고, 또한 나를 열렬히 사랑해준 사람이야. 대성이는 내 영혼의 그림자야. 그러니까 내 마음속에서 절대 떠날 수 없는 사람이지. 내가 조선 땅에 더 머물러 있다가는 대성이의 장래를 망칠 것 같아서 서둘렀어. 비록 내가 일본으로 떠나지만 내 몸에는 작은 대성이가 살고 있지. 아이는 내가 건강하게 잘 키울게. 조선 사람으로 떳떳이 키울거야. 대성아 정말 니가 보고 싶어 죽겠다. 며칠 동안 절에 있으면서 내 머릿속은 온통 너에 대한 생각과 환상으로 가득했어. 너의 소학교 사진을 가지고 간다. 니가 보고 싶어서 참을 수 없을 때는 이 사진이 위로해 줄 거야. 너를 빼닮은 아들을 낳고 싶어. 너는 비둘기 둥지의 솜털처럼 부드럽고 착한 마음을 가진 남자야. 대성아, 공부 열심히 해. 너는 아버지의 뜻을 받들어 나라를 위해 큰일을 해야 하잖아. 나를 정성껏 보호해준 어머니의 마음을 평생 잊지 않을 거야. 그 바다 속처럼 깊은 사랑을 내가 어떻게 잊을 수 있겠어. 부디 건강해. 대성이가 큰 사람이 되게 해달라고 날마다 천지신명께 기도할 거야. 비 오는 날 서울을 떠나면서…….

         1946년 10월 6일 마사고 씀

2부

父子
부자

　　대성은 식음을 전폐하고 몸져누웠다. 며칠을 굶어서 얼굴이 해쓱했다. 다리가 후들거려 일어날 수도 없었다. 가슴이 활활 타는 것 같아 대성은 어머니의 부축을 받아 사직공원으로 바람을 쐬러 나갔다. 초가을의 청명한 하늘이 대성에게는 노랗게 보였다. 어머니의 위로와 꾸중을 동시에 받으면서 대성은 어린애 걸음마 같은 걸음으로 산보를 했다.

　　"집안 망할 일은 절대 용서 못하디. 마음 가는 대로 경솔하게 행동해서는 안 돼! 아바지 체면과 니 처지를 생각해야디. 그동안의 일을 거울삼아 대장부답게 마사고를 잊으라우. 마사고의 소원대로 이제 학교도 가고 시험 준비도 해야지. 거의 한 해를 놀지 않았네?"

　　"오마니가 시키는 대로 하갔시오. 긴데 어떻게 당장 마사고를 잊을 수 있갔습네까. 내레 지금 아바지 체면을 따질 때가 아니야요. 제게 정리할 시간을 좀 주시라요."

　　대성이가 어머니의 팔을 붙잡고 집으로 돌아오자 분위기가 냉랭했다. 그때 대성이 큰이모가 막 안방에서 나왔다. 그녀는 상기된 표정으로 인사를 받는 둥 마는 둥 하며 골목길을 빠져나갔다. 왠지 불길한 기운이 감돌았다.

　　"대성아, 넌 안채에 들어오지 말고 뒷문으로 들어오라우. 큰이모래 일을 저지른 거이 분명하디!"

대성은 발끝을 들고 뒤뜰로 숨어들어 집 안을 살며시 엿보았다. 사랑채에 있어야 할 아버지가 안방으로 건너온 것부터가 무슨 일이 생긴 게 틀림없었다. 대성은 숨을 죽이고 뒤뜰에서 동정을 살폈다.

"임자, 대성이 놈이 일본군 부인과 간통해서 아이를 밴 거이 사실이야요?"

어머니와 조용조용 말하던 아버지가 별안간 고함을 질렀다.

"누가 말 같지 않은 소리를 씨부렁거려요?"

"누군 누구야! 대성 큰이모지. 그 사람이 언제 우리 집에 오는 거 봤어? 왕래가 없던 사람이 찾아와서 대성이 장래가 걱정된다며 입을 놀리는데 내레 하도 어이없어서 더 이상 물을 수가 없었디요. 마사고라는 일본 여자가 우리 집에 여러 날 묵고 갔다는데 기래도 임자는 아니라고 잡아떼기야?"

"우리 성님이 정신 나갔디요. 마사고가 누구야요. 금시초문이야요. 대성이가 지금 몇 살인데 일본 여자하고 간통해서 아이를 뱄다는 거야요? 영감은 우리 성님 말을 곧이곧대로 믿습네까?"

"고롬, 미치광이가 아닌 바에야 어케 그런 말을 하고 가갔소! 대성이 좀 들어오라고 하라요."

안방 창문으로 새어나오는 소리를 엿듣고 있던 대성은 큰이모에 대한 배신감으로 이를 악물었다. 입이 무겁다던 큰이모가 아버지한테 고자질하리라고는 꿈에도 상상하지 못했다. 며칠 동안 굶다시피

해서 기력이 바닥난 대성은 아버지의 부름을 받고 안방으로 기어들어갔다. 월남한 이후 오랜만에 아들을 접한 대성 아버지는 깜짝 놀랐다.

"너 어데 아프냐? 야래 와 이래요?"

"그새 아팠드랬시오. 먹으면 토하고 설사하고 한 일주일 죽을 뻔했디요. 바쁜 영감에게 걱정이나 끼칠 것 같아서 이야기를 하지 않았디요."

대성 아버지는 아들을 물끄러미 쳐다보면서 입을 열었다.

"내참, 싱거운 사람 때문에 멀쩡한 아이를 병신 만들 뻔했구만. 아이가 아프면 임자라도 말을 해야디 내레 알디!"

대성이 아버지한테 힘들게 큰절을 하고서 물러나려는데 아버지가 물었다.

"대성아, 큰이모가 여기 왔다 간 걸 네래 아네?"

"대문 앞에서 만났시오."

"기래, 큰이모 보고 짚이는 거 없네?"

"여러 날 병석에 누워 있었던 아들한테 별 말을 다 묻습네다. 대성이래 큰이모가 왜 왔다 갔는지 어케 알갔습네까?"

대성은 자신을 뚫어지게 바라보는 아버지의 시선이 무서워 똑바로 바라보지 못하고 눈치만 살폈다.

"아바지를 속여선 안 된다. 잘못이 있다면 뉘우치고 용서를 비는 거이 옳디 감추려 해서는 안 돼, 알갔네? 큰이모래 미치광이가 아니라면 어케 그런 헛소리를 하는가 말이다. 큰이모를 다시 만나 봐야디. 입에 올리기도 싫다만 만약 그 말이 사실이라면 너한테 미래는 없다."

결국 사달이 나고 말았다. 대성 아버지의 끈질긴 추궁 끝에 둘의 관계가 들통 나 버린 것이다. 대성 아버지는 성격이 급하고 불같았다. 그는 너무 흥분해서 말을 제대로 잇지 못했다. 마음을 가라앉히려고 애썼으나 목소리가 마구 떨렸다.

"이런 일이 우리 집안에서 일어나다니…… 내레 얼굴을 들고 밖에 나갈 수가 있갔소? 수신제가 치국평천하라 했는데 내 자식 하나 제대로 가르치지 못한 주제에 나라와 민족을 위해서 내레 무슨 일을 하갔소?"

"저를 탓하시라요. 내레 자식을 믿고 스스로 행동하도록 한 거이 잘못이디요. 이왕 엎질러진 물, 일을 잘 수습해야디요. 이제 와서 잘잘못을 따지만 뭐합네까. 수소문해서 마사고가 일본에 가지 않았으면 출산하는 걸 도와주는 거이 최소한의 도리 아닙네까?"

"아이를 낳아서 어케 하겠다는 거이요?"

"어케 하다니요. 아이를 받아 와야디요."

"산모는 어케 하구?"

"아이를 낳고 혼자 일본으로 돌아갈지, 아니면 아이를 데리고 갈 것인지는 본인한테 물어봐야디요."

"임자 지금 제 정신으로 하는 말이요? 왜년의 몸에서 나온 아이를 어케 집으로 데리고 오갔다는 거야요?"

"고름 어케 하라우? 내 아들이 저지른 일이니까 내레 책임져야디요. 우리 집에는 데리고 오지 않갔습네다. 염려 마시라요."

"임자 자식 교육 한 번 잘 시켰수다. 기래 뙤놈 땅에서 아이들을 재대로 교육시킬 수 없다고 조선 땅으로 데리고 와서 고작 한다는 거이 왜년하고 간통해서 임신시키는 일이야요? 더군다나 일본군 장교 부인과 간통했다니, 이거이 되는 말이야요? 이런 짓을 한 놈을 내 새끼라고 집에서 밥을 멕여 키운다는 말이야요?"

"물론 대성이가 큰 잘못을 했습네다. 하지만 일본 사람이라고 해서 모두 우리 민족의 원수는 아니지요."

"뭐? 일본 관동군 장교의 부인이 우리 민족의 원수가 아니라니, 임자 지금 제 정신 개지고 하는 말이야?"

"일본 사람이라도 우리 민족에게 도움을 준 사람이 많디요. 도움을 준 사람과 해악을 끼친 사람을 구별해야디요. 일본군 가족이라고 해서 무턱대고 원수로 대해서는 안 됩네다. 대성이는 분별성 있는 아이디요."

"임자! 지금 대성이 놈 역성드는 거이야? 임자가 고렇게 생각하니 그놈이 흉측한 일을 했디요! 그런 자식을 둔 내레 어케 얼굴을 들고 다닐 수 있갔어. 야들아! 대성이를 끌고 오라우!"

대성 아버지가 밖에 대고 고함을 질렀다. 냉랭한 공기가 집안을 덮었다. 흥분한 대성 아버지의 숨이 가빠졌다. 대성이가 엉거주춤 걸어왔다. 분노에 이글거리는 아버지의 시선이 비수처럼 대성의 얼굴을 찔렀다. 대성은 이내 고개를 숙인 채 장승처럼 윗목에 서서 불호령이 떨어지기를 기다렸다.

"대성아, 올해 니 나이가 몇 살이지?"

잔뜩 긴장한 대성은 친근하고 조용한 아버지의 말투에 더 놀랐다. 갑자기 나이를 물어보는 속뜻을 알 수가 없어서 어리둥절했다.

"아바지, 용서해 주시라요. 죽을 죄를 지었습네다."

"무얼 어케 했기에 죽을 죄를 지었다는 것이냐? 일본 여자하고 관계를 맺고 아이를 임신했다는 거이 사실이란 말이야?"

대성은 차마 입을 열 수가 없었다. 아버지의 독촉이 이어졌다

"와 대답이 없네! 사람은 만물의 영장이라고 하지 않았네. 너야 짐승보다도 미물보다도 월등한 사람 아니가? 니 새끼는 네래 책임져야 하디. 난 일본 여자가 낳은 아이를 받아들일 수 없디. 내레 평생 우리 민족의 독립을 위해서 니 오마니와 함께 왜놈과 싸웠다. 근데 일본군 장교 부인과 놀아나서 아이를 임신시킨 너를 어케 내 자식이라고 집에 두갔네. 내레 자식 잘못 키운 벌을 응당 받아야지."

대성 아버지의 눈에는 어느새 눈물이 고였다. 대성이도 감정이 북받쳐 올랐다.

"내레 긴 말 하지 않갔다. 네래 모든 책임을 지라우, 알갔네?"

"알갔습네다. 부모님과 가족들에게 불명예스러운 책임이 돌아가지 않도록 책임을 지갔습네다. 제가 집을 나가디요."

"집을 떠나 고생하는 거이 죄값이라 생각하라우. 일 년 동안은 하숙할 돈이 필요할 거이다. 돈을 마련해 줄 테니 떠나라우."

"필요없습네다. 돈은 제 힘으로 벌갔습네다."

"뜻이 그렇다면 할 수 없다. 어데 가도 대장부답게 살라우."

옆에서 부자의 날선 대화를 듣고 있던 대성 어머니가 목청을 돋우며 끼어들었다.

"집을 나가다니요? 벌을 받을 사람은 바로 에미된 나야요. 모두 내레 칠칠치 못해서 일어난 일이외다. 나를 봐서라도 대성이를 집에서 쫓는 벌만큼은 주지 마시라요."

대성 어머니는 남편에게 매달려 용서를 빌었다.

"대성이한테는 이게 최선의 길이야요. 사사로운 정은 버리라요."

"영감이 대성이를 내쫓겠다면 내레 먼저 집을 나가야디요. 자식 교육을 잘못시킨 내 죄래 더 크디요. 우리 막내래 독립운동하는 아바지 때문에 마음 고생이 많았디요. 일가친척, 학교 친구들, 동네 사람들, 심지어 학교 선생한테 받은 차별과 수모는 말로 다 설명할 수 없습네다."

대성 어머니는 눈물을 닦으면서 밖으로 나왔다. 그녀는 뒤뜰에 있는 대성의 방으로 발걸음을 옮겼다.

"대성아! 대성아!"

잠이라도 들었나 싶어 방문을 열어보았으나 아무도 없었다. 방바닥에 종이 한 장이 덩그러니 놓여 있을 뿐이었다. 그녀는 방으로 들어가 떨리는 손으로 종이를 들었다. 덜컥 겁이 났다. 혹여 자살하기로 마음먹고 남긴 유서가 아닌가 싶어 숨을 깊이 들이마시고 마음을 진정시킨 후 편지를 읽었다.

　우리 오마니 보시라요!
　오마니, 안녕히 계시라요. 이 세상에서 내레 제일 사랑하는 사람은 우리 오마니뿐이라요. 아바지 말씀마따나 집안을 더럽힌 놈이 어케 집에 있을 수 있겠습네까! 귀머거리가 아닌 이상 내레 결단성 있게스리 빨리 집을 떠나는 거이 부모님과 형님들에게 폐를 끼치지 않는 일이라고 생각합네다. 사랑하는 오마니! 당분간 친구한테 몸을 의탁할까 합네다. 오마니 마음 놓으시라요…….

대성 어머니는 서러움이 차올라 편지를 끝까지 읽을 수가 없었다. 그녀는 읽다 만 편지를 들고서 방을 뛰쳐나갔다.
"막내아들이 집을 나가서 영감 속이 시원하시겠수다!"
대성 아버지는 아내의 역정에 아무런 대꾸를 하지 않고 편지를 단숨에 읽었다.
"실컷 싸댕기게 놔두라요. 그놈에겐 고생이 교육이라요."
"내래 기필코 찾아서 같이 죽든지 말든지 하갔어요!"
대성 어머니는 편지를 움켜쥐고 자리에서 벌떡 일어났다.

母子와 母子
모자와 모자

　　어머니한테는 당분간 친구 집에서 지내겠다고 말했지만 사실 대성은 의탁할 곳이 없었다. 그는 어두운 하늘에 점점이 박혀 있는 수많은 별들을 바라보며 자신의 앞날을 떠올렸다. 막막했다. 주머니에 손을 넣어보았으나 동전 한 푼 없었다. 그 순간 며칠 전 남대문시장에서 우연히 만난 작은형 친구의 얼굴이 아른거렸다. 그는 서둘러 남대문시장으로 발길을 돌렸다.

　　남대문시장의 가게들이 거의 문을 닫아서 어둑어둑했다. 시간은 어느새 밤 열한 시가 넘었다. 인적이 끊긴 시장은 으스스했다. 작은형 친구가 일하는 덕천상회 앞에 다다르고 보니 문이 닫혀 있었다. 하지만 반갑게도 덧문 사이로 불빛이 새어나왔다. 대성은 가게 문을 두드렸다. 잠시 후 누군가가 문을 열고 고개를 내밀었다. 바로 작은형 친구였다. 대성은 너무 반가워서 눈물이 핑 돌았다.

　　"대성이 아니냐? 이 밤중에 여기 어인 일이가?"

　　"형, 내레 집을 나왔디요. 부모님께 용서 받을 수 없는 죄를 지었습네다. 우리 아바지래 자식을 내쫓은 부모가 되어서는 안 되갔기에 내레 스스로 집을 나왔디요."

　　"부모래 자식이 잘못했으면 책망하는 거이 당연하디. 그렇다구 독립운동가의 아들이 가출을 하네? 날래 집으로 돌아가기야!"

"내 입장을 형이 몰라서 기래요. 형이 우리 아바지의 성질을 어케 알갔시오."

"고롬 아주 집에 돌아가지 않을래?"

"한 번 집 나온 놈이 채신머리없이 다시 들어갈 수야 없디요."

그날 밤 대성이는 작은형 친구와 새벽 세 시가 넘도록 이야기했다.

"형은 여기서 무슨 일을 하디요?"

"물건도 팔고 경리도 보고 짐도 나르고 밤엔 경비도 서디. 도둑놈이 많아서 가게를 지키느라 잠도 제대로 못 자. 주인이 음흉하고 사나워서 잠시도 쉴 짬을 주지 않디."

대성은 일자리를 얻어 달라며 매달렸다. 당장은 그게 살 길이었다.

"네래 뭐이 답답해서 좋은 집을 놔두고 뛰쳐나와 고생을 사서 하갔다는 거이가? 시장 바닥엔 좋은 사람보다는 못된 놈이 많아. 이 세상에 태어나서는 안 될 사람들만 모인 곳 같아. 열에 한 사람만 착하고 어질지 다른 인간들은 뱃속에 똥만 있고, 가슴엔 욕심만 가득차고 골통엔 돈밖에 없어. 네래 기어이 시장바닥에서 일을 하갔다면 오장육부를 다 빼놓아야 돼!"

시키는 대로 하겠다면서 대성은 거듭 도움을 청했다.

"사람은 많고 일자리는 없다 보니께 인심이 사나워져서 남의 일자리를 빼앗아야 돼. 우리나라 팔도에서 온갖 잡놈들이 다 모인 곳이라 정신을 차리지 않으면 니 명대로 살지 못하디. 첫째 경우가 밝아야 하고, 둘째 부지런해야디, 셋째 참을성이 있어야 하고, 비위에 맞지 않는다고 주먹을 쓰면 안 돼. 긴데 주먹을 쓸 데가 있다. 정작 주먹을 써야 할 때 주먹을 안 쓰거나 못 쓰면 그때는 병신 다 되는 거이야."

다음 날부터 대성은 작은형 친구의 소개로 덕천상회 창고에서 일하게 되었다. 대성을 비롯한 창고 안의 직원들은 물건을 나르느라 정신이 없었다. 덕천상회에서 나온 서기가 짐짝 개수를 세고, 화주는 물건들을 확인했다. 대성의 눈에는 죄다 처음 보는 것들이었다. 양담배, 양주, 깡통맥주, 군용 레이션 식품, 식용기름, 치즈, 버터, 온갖 음료를 비롯해 육류 등 별의별 물건이 다 있었다. 대성과 두 창고지기는 서기가 지시하는 대로 물건 상자들을 창고에 차곡차곡 쌓았다. 그 앞에 국산 잡화를 잔뜩 쌓아 놓아 PX 물건이 보이지 않도록 위장했다. 일자리를 얻은 첫날부터 대성은 중노동에 시달렸.

대성이 남대문시장 덕천상회 창고지기로 일한 지도 어언 한 달이 지났다. 처음 일주일 동안은 견디기 힘들었다. 그러나 대성은 어려운 환경에도 적응력이 빨랐다. 시장이라는 사회 구조와 상인들의 출신 성분에 대해서도 대충 파악했다. 한 달 만에 받은 월급은 형편없었다. 대성의 하루 품삯은 설렁탕 두 그릇 값 정도였다. 지게꾼보다도 못한 수입이었다. 돼지밥 같다고 거부하던 꿀꿀이죽이 이제는 대성에게 주식이 되어버렸다. 밤마다 어머니와 마사고 생각에 잠을 이룰 수가 없었다. 특히 꿀꿀이죽을 먹을 때면 어머니 생각에 가슴이 미어졌다.

창고지기 정씨와 윤씨는 밤마다 창고를 비웠다. 외출하기 앞서 두 사람은 대성에게 심부름을 시켰다. 그리고 대성이 외출한 사이 무언가를 들고 나가서 창고 밖 누군가에게 전달했다. 그는 그것을 자전거에 싣고 쏜살같이 사라졌다. 하루는 덕천상회 주인이 창고에 있는 재고품을 조사하기 위해 점원을 데리고 왔다. 재고품의 손실을 확인하고는 노발대발했다.

"도대체 어떻게 된 것이야, 이것들이!"

"머시가 어찌코롬 되얏다는 말잉게라?"

"미군 군용 손전등이 많이 없어졌잖아!"

"글씨요. 우덜언 거그 대해서는 통 아는 바가 없고만이라."

"무슨 소리야? 이달 초 미군 손전등을 이백 개 들여 놨는데 지금 몇 개 남아 있는 줄 알아? 꼭 반이 없어졌어. 도둑이 들었거나 너희들이 들고 나가 팔아먹었거나, 둘 중에 하나가 아니면 뭐야?"

그날로 정씨와 윤씨, 그리고 대성은 덕천상회 주인의 고발로 수도경찰청 수사과에서 피의자 조사를 받았다. 정씨와 윤씨는 모든 책임을 대성에게 떠넘겼다. 그리고 두 사람은 밤마다 도박을 하느라고 외출했다는 사실을 증명했다. 결국 물건이 없어진 책임을 대성이 다 뒤집어썼다. 정씨와 윤씨가 취조하는 형사에게 남몰래 돈을 집어 주고 대성을 도둑으로 모는데 성공한 것이다. 대성은 검찰에 넘어갈 때까지 수도경찰청 산하 종로경찰서 유치장에 갇히고 말았다.

대성은 팔촌형 김순식 지검장의 도움으로 풀려났다. 그날 대성 어머니가 기겁하며 종로경찰서로 달려왔다. 대성 어머니는 막내아들을 붙잡고 집으로 돌아가자고 통사정했다. 어머니와 함께 달려온 큰형 용성도 동생을 어르고 달랬으나 대성은 끝내 거절했다.

"네래 집을 나간 후 아바지래 식사를 제대로 하지 못하셨디. 병이 나서 돌아가실 뻔했어야. 날래 집으로 가자우!"

"오마니, 난 산다는 자체가 귀찮고 괴로워요. 내레 아바지에게는 짐이 되고 민족 앞에서는 죄인인데 살아서 뭐합네까."

"대성아, 마음을 다시 먹으라우. 네래 이자 홀몸이 아니야."

"홀몸이 아니라니요?"

"마사고래 니 아들을 낳았다고 기별을 보내왔어."

대성은 너무 놀라 말문이 막혔다.

"마사고래 아직 일본에 가지 않고 부산에 있단다. 내레 그 소식을 듣자마자 부산으로 갈 요량을 했디만 네래 없으니 못 가구 있지 않네! 집에 가서 며칠만이라도 쉬고 바로 부산으로 가자우."

대성은 뜻밖의 소식에 가슴이 터질 듯 기뻤으나 한편으론 혼란스러웠다. 당장 마사고에게 달려가고 싶었지만 집에 들어가기가 죽기보다 싫었다. 마사고를 만나기 위해서는 어머니의 말을 따라야 했지만 아버지의 불호령을 생각하니 눈앞이 캄캄했다. 사실 대성은 아버지에게 다소 실망했다. 한평생 독립운동을 하느라 일본 경찰에게 모진 고문을 당하고, 7년 동안 옥고를 치르며 만주와 중국에서 뼈저린 고통을 당했지만 편협한 시선으로 세상을 바라보는 모습은 아버지답지 않았다.

"정말 혈통이 무섭구나. 니 모습은 외할아버지를 닮았지만 고집은 아바지를 쏙 빼닮았디. 니 생각이 그렇다면 벨 수 없디. 고롬 이 에미와 약조를 하자. 오늘밤 여관에 있으라우. 그리고 내가 올 때까지 꼼짝 말고 있기야. 약조하갔다면 내레 집에 다녀오고 못 하갔다면 난 여기서 한 걸음도 떼지 않갔어."

"맹세하디요. 내레 언제 오마니에게 거짓말 한 적 있습네까."

대성 어머니는 막내아들의 다짐을 믿고 마사고가 보낸 편지를 주었다. 마사고의 필체가 분명했다. 그녀의 글씨를 보는 순간 가슴에서 그리움이 뭉게뭉게 피어올랐다. 대성은 그녀의 편지를 포옹하듯 가슴에 품었다.

"오마니, 가슴이 떨려서 못 읽갔어요. 오마니래 읽어 달라요."

대성은 어머니에게 편지를 건네주고 두 손으로 얼굴을 감쌌다.

　　사랑하는 어머님께

　　그동안 안녕하셨습니까. 제가 서울을 떠난 지도 벌써 한 달이 넘었네요. 부산에 도착한 후 일본으로 갈 수 있는 기회가 몇 번 있었지만 귀환을 늦췄습니다. 부산으로 가는 도중 기차 안에서 아이를 낳아서요. 아들이에요. 대성이를 많이 닮았습니다. 저번에 말씀 드렸듯 아이의 이름을 '남시'라고 지었어요. 대성이와 제가 인연을 맺은 곳이 남시여서요. 아이는 매우 건강하고 다부지게 생겼습니다. 장차 이 아이가 대성에게 큰 짐이 될 수 있다는 생각에 몇 번이나 지우려고 했지만 뜻대로 되지 않았어요. 어머니, 용서하세요. 출산하자마자 일본으로 가면 누구의 아이냐고 추궁 받겠지요. 제가 무슨 말을 할 수 있을까요. 일본으로 가기 전에 아이 문제를 어머니와 상의하고 싶습니다. 어머니께서 아이를 놓고 가라면 그리 하겠습니다. 하지만 당분간은 제가 키울 수 있도록 허락해 주세요. 조선말도 조선의 풍습과 역사도 가르치겠습니다. 아이가 어느 정도 성장하면 아버지의 나라로 돌려보낼게요. 현재 저는 부산에 머물며 여관에서 식모로 일하고 있어요. 아이를 데리고 일할 수 있어서 행복해요. 조만간 만나뵐 수 있기를 학수고대합니다.   마사고 올림

어머니가 편지를 읽는 동안 대성의 가슴에 계속 잔물결이 일었다. 발끝에서부터 열기가 올라왔다.

"오마니, 오늘밤 부산으로 가는 기차를 타자요."

"뎀비지 말라우. 네래 오늘 유치장에서 나오지 않았네. 니 몸이 많이 축났다. 그리고 아바지한테 어데 무슨 일로 간다고 허락을 받아야지. 노자도 있어야 한다. 마사고래 아이를 낳았다는데 어케 빈손으로 가갔네. 둘째이모 집에 다녀오갔다고 아바지한테 허락을 받고서 내일 저녁에 떠나자우."

"알갔시요. 그까짓 하루를 못 참겠습네까. 집을 떠나 있으면서 오

마니와 마사고 생각에 날마다 잠을 설쳤습네다."

"그러니까 왜 집을 나가서 생고생을 자초하네?"

"고롬 어캅네까! 아바지 입장과 집안의 명예를 생각해서 내레 없어져야디오. 죽고 싶은 마음이 굴뚝같았지만 오마니 생각나서 못했시오."

천장을 바라보며 이야기하는 대성의 볼에 눈물이 흘러내렸다.

"넌 어케 착하기만 하네. 내레 빨리 집에 가서 내일 밤차 시간을 알아보고 여관으로 전화를 하갔다. 오늘 저녁은 여기서 지내고 내일 서울역으로 나오라우."

대성 어머니는 막내아들의 여린 심성이 한없이 가여우면서도 한편으론 미더웠다.

父子 相面
부자 상면

대성 어머니는 부산역에 내리자마자 택시를 타고 광복동에 자리한 항도여관을 찾아갔다. 대성은 서울역에서 기차를 타는 순간부터 줄곧 뛰는 가슴이 진정되지 않았다.

"마사고가 여관에서 무슨 일을 할까요."

대성 어머니는 항도여관 이층에 방 하나를 잡았다. 아침 열 시가 지났는데도 마사고는 보이지 않았다. 출근시간이 한참 지났는데도 말이다. 정오가 지나서도 감감무소식이자 초조해서 여관방에 가만히 앉아 있을 수가 없었다. 대성은 밖에 나가 잠시 서성이다가 복도에서 일하는 종업원에게 다가갔다.

"여기 여관에서 일하는 사람 중에 마사고라고 있습네까?"

종업원이 고개를 끄덕이며 대성을 유심히 쳐다봤다.

"언제쯤 출근합네까?"

"오늘은 아이가 아파서 못 나온다고 했어요."

아이가 아프다는 말에 대성은 더욱 마음이 급해져서 마사고가 어디에 살고 있는지 물었다.

"영도다리를 건너면 일본인 수용소가 있는데 거기서 산다고 들었어요."

대성은 종업원에게 인사도 제대로 못하고 냅다 어머니한테로 갔다.

"대성아, 서두르지 말라우. 남루한 입성으로 어델 간다는 거이가?"

"아이래 아프다는데 날래 가봐야지요."

종업원 말대로 일본인 수용소는 찾기 쉬웠다. 창고 같은 건물을 수리해서 사용하고 있었다. 출입구에는 건장한 청년 두 명이 경비를 서고 있었다. 대성 어머니가 사람을 찾으러 왔다고 말을 붙이자

청년들이 눈을 부라리며 출입구를 막았다. 대성 어머니가 빌다시피 사정해도 막무가내였다.

"이보라요, 내레 서울에서 부산까지 천리 길을 왔수다. 마사고라는 여자를 만나게 해달라요."

"참말로 귀찮게구네! 빨리 저리 가이소!"

콧잔등이 빨간 청년이 대성 어머니의 가슴을 힘껏 밀었다. 뒤로 넘어진 그녀의 입에서 거친 숨소리가 새어나왔다. 대성이 냉큼 달려가 어머니를 일으켜 세우려 했으나 상태가 심상치 않았다. 물을 달라고 소리치자 수용소 안에 있던 일본인들이 젊은 경비를 밀치며 밖으로 나왔다. 그들 사이에 마사고가 있었다.

"어머니! 어머니! 대성이!"

마사고가 깜짝 놀라 대성 어머니에게로 달려들었다. 그녀는 간호사 출신답게 노련한 손놀림으로 대성 어머니의 몸 이곳저곳을 주물렀다. 대성 어머니가 깊은 숨을 내쉬었다. 그제야 마사고를 알아본 대성 어머니가 눈물을 글썽이며 활짝 웃었다. 그리고 마사고를 와락 껴안았다.

"어머니, 많이 보고 싶었어요. 부산엔 언제 오셨어요? 가족들은 모두 건강한가요?"

"서울에 있는 우리 가족들은 다들 잘 있다. 마사고, 그동안 참말로 고생이 많았어야! 아이는 건강하디?"

"네, 무럭무럭 잘 크고 있어요. 아이가 감기에 걸려서 오늘은 일하러 가지 못했습니다."

 수용소의 일본인들 얼굴은 대부분 낯설었다. 하지만 그들은 수용소를 찾아 온 두 사람에게 정중히 인사했다. 곤경에 처한 수용소의 일본인들을 도와준 이야기를 들어 알고 있다며 머리를 조아렸다.

 "마사고, 수용소 앞을 지키고 있는 저 놈들은 누구야요?"
 "경찰관이에요."
 "왜 경찰관이 보초를 서디요?"
 "요즘 며칠 동안 징용에 끌려갔다 돌아온 건국준비위원회 사람들이 몰려와 시위를 했어요. 일본인들 빨리 물러가라고요. 어찌나 사납게 구는지 당장이라도 우리를 죽일 것만 같았어요."

 대성과 어머니는 마사고를 따라 수용소 안으로 들어갔다. 수용소는 아담하고 비교적 깨끗했다. 마루를 깔아주고, 일본제 군용 모포를 여유 있게 나누어주고, 식량 배급도 좋은 편이라 용천에 머물 때에 비해서는 천국이라고 했다.

 "용천에서 함께 고생했던 일본인들은 다들 어디에 있지?"
 "대부분 먼저 일본으로 갔어요. 여기 남아 있는 사람들은 함흥 질소공장에서 일하던 일본 기술자 가족들이에요. 배편이 없어서 기다리고 있어요."

 마사고의 등에 업혀 깊은 잠에 빠져 있는 아이의 얼굴이 대성의 어릴 적 모습 그대로였다. 대성은 아이를 깨워서 안아주고 만져보고 싶은 마음이 굴뚝같았다. 피붙이라고 생각하니 뭔가 색다른 감정이 밀려들면서 기분이 묘했다. 대성 어머니는 마사고의 손을 잡고 밖으로 나갔다. 출입문 입구에는 아까 그 젊은 남자들이 출입구를 여전히 지키고 있었다.

"마사고, 앞으로 어쩔 셈이야?"

"당분간 부산에 있으려고요. 아무래도 당장 일본으로 가기는 어려울 것 같아요. 시댁이나 친정에는 갈 수가 없어서요. 일 년만 더 부산에 있으려고 해요."

"그게 가능하네?"

"물자 지원만 의뢰하지 않으면 체류 연장이 가능해요. 여관에서 일하고 받는 보수로 생활비가 해결되거든요."

"그런데 모모고가 왜 보이지 않네?

"……하늘나라로 떠났어요……."

"뭐? 모모고가 죽었단 말이네?"

대성 어머니는 무너지듯 주저앉았다.

한참이나 말을 하지 못하고 멍하니 하늘만 쳐다봤다. 유난히 착하고 귀여웠던 모모고의 얼굴이 머릿속을 가득 채웠다. 아이의 이름을 입에 올린 순간부터 마사고는 하염없이 눈물을 흘렸다. 그동안 꾹꾹 참았던 눈물을 죄다 쏟아내려는 듯 서럽게 울었다. 이제야 좀 정신을 추스른 대성 어머니가 죽음의 연유를 물었다.

"남시를 가끔 보살펴주는 할머니 동생의 실수로 그만……."

"알았다, 그래, 그래. 지나간 일을 말해봤자 에미 속만 문드러지지……. 오늘은 좋은 이야기만 하자우. 남시를 기차 안에서 어떻게 출산했네?"

"서울을 떠나 수원을 지날 무렵 통증을 느꼈어요. 아마 대전쯤에서 분만했을 거예요. 친절한 차장을 만나 차장실에서 출산했어요. 행운이었죠. 우리 일행 중에 마침 조산원이 있어서 출산하는데 큰 어려움이 없었어요. 놀라운 일은 차장이 출산 소식을 알려서 승객들이 출산 축하금을 거둬 줬어요. 부산역장의 소개로 항도여관에 일자리도 얻을 수 있었고요."

그때의 일을 회상하는 마사고의 표정이 조금 밝아졌다.

"그런데 와 아이한테 조선 이름을 지어줬디?"

"대성이의 아들이니까 당연히 조선 이름을 지어줘야죠. 대성이는 남시의 어엿한 아버지잖아요."

"대성이는 집에서 나왔다. 마사고가 서울을 떠난 후 대성 아버지가 모든 사실을 알아버리는 바람에. 그래서 대성이가 스스로 책임진다며 가출한 거이다."

막내아들이 가출한 후 덕천상회에서 일하다 절도죄를 뒤집어쓰고 유치장에 들어갔다가 풀려난 사연을 대성 어머니가 조곤조곤 들려줬다.

"부산에 대성이를 데려온 것도 아바지는 모르디."

"애초부터 제가 잘못했지요. 미련한 죄인입니다."

"이제 와서 후회하면 뭣 하갔나. 마사고의 앞날이 걱정될 뿐이디."

"대성이는 앞으로 할 일이 많고, 아버님은 조국의 독립을 위해 평생 일하셨지요. 만약 제가 남시를 여기에 두고 간다면 다들 곤경에 빠질 거예요. 남시도 천덕꾸러기가 될 테고요. 아이만은 일본으로 데려가서 키우게 해 주세요. 남시라도 있어야 제가 버틸 수 있어요."

"아이를 조선 사람으로 키우는데 으뜸으로 삼아야 할 덕목은 첫째, 조선말을 알아듣고 쓸 수 있도록 가르쳐야 한다. 둘째는 조선 역사를 올바르게 가르쳐야 한다우. 일본 학자들이 만든 식민지사관에 따라 우리 역사를 가르치는 것은 남시를 망치는 길이다. 남시가 마사고의 몸에서 태어났지만 그 애비는 조선 사람이라는 사실을 명심하라우. 마지막으로 조선 음식을 먹을 수 있게 해줘야디. 김치나 된장을 먹을 줄 모르면 조선 사람이 아니야. 조선 음식의 특징은 발효 음식이라우. 조선 사람들이 침략과 약탈을 그렇게나 많이 당하면서도 맥이 끊어지지 않은 것은 바로 발효 음식의 특성 때문이야. 내가 지금까지 말한 것을 지킬 수 있갔네? 자신 없으면 나한테 맡기고 떠나라우."

대성 어머니가 단호하게 말했다.

"분부대로 할게요. 항일 독립투사의 손자답게 당당히 키우겠습니다."

대성 어머니는 마사고의 어깨를 감싸 안았다.

"그렇다면 마사고의 뜻대로 하라우. 나는 마사고를 믿갔어."

대성 어머니가 가재 손수건에 싼 무언가를 마사고에게 건네주었다.

"넣어두라우. 얼마 되지 않아. 오천 원이야. 부산에 있으면서 생활비에 보태 쓰라우. 여기 물가는 잘 모르겠으나 내가 월남하기 전 북에서는 담배 한 갑에 삼십 원, 쌀 한 되가 백칠십 원이었으니까 당분간은 보탬이 될 게다."

"어머니, 이렇게 큰돈을……."

"잃어버리지 않게 조심하라우. 그나저나 어째 계속 잠만 자누. 남시의 잠자는 모습이 대성이를 꼭 닮았구나."

대성 어머니는 깊은 잠에 빠져 있는 손자 남시의 뺨에 살짝 입을 맞췄다.

"남시는 보채지 않아요. 얼마나 순한지 집에 아이가 있는지 없는지도 모를 정도예요. 어린 것이 일하는 엄마를 생각해서 벌써부터 효자 노릇을 해요."

대성 어머니는 아들 내외를 데리고 일본 피난민 수용소를 나와 생선 회집을 찾았다. 마사고의 등에 업혀 있는 남시가 처음으로 칭얼댔다. 마사고가 "오줌을 쌌나봐요" 하면서 남시를 식당 방바닥에 뉘어놓고서 대성에게 기저귀를 채워 보라고 했다. 젖살이 통통한 건강한 아이였다. 기저귀를 갈아주자 아이가 금세 기분이 좋아져서 손발을 사방으로 힘차게 내둘렀다. 그러다 눈을 빤히 뜨고는 옹알거리면서 마사고를 보고 생긋 웃었다. 대성 어머니가 흐뭇한 미소를 짓다가 이내 웃음을 거두고는 한마디 말문을 열었다.

"생명에는 귀천이 없다. 생명에는 국가와 민족의 차별도 없디 않니? 누구의 손에서 어떻게 키워지는가. 바로 이것이 한 생명의 운명을 좌우하디. 남시의 운명은 마사고 너에게 달려 있다우. 니가 낳은 아들이지만 남시의 생명은 니 것도 아니고 대성이 것도 아니다. 오로지 천지신명 거이야."

식사를 마치고 나서 대성 어머니는 항도여관으로, 마사고와 대성은 부산여관으로 갔다. 마사고와 대성은 실로 오랜만에 단둘이 있게 되었다. 엄마 젖을 빨던 남시가 새근거리며 잠이 들었다. 대성은 남시를 바라보면 바라볼수록 신기했다. 자기가 아이의 아버지라는 사실이 도무지 믿기지 않았다. 시간이 갈수록 두려움이 엄습해 왔다. 대성은 어두운 표정으로 아이를 물끄러미 쳐다봤다. 그런 대성의 표정과 마음을 마사고는 이해할 수 있었다. 방안에는 정적만 감돌았다. 마사고는 부산에서 기거한 이후 훨씬 건강해졌다. 반찬이 있으나 없으나 끼니를 놓치지 않아서 피부가 탄력 있고 한결 고와졌다. 모모고의 사망의 충격에서 어느 정도 벗어난 상태이기도 했다. 오히려 대성이 뒤늦게 모모고의 죽음을 전해 듣고 오열했다. 누구보다 모모고를 아꼈던 대성의 흐느낌이 밤새도록 멈추지 않았다.

不審檢問
불심검문

  대성은 다음날 일찍 일어났다. 아침 일곱 시에 온다는 어머니는 여덟시가 되도록 감감무소식이었다. 대성 어머니가 가재 손수건에 곱게 싸서 준 돈을 마사고가 대성에게 보여주었다.

 "난 돈이 필요 없어. 여관에서 일하고 있으니까 내가 쓸 돈은 충분해. 그리고 어머니가 비밀로 해달라고 해서 말을 안 했는데, 오늘 아침 어머니 혼자 기차로 떠나신다고 하셨어. 아마 지금쯤 부산역에 계실 거야."

 대성은 부산역으로 한달음에 달려갔다. 개찰구는 승차하려는 사람들로 붐볐다. 대성은 사람들 사이를 누비며 어머니를 찾아 헤맸다. 개찰구 역원에게 신분증을 맡기고 구내로 들어가 서울행 열차에 올라탔다. 객차 안에도 어머니의 모습은 보이지 않았다. 홀로 길을 나선 어머니를 떠올리자 가슴 밑바닥이 뜨거웠다.

 며칠 후 대성과 마사고는 서울행 완행열차를 타고 부산을 떠났다. 열차 안은 콩나물시루나 다름없었다. 남시는 순하디 순해서 엄마 젖만 먹으면 보채지 않았다. 승객은 징용으로 일본에 끌려가 탄광이나 군수 공장에서 일했던 사람들이 대부분이었다. 자정이 지나자 승객들은 입을 벌리고서 잠에 빠졌다. 마사고도 남시에게 젖을 물린 상태로 졸고 있었다. 그녀는 아이를 바닥에 떨어뜨릴까 염려스러워 눈을 떴다 감기를 반복했다.

"학생인가? 옆에 앉아 있는 분은 누님이시고?"

대성이 형수님이라고 대꾸했다.

"형수님이 재일교포신가? 우리말이 서툰데."

"아직 우리말을 잘 하지 못하디요. 형님이 일본에 계셔서 내가 모시러 부산에 왔습네다."

대성이 마주 앉은 남자와 계속 말을 섞자 마사고가 남몰래 대성의 무릎을 쿡 찔렀다. 그만 입을 다물라는 신호였다. 새벽녘 기차가 대전역에 도착하자 행색이며 표정이 수상한 남자가 갑자기 대성과 마사고에게 일어나라고 지시했다.

"나, 부산진경찰서 수사과 형사야. 조사할 것이 있으니까 잠시 대전에서 내려야 되겠어."

"기차가 떠나면 어캅네까?"

"걱정 말고 날 따라와!"

기차 안은 하차하려고 선반에서 짐을 내리는 사람과 방금 객차 안으로 짐을 들고 오는 승객들이 엉켜서 매우 소란스러웠다. 그런 와중에도 승객들의 시선이 대성과 마사고에게 모아졌다. 대성과 마사고는 당황스러워 어쩔 줄 몰랐다.

"자네 형수라는 사람 일본 여자야! 부산 항도여관에서 식모로 일하지 않았어?"

마사고의 얼굴이 하애졌다.

"빨리 내려! 날 따라와!"

형사라는 남자가 대성의 손을 잡아끌었다. 대성이 거부하며 뒷걸음쳤으나 형사가 더욱 힘차게 팔을 잡아끌었다. 오히려 침착한 마사고에게는 고분고분 따라오라는 듯 매서운 눈빛으로 신호를 보냈다.

형사는 대성과 마사고를 데리고 대전경찰서 수사과로 갔다. 수사과에 발을 들여놓자 형사들 모두가 그를 반겼다.

"형님 한동안 소식이 없더니 웬일이슈."

"살인사건을 처리하느라 바빴어. 서울 가는 김에 일이 생겨서 들렀어."

"데리고 온 사람은 누구에유?"

"상당히 수상한 사람들이야."

"과장님께 보고하나유?"

"정식 보고할 일은 아니야. 저 여자는 일본인인데 수용소에서 도망 나온 것 같아. 학생 놈이 자기 형수라고 하는데, 저 놈은 이북에서 왔거든. 말이 앞뒤가 안 맞아서 조사 좀 해야겠는데 여기서는 안 되겠고, 학생 놈만 자네가 지키고 있어. 저 여자는 내가 처리할 테니까."

대성은 즉시 유치장에 갇혔다. 너무 갑작스럽게 벌어진 일이라 얼떨떨했다. 형사는 마사고를 앞세워 수사과를 나섰다. 그녀는 형사의 옷자락을 붙잡고 통사정했지만 들은 척도 하지 않았다. 형사는 마사고를 데리고 경찰서에서 좀 떨어진 계룡여관으로 갔다. 거리는 한산했다. 형사의 말투가 이내 부드러워졌다.

"수용소에서 탈출하면 죄가 된다는 걸 몰랐어요? 감옥에 가야 합니다. 동조한 학생은 소년원으로 보내고요. 나한테 협조하면 감옥에는 가지 않게 해주지."

감옥이라는 말에 겁을 먹은 마사고는 대성이 때문에 제 정신이 아니었다. 소년원이라니, 이게 무슨 날벼락인가. 최대한 형사의 비위를 맞춰야 대성의 신상에 문제가 없을 것 같았다. 그녀는 잔뜩 긴장한 채 형사의 일거수일투족에 신경을 곤두세웠다.

"내 말을 잘 들으면 조사도 받지 않고 그 학생이랑 서울로 갈 수 있도록 눈감아 줄 테지만 그렇지 않으면 두 사람 다 감옥으로 보내겠어."

"대성이는 아무 상관없어요. 잘못이 있다면 내가 수용소를 나온 것이지요. 근데 책임자한테 허락을 받고 나와도 죄가 되나요?"

"어쨌든 수용소를 이탈해서 서울로 간다는 건 도망치는 것과 다를 바 없어. 수용소에 입소할 때 주의사항을 들었을 텐데? 그리고 대성이라는 학생은 당신을 탈출시킨 혐의로 조사를 받아야 해."

"탈출이라니요? 어디서 탈출했다는 겁니까?"

"허허, 이 여자가 나를 바보로 아네. 이봐, 대성의 수첩에 부산 영도수용소의 주소와 당신 이름이 적혀 있어. 그런데도 당신이 일본에서 귀국한 동포라고? 그리고 항도여관에서 일하고 있다는 것도 다 알아. 내가 그 여관에 몇 번 갔지. 근데 왜 수용소를 탈출했지? 그리고 대성이라는 놈이랑 무슨 목적으로 서울에 가는 거야? 당신

정말 내 말을 듣지 않고 다시 경찰서로 가면 바로 구속이야."

마사고는 자신의 정체가 탄로 나자 얼굴이 화끈 달아올랐다. 무조건 비는 것이 상책이었다.

"잘못했어요. 하지만 탈출이라는 말은 가당치 않아요. 시키는 대로 하면 대성이는 풀어주는 거예요?"

"그야 물론이지."

"알았어요. 전등불을 꺼주세요."

말이 떨어지기 무섭게 형사는 벌떡 일어나 스위치를 내렸다. 그리고 마사고의 몸을 사정없이 더듬었다. 그녀는 목석처럼 누워 별다른 저항을 하지 않았다. 형사가 그녀의 목덜미며 입술을 핥으려하자 좌우로 연신 고개를 돌렸다. 그리고 입술을 단단히 봉했다. 형사의 입안에서 역겨운 냄새가 풍겼기 때문이다.

"이 망할 년이 누굴 약 올리나!"

형사의 숨결이 가빠지면서 이제는 마사고의 아래를 더듬기 시작했다. 그녀는 필사적으로 반항했으나 역부족이었다. 그 순간 남시의 몸이 손에 닿았고, 마사고는 꿈나라에서 즐겁게 놀고 있는 아이의 발을 힘껏 꼬집었다. 우렁찬 울음소리가 터져나왔다. 어둠 속에서 느닷없이 아이의 찢어지는 울음소리가 들리자 형사는 깜짝 놀랐다. 팽창할 대로 팽창한 그의 아랫도리가 순식간에 자라 대가리처럼 오므라들었다. 아이는 자지러지게 울어댔다. 그 소리에 잠이 깬 옆방 손님들의 볼멘소리가 사방에서 터져 나왔다

"이 쪽발이 년, 어데 두고 보자. 빨리 아이에게 젖을 물려! 재수 옴붙었네, 퉤."

형사가 옷을 주섬주섬 챙겨 입고 여관방을 쏜살같이 빠져나갔다.

離別
이별

"야, 두 새끼는 밖으로 나오라우!"

당직 형사가 유치장 문을 열며 두 사람을 향해 버럭 소리를 질렀다. 형사가 유치장 안으로 들어가서 그들의 손목에 수갑을 채웠다. 그러다가 얼핏 유치장 한 구석에 등을 기대고 있는 대성을 보았다.

"너 남시에서 오지 않았네?"

대성이 그를 멀뚱멀뚱 쳐다봤다.

"혹시 용성이 막내 동생 아니가?"

"어케 우리 형을 아시나요?"

"알다마다! 니 형한테 내레 호신술을 배웠거든. 내가 해방 후에 잠시 남시보안대에 있었다. 보안대에 빨갱이 새끼들이 많아서 이내 나오고 말았지만. 니 집에 여러 번 갔었는데 날 모르갔어?"

"혹시 그때 머리를 빡빡 깎지 않았시요?"

"맞아, 내레 일본군에 끌려갔다 오는 바람에 까까중머리였어야. 긴데 무슨 일로 유치장에 들어 왔네?"

대성은 대전경찰서에 잡혀온 사정을 털어놨다.

"최 형사가 죽으려고 환장했구나. 내레 그냥 안 두갔어. 긴데 일본 여자는 지금 어데 있네?"

"최 형사래 데리고 갔시요."

"조금 있으면 최가 놈이 나타나갔디. 니 형이 일주일에 한 번 여기 와서 우리 형사들에게 호신술을 가르쳐주고 있디. 아침에 수사과장이 출근하면 너는 나가도 돼."

다음 날 최 형사가 경찰서 안으로 들어왔다. 이 형사와 대성은 설렁탕을 시켜 먹고 있었다.

"어랍쇼, 둘이 아는 사이인가?"

"알다마다. 일본 여자는 어데 감춰놓고 혼자 나타나? 대성인 우리 대전경찰서 무술 사범 이용성 씨의 동생이야. 내레 이북에 있을 적부터 알았디."

최 형사의 눈빛이 대번 달라졌다.

"날래 일본 여자를 데리고 오라우. 우리 과장 출근하기 전에 날래! 대성아, 형한테 전화를 걸어놨어. 첫차로 내려온다고 했으니까 최 형사도 여기서 기다리라우."

"내가 왜 여기서 기다려야 해?"

"왜라니? 당신이 대성이를 데리고 오지 않았어? 대성이는 아무런 죄가 없디. 일본 여자도 이북에 있을 때 함께 있었대. 기래 서울에서 대성이 가족이 오면 데리고 가라고 해야디. 잔소리 말고 날래 일본 여자나 데리고 오라우."

이 형사가 눈을 부릅뜨고 강하게 말하는 반면 최 형사는 점점 목소리가 작아졌다. 그는 이내 여관으로 달려갔다. 그러나 마사고는 아이를 업고 여관을 나간 뒤였다.

그날 대성의 형과 어머니는 오후 늦게 대전에 도착했다. 마사고도 경찰서에서 눈치를 살피고 있었다. 최 형사에 대해서는 치안국으로부터 감찰 조사를 받도록 지시가 내려졌다. 대성 어머니는 아들 내외를 보고는 한동안 눈물만 흘렸다. 대성의 처지가 이루 말할 수 없이 딱하고 안쓰러웠기 때문이다. 독립운동으로 일생을 보낸 부모의 입장에서는 결코 용서할 수 없는 아들이지만, 인간 자체를 귀히 여기는 마음이 기특해서 어떻게든 끝까지 도와주고 싶었다. 남시는 대성 어머니의 품에 안겨서 낯을 가리지도 않고 생글생글 웃기만 했다.

"대성아, 서울에서 마사고랑 뭘 어케 하자는 거이가?"

"그럼 어케 합네까? 내 자식을 낳은 마사고를 일본으로 내몰란 말입네까?"

"기래도 서울로 오갔으면 미리 에미한테 연락을 해야디, 넌 신문 기사도 안 봤네? 수용소에서 탈출한 사람들을 모두 잡아서 일본으로 강제 소환한다고 난리야."

"오마니, 난 마사고를 일본으로 보낼 수 없시오."

"누가 그러라든? 마사고 스스로가 일본으로 간다고 고집을 피우지 않네!"

"내레 강원도 깊은 산골에 숨어서 화전이라도 일구며 살갔습네다. 어케 내 자식을 일본으로 내쫓습네까."

대성은 마사고에게 매달려 조선에서 살자고 사정했으나 그녀의 태도는 이전보다 더욱 단호했다.

"난 일본에 가야 해. 조선에서 천대 받고 도망자 신세가 되어서는 남시를 양육할 수 없어. 일본행은 남시를 위해서야. 그리고 나도 우리 부모를 만나뵈야지. 시댁 어른들을 뵙고 정리도 해야 하고."

대성은 서울로, 마사고와 대성 어머니는 부산으로 가자고 입을 모았다. 대성은 모두의 결정에 반발하며 울먹였다. 대성 어머니가 막내아들을 어르고 달래다가 급기야 버럭 화를 냈다.

"이거 보자보자 하니까 망나니 새끼가 다 되었구나! 이 새끼야. 아바지 체면도 생각해야지, 마사고를 서울에 데려가서 어카자는 거이가! 반민법 만들어서 친일파들을 모두 잡아들이겠다는 판인데 네래 일본 여자와 어데서 어케 살겠다는 거이야? 이 철딱서니 없는 새끼야!"

어쩔 수 없이 대성은 개찰구를 통해 승차장으로 나가려는 마사고를 붙잡고서 다시 한번 꼭 껴안았다

"내레 꼭 일본으로 찾아갈 겁네다."

"남시를 남부럽지 않게 키울게. 조선으로 돌아올 수 있는 길이 열리면 반드시 돌아올게."

하도 울어서 그녀의 눈이 짓물렀다. 남시를 보듬고 있던 대성 어머니가 두 사람을 달랬다.

"마사고, 빨리 승차장으로 가자우. 남들이 흉보갔다. 만남과 이별은 사람의 힘으로는 좌우할 수가 없디. 이것도 전생의 업보라고 생각하고 부처님께 공덕을 바치면 언젠가는 꼭 만나갔디."

부산역에 도착한 대성 어머니는 마사고와 남시를 데리고 일본인 수용소로 갔다. 마침 다음 날 수용소에 갇혀 있는 사람들이 일본으로 떠나게 되었다. 수용소 안은 출발 준비를 하느라 어수선하고 떠들썩했다.

"어머니, 여긴 오래 머물 곳이 못 됩니다. 어머니를 바라보는 일본 사람들의 눈빛이 좀 달라진 것 같아요. 빨리 서울로 올라가시는 게 좋을거 같아요."

"니가 일본으로 가면 살아생전에 너를 못 볼 것 같다우. 지금이라도 아이를 키울 자신이 없으면 나한테 맡기고 가라우."

"아니에요. 자식은 엄마가 키워야 해요. 남시를 일본인으로 만들지는 않을게요. 조금도 염려하지 마세요. 세월이 좋아지면 꼭 돌아올게요."

마사고는 아이를 업은 채 대성 어머니 품에 안겨 한참동안 울었다. 수용소의 일본인들이 창문을 통해 두 여자의 애달픈 이별 장면을 지켜보고 있었다. 대성 어머니는 눈물을 닦으며 남시의 볼과 손등에 입을 맞추고 발길을 돌렸다. 몇 번이나 뒤를 돌아보며 마사고에게 손을 흔들었다. 마사고가 시야에서 사라질 때까지 대성 어머니는 그 자리에 서서 우두커니 바라보기만 했다. 마사고도 마냥 서 있었다. 남시가 무슨 생명줄인 양 꼭 안고 있는 마사고가 손등으로 계속 눈물을 훔쳤다. 그 모습을 지켜보는 대성 어머니의 가슴이 미어졌다. 앞으로 험난한 길을 어떻게 걸어간단 말인가. 대성 어머니는 전봇대에 몸을 의지하고 있다가 택시를 잡아타고서 부산역으로 향했다.

마도로스 朴
마도로스 박

대성은 남대문시장 야간 경비직에 임시로 취직되었다. 힘깨나 쓸 것 같은 건장한 체구가 일자리를 얻는데 한몫 했다. 주야간 2교대로 나누어 조를 짰는데 경비 책임자를 포함해서 대성이가 가장 어렸다. 남대문시장 앞에서 남로당 당원들과 서북청년단이 자주 충돌했다. 부상자들이 속출하고, 수도청 경찰들이 대거 출동하여 진압하는 과정에서 남대문시장 경비원들과 경찰 사이에 마찰을 빚었다. 이런 환경 속에서 일하는 대성은 이유 없이 경찰의 곤봉 세례를 받곤 했다.

어느덧 겨울의 문턱에 들어섰다. 대성은 그동안 미국 달러를 열심히 모았다. 일본으로 갈 밑천을 만들기 위해서였다. 구정이 지난 지도 벌써 열흘이 넘었다. 대성은 오늘 맏형 용성을 통해서 마사고의 두 번째 편지를 받았다.

"형님, 긴데 어케 마사고한테 편지가 올 수 있디요?"

"미 군정청 민사처에 마사고의 먼 친척이 있는데 그 사람과 줄이 닿아서 인편으로 편지를 보냈다고 기래. 일본인 2세인데 미군 장교라카네."

대성은 마사고의 편지를 가슴에 품고 한참 동안 눈을 감고 있었다.

"대성아, 와 기래? 너무 감격해서 기도하네? 편지나 날래 읽어보라우."

대성은 형의 독촉에 못 이겨 편지를 읽기 시작했다. 편지는 한글로 쓰여 있었다. 분명 마사고의 필체였다. 편지지 여섯 장에 깨알 같은 글씨가 가득 채워져 있었다.

"형님, 나 정말 못 살갔시오. 내레 밀선이라도 타고 일본에 가야겠습네다."

"야래 지금 제 정신을 개지고 하는 말이야? 마사고가 뭐라고 썼길래 그러네?"

"마사고 남편이 외몽고에서 열병으로 죽었답네다. 그리고 일본의 경제 사정이 형편없어서 식량을 구하기가 힘든 모양이라요. 마사고는 병원에서 일하고 있답네다. 형은 경찰관을 많이 알디요?"

"경찰을 많이 알면 뭘 어카겠다는 거이가?"

"해양경찰들은 일본 가는 밀선이 어디에서 떠나는지 알 수 있지 않갔소?"

"어케 경찰한테 일본 가는 밀선에 대해서 알아보나? 정신 나간 소리 그만하라우."

용성은 벌컥 화를 내면서 나가버렸다. 다음 날 용성은 대성을 밖으로 조용히 불렀다. 대성의 고집을 꺾을 수는 없고 이왕 간다면 안전하게 밀항할 수 있도록 도와주자는 생각에서였다.

"내레 밀항에 대해 좀 알아봤디. 일본 밀항은 목숨을 거는 일이야. 나쁜 놈들은 경찰이랑 짜고 하는데 돈을 많이 낸 사람은 일본 땅에 상륙시켜 주고, 그렇지 않은 사람들은 대부분 우리 해경한테 잡히거나 일본에서 체포되어 오무라 수용소에 수감된다 기래. 본국으로 송환되서는 불법 밀항죄로 마산형무소에서 일 년 이상 징역을 산다더라."

"고롬 경찰과 짠 것과 안 짠 것은 어케 압네까."

"배삯을 선불로 내고 도착 후 선불한 뱃삯만큼 더 얹어주겠다는 사람들은 따로 모아서 좋은 어선에 태워서 보낸다고 기래."

"긴데 어데서 떠납네까?"

"마산 부두 어물시장에 가면 곱사등이가 있는데, 그곳에서 곱사등이를 모르는 사람이 없다더라. 이자가 일본 밀항 희망자를 모집한다는데, 돈을 더 주는 밀항자는 마산 앞바다 합포만에서 일본까지 가는 밀항 어선으로 바꿔 태워준다고 해. 내가 알아온 거이 이거이 전부다."

"형님, 고맙습네다. 내레 잡히는 한이 있더라도 일본에 가봐야디요."

새해 구정이 지난 2월 중순 경 대성은 부산행 야간열차에 몸을 실었다. 허리춤에 쌍절곤을 차고 양말 대님 안에는 단도를 끼웠다. 대성 어머니는 장남 용성이한테서 대성이가 일본으로 갔다는 말을 듣고는 노발대발했다.

"때려서라도 못 가게 말려야디! 뮈이 안전하게 가는 길을 알려주었다고……. 대성이래 어쩌면 좋으네."

대성은 완행열차가 연착하는 바람에 예정 시간보다 두 시간 늦게 부산역에 도착했다. 기차에서 내리고 타는 승객들로 부산역은 발 디딜 틈이 없었다. 체격이 왜소한 두 청년이 대성의 앞뒤에서 얼쩡거리며 말을 걸었다. 한 청년이 대성의 안주머니 속으로 재빨리 손을 넣었다. 대성은 처음부터 그들을 경계하고 있었는데 안주머니에서 어떤 느낌이 드는 순간 상대방의 팔을 잡아 비틀면서 정강이를 구둣발로 찼다. 소매치기들이었다. 대성은 한 손에 가방을 들고 있어서 몸이 자유스럽지 않았으나 워낙 무술로 단련된 몸이라 가볍게 제압했다. 주변에 싸움을 말리는 사람은 없고 구경꾼만 모여들었다. 소매치기가 대성에게 당하는 것을 목격한 소매치기 패거리들이 달려왔다. 마침 그때 우람한 청년이 대성의 편에 서서 싸움을 말렸다. 소매치기들은 그를 보자 기겁을 하고 놀라서 도망갔다.

"니, 참말로 용타! 부산에 사나?"

"서울에 삽네다. 도와주셔서 고맙습네다."

대성은 그를 향해 큰절을 했다. 뒤에는 다부지게 생긴 청년들이 지키고 서 있었다.

"우리 성님이 그 유명한 부산 마도로스 박이시다."

대성은 마도로스 박이라는 말의 뜻을 잘 몰라서 그냥 히죽 웃기만 하고 또 큰절을 했다.

"부산에 처음 왔나?"

"두 번째야요."

"니 소매치기들 잘못 건드리모 다시는 부산에 못 온다. 니 싸우는 거 봉께 보통이 아이라. 가라데(空手)라도 배웠나?"

"가라데는 아니고 중국에 있을 때 무술을 배웠습네다."

"부산에 와 왔노?"

"일본에 가족이 있어 가려고 합네다."

"아침밥 안 묵었으면 내캉 밥이나 묵자."

대성은 의심하지 않고 그의 뒤를 따랐다. 옷차림을 봐서는 막된 사람이 아닌 것 같았다. 뒤에서 졸졸 따라오는 젊은이들은 분명 졸개들일 터였다. 그들은 부산역 건너편에 있는 마산 해장국집으로 들어갔다. 아침 식사 시간이 훨씬 지났는데도 식당은 분주했다. 마도로스 박이 들어서자 카운터에 있던 지배인이 달려와 반갑게 인사했다.

"사장님, 언제 오셨능교?"

"인자 방금 왔다. 대구에 좀 댕기오느라꼬 그새 모은 기라. 해장국 인원 수 대로 가온나."

마산 해장국집은 마도로스 박이 지배인을 두고 운영하는 곳이었다. 대성은 영문도 모르고 마도로스 박이 하라는 대로 밥상 맨 귀퉁이에 앉았다. 그가 대성에게 대뜸 이름을 물었다.

"대성아, 일본에 뭐 타고 갈라꼬? 헤엄쳐 가나?"

"헤엄쳐서야 갈 수 없디요. 밀선을 알아보고 있시요."

"일본에서 조선 사람들이 다들 나오는 판에 니는 우째사 일본에 간다카노. 참말로 이상타."

"가다가 죽는 한이 있어도 내레 가야 합네다. 가족이 있시요. 일단 해장국부터 먹고 일본 가는 배가 있는지 알아봐야디요."

"일마야, 몇 번 말해야 알아 듣노. 잘못 걸리면 니 큰일 난다. 돈 뺏기고 모가지 날아가고, 밀선 아무나 타는기 아이다. 밀선 타고 가는 것은 그냥 바다에 빠져 죽으러 가는 기라. 뱃삯 받아 처묵고 바다 한가운데 나가서 몸에 큰 돌을 철사로 묶까서 물에 던지는 기라. 니 물게기 밥 되고 싶나? 내가 뱃놈 마도로스 박이다. 내가 시키는 대로 하면 일본 가는 길을 알켜주마. 그때까지 우리 집에 내캉 같이 있자."

"참말입네까?"

"니한테 거짓말해서 말라꼬. 어이, 홍두깨야. 일마 대청동 집에 있도록 해라."

우연히 부산역 정거장 앞에서 만난 마도로스 박의 호의로 대성은 숙소를 구했다. 마도로스 박의 집에는 부엌살림을 하는 중년여자밖에 없었다. 그녀는 한국 이름을 사용했지만 실제로는 일본인이었다. 마도로스 박의 집과 정원은 전통적인 일본식이었다. 마도로스 박은 이 집에 살고 있지 않았다. 대청동 집은 마도로스 박을 따라다니는 건장한 사내들의 보금자리였다. 그들은 모두 미혼이며 고아원에서 자랐다고 했다. 마도로스 박의 집은 꽤나 넓었는데 그들의 체구가 워낙 커서 좁아 보였다.

대성이 대청동 집에 기거한 지 일주일이 지났지만 밀선에 대해서는 감감무소식이었다. 일본으로 가려는 생각만 간절해서 일각이 여삼추였다. 대청동 집에 거주하는 젊은이들의 위계질서는 엄격했다. 조직에 가입한 순서대로 서열이 정해져 있었다. 충성심이 강한 사람들로 똘똘 뭉쳐 지내는 것도 유별나보였다. 그 집단의 또 다른 특색은 윗사람이라도 아랫사람에게 절대로 욕을 하지 않았다. 다른 조직원과 뚜렷이 구별되는 또 한 가지는 무도를 연마해야 한다는 거였다. 예능에 대한 자체 교육을 강화하고, 교양을 높이기 위해 독서를 권장하는 것도 새로웠다. 대성은 아직 조직원이 아니었으나 그들의 교육 과정에 자유로이 합류했다. 마도로스 박의 조직은 다른 폭력 조직과 달리 상인들에게 위협을 가하여 금품을 빼앗는 행위를 일삼지 않았다. 오히려 상인들을 보호하기 위해 피비린내 나는 싸움을 치르곤 했다.

마침내 마도로스 박이 나타났다. 다들 업소와 일터에 나가 있어서 집에는 살림하는 중년여자와 문어라는 별명을 가진 윤 도사만 있었다. 윤 도사는 공수 5단의 실력을 갖춘 고아 출신으로 마도로스 박이 가장 신뢰하는 부하였다.

"사장님, 대성이가 이상한 무술을 합니다. 한 번도 본적이 없는 쌍절곤이라는 도구를 사용하는데 절마의 동작이 비호같습니다."

"누칸 대련시켜 봤노?"

"칼 잘 쓰는 이기철과 대련했는데 기철이의 목도가 두 동강 났습니다."

"그나저나 저 놈이 와 일본에 간다카노?"

"일본에 각시가 있다카데요. 밤에 잠을 못 자예."

"각시가 있다꼬? 아이구야, 별넘 다 봤다. 절마가 몇 살인데 각시가 있다카노."

그날 밤 저녁상을 물리고 마도로스 박과 대성이 마주 앉았다. 박이 대성에게 일본에 가는 목적을 물었다. 그동안 자기가 걸어온 발자취에 대해 대성은 허심탄회하게 털어놓았다.

"우야꼬! 니 팔자가 어찌 나와 같노!"

대성은 고개를 숙이고 얼굴을 들지 못했다. 그의 눈에서 흘러내리는 눈물이 볼을 타고 다다미방에 한 방울 두 방울 떨어졌다. 이번에는 마도로스 박이 이야기보따리를 풀었다. 그의 처자식은 일본에 있었다. 아버지가 친일파로 몰려 수난을 당한 사연, 그리고 지역 건달과 조직 폭력배들한테 협박과 공갈을 받으며 주기적으로 금품을 빼앗긴다는 이야기들을 소상히 들려주었다.

"대성아, 나도 일본에 다녀와야겠다. 내 어선 타고 함께 가자. 달이 없는 날에 가야 한다. 그런데 내 어선으로는 바다 중간만 갈 수 있다. 일본 해역으로 들어가면 일본 순시선이 어찌나 감시가 심한지 환장할 지경이야. 그리고 내하고 친한 야마구찌겐 야쿠자 아들이 일본 본토와 대마도 사이에서 밀선을 운영하는 기라."

대성은 너무 기쁘고 감격해서 마도로스 박의 무릎에 얼굴을 묻고 울었다.

密航
밀항

        대성이 부산에 도착한 지 어언 한 달이 넘었다. 며칠 머무를 줄 알았던 대성은 마음이 조급해졌다. 마도로스 박에게 밀선을 알선해 달라고 사정했다.

    "니 신문 봤나. 요즘 해경 감시가 심해서 일본으로 밀항하려는 사람들이 많이 체포됐다고 하드라. 남의 배를 타는 것은 위험하니 내 어선 타고 함께 가자."

    "간다, 간다 하면서 벌써 한 달이 지났습네다. 잡히든 말든 혼자라도 떠나야디요."

    "일마야, 그동안 잘 참지 않았나. 내주 달이 없는 날 마산 합포만에서 떠나자. 이건 절대 비밀로 해야 한다. 알았나?"

    드디어 대성이 기다리던 날이 왔다. 대성과 마도로스 박, 윤 도사 세 사람은 남해호에 승선했다. 그 배의 소유자는 마도로스 박이었다. 어선들이 어지럽게 모여 있는 남포동 부두를 출발한 남해호는 어둠을 가르면서 서쪽 바다를 향해 전진했다.

    "사람이 노를 젓는 작은 배는 타봤는데 기계로 가는 이런 큰 배는 처음이야요."

    "깊은 바다로 나가면 풍랑이 인다. 배를 처음 타는 사람은 다들 멀미를 한다."

겨울이 거의 모습을 감춘 계절이었으나 바닷바람은 몹시 매웠다. 대성은 가슴이 울렁거렸다. 얼굴이 금세 창백해지고 이마에는 땀방울이 맺혔다.

"성님, 야 좀 보소! 대성이 쌍판이 말이 아임니더."

"일마야. 앉아 있지 마라, 바닥에 눕거라. 눈을 감고 잠을 청해바라. 잠시 누워 있으면 개안타."

"이 배는 어데로 갑네까?"

"가기는 어데로 가. 마산으로 갈치 잡으러 가지."

남해호는 마산 합포만에서 갈치 잡으러 바다 한가운데로 나온 갈치잡이 선단과 합류했다. 남해호는 일본으로 가는 밀선이 아니라 영락없이 고기 잡는 배였다. 새벽 두 시쯤 대성은 윤 도사가 깨우는 바람에 일어났다. 윤 도사는 허리에 짧은 일본도를 차고 있었으며, 마도로스 박은 미군 헌병들이 가지고 다니는 45구경 권총을 손에 쥐고 있었다. 대성이 잠든 사이에 남해호는 닻을 내리고 항진을 멈췄다. 배는 파도에 실려 둥실둥실 출렁거렸다. 남해호 옆에는 다른 어선이 바싹 붙어 있었다. 마산 앞바다 어선들은 배에 훤히 불을 밝히고 갈치를 잡느라 분주했다. 남해호는 다른 배에서 사람들을 옮겨 태웠다. 모두 일본으로 밀항하려는 사람들이었다. 밀항 희망자는 남녀 합쳐 모두 서른 두 명이었다. 어린아이들은 절대로 태우지 않기로 약속해서 한 명도 보이지 않았다. 일본 본토가 아니라 대마도 북단의 와니우라 근해에서 하선하는 것이 목표였으나, 일본 해양 순시선이 한국에서 오는 밀항자들을 체포하기 위해 눈에 불을 켜고 있으므로 히다카츠 항구가 있는 근해 쪽으로 방향을 돌리라는 무전이 들어왔다. 일반 어선으로는 약 네 시간 정도 걸리는 해로였으나 예상치 않았던 동남풍이 거세게 부는 바람에 남해호는 속도를 제대로 내지 못했다. 밀항자들은 숨을 죽인 채 밖에서 일어나는 온갖 소리를 놓치지 않으려고 귀를 기울였다. 한국의 밀항 알선 조직과 연결되어 있는 일본 조직으로부터 다시 무전이 들어왔다. 히다카츠 항구도 안심할 수 없으니 대마도 남단 쪽 이즈하라 항구 근해로 방향을 돌리라는 거였다. 오랜 시간의 항해와 멀미로 기진맥진한 밀항자들이 불만을 터트렸다. 마도로스 박이 선장과 함께 선실로 들어와서 고함을 질렀다.

"보소! 내 마음대로 하는 기 아이고요, 일본 순시선의 경비가 심해서 요즘은 밀항자들이 거의 체포됐다고 안하요! 여러분의 안전한 상륙을 위해서 일본의 우리 측 조직이 이즈하라 쪽으로 오라는 것이 아임니꺼. 부산으로 돌아가든지 아이면 이즈하라 쪽으로 가든지 맘대로 하소!"

밀항자들은 대번 기가 죽어서 선장의 지시를 따르겠다며 한 목소리를 냈다. 그들은 선장의 말대로 일단 일본 어선에 옮겨 탔다. 남해호는 일본 순시선에 포착되기 쉬우니 일인 당 미화 백 달러씩 더 내놓으라고 하여 밀항자들이 또 웅성거렸다. 하지만 일단 일본의 밀항 알선 조직과 조우한 이상 그들의 말을 들어야만 했다. 밀항자들은 일본 어선으로 옮겨 탄 후부터 불안의 그림자가 점점 커졌다.

"일본 어부들이 우리들을 일본 관헌에게 넘길지도 모르는데 어떻게 이자들을 믿습니까?"

"믿지 몬 하면 몬 가는 기라. 부산을 떠날 때부터 밀항의 성공률은 반반이라고 하지 않았습니꺼? 내가 상륙할 때까지 여러분과 같이 가는데 무슨 걱정이 이리 많응기요? 내가 한두 번 밀항한 것도 아인데 나를 따르소, 잔말말고."

"일본 어선의 선장이 누군지 아나?"

윤 도사가 대성의 귀에 대고 물었다. 대성이 머리를 절레절레 흔들었다.

"너만 알고 있어라. 마도로스 박 부인의 오빠인 기라."

"기래요? 고롬 안심해도 되갔습네다."

"밀항자들에게 개인적 신분을 말할 수도 없고, 참……. 일본 어선의 선장이 직접 나올 사람이 아인데 자기 처남인 마도로스 박이 온다고 하이까 여기까지 나오지 않았나. 시마무라 상은 어부도 선장도 아이라. 이 대마도에서 첫째 아니면 둘째 부자인기라. 대마도 제일가는 유지라. 참말로 의리의 사나이라."

"그런데 박 사장님이 어떻게 일본 여자를 아내로 삼았습네까?"

"일본 수산학교 학생 시절 여름방학 때 이즈하라에 실습 나왔다가 길에서 첫눈에 반해 집까지 따라갔는데 그만 그 오빠인 시마무라 상한테 디지게 맞았다카이. 힘이야 우리 박 사장님이 더 강했지만 일부러 맞아주었다카대."

 윤 도사는 자기 일처럼 신이 나서 떠들어댔다. 마도로스 박은 실컷 매를 맞고 치료를 받은 다음 날 또 찾아가 대문 앞에 무릎을 꿇고 앉아 그들의 마음이 열리기만을 기다렸다. 그 여자의 오빠들이 나와서 때리면 기꺼이 맞고, 또 치료를 받은 후에 다시 대문 앞에서 기다리다가 죽을 만큼 맞고……. 그날도 역시 대문 앞에서 두들겨 맞고 있는데 첫눈에 반한 여자가 달려 나와 오빠들한테 매달려 통사정하고, 끝내 부모의 허락을 얻었다.

 "정말 사내답습네다. 박 사장님이 존경스럽습네다."
 "마도로스 박의 처남인 시마무라 상은 우리 박사장님의 여동생한테 장개가지 않았나. 참말로 히얀하다. 그래서 처남도 되고 매부도 되고."
 "근데 아까 남해호에서 이 배로 옮겨 실은 거이 다 쌀이야요?"
 "그래 다 쌀이라. 여기 대마도에는 쌀이 귀하다. 쌀이 금과 같다 아이가."
 "밀수출하는 거이지요. 참말로 위험한 일이야요."
 "잘못되면 다들 감옥에 가지. 대마도는 일본 본토와 우리나라 사이에 있어서 옛날부터 이런 식으로 섬사람들이 밀무역으로 살아오지 않았나. 따지고 보면 대마도 주민 대부분이 옛날부터 우리나라에서 밀항해 와서 정착했지. 시마무라 상 조상도 임진란 때에 진주에서 붙잡혀 온 사람이라카대."

해가 중천에 떴지만 일본 어선은 이즈하라 항구에 들어가지 않고 바다 한가운데에서 문어 낚시를 하며 날이 어두워지기만을 기다렸다. 밤 아홉 시가 지나 일본 어선 도구시마마루는 이즈하라 항구에서 조금 떨어져 있는 작은 어촌에 배를 대고 밀항자들을 전원 하산시켰다. 그리고 일부는 게치, 그리고 나머지 밀항자들은 구타라는 곳으로 보냈다. 대성은 이즈하라에서 멀지 않은 우치야마로 보내졌다. 대로변에서 가까운, 후미진 야산에 숯을 굽는 가마가 있었다. 가옥이라고는 바람만 불면 넘어질 듯한 오막살이 두 채가 전부였다. 대성은 선원의 안내로 숯을 굽는 은신처까지 무사히 도착했다. 미리 연락을 받았는지 노부부가 나와서 반겼다.

"이대성이라고 합네다."

"반가워요. 난 임봉건이에요. 여기 사람들은 하야시라고 불러요."

집이 겉보기에는 보잘 것 없었으나 안은 아담하고 정갈했다. 게다가 다다미가 아닌 온돌방이었다. 굵은 갈대로 엮은 돗자리를 바닥에 깔아 놓았다. 구들은 따뜻했다. 잠시 후 옆집에서 젊은 부부가 찾아왔다. 임노인, 그러니까 하야시의 아들 내외인 것 같았다. 노부부는 3대째 이곳에서 숯을 굽고 있었다. 요즘 이즈하라 마치에는 일본 경찰들이 밀항자 색출을 위해서 한국인 업소에 자주 검문을 나온다고 했다. 주민들도 낯선 사람을 보면 무턱대고 파출소에 신고해서 밀항자가 여럿 잡혀갔다는 정보를 하야시 노인이 들려줬다.

隱身
은신

　　다음 날 마도로스 박이 윤 도사와 함께 하야시 노인의 집으로 달려왔다. 오래된 사이 같았다. 그들은 일본말로 대화를 이어갔다. 한국 사람끼리 대화하는데 굳이 일본말을 써야하는지 대성은 의아했다.

　　"대성아, 한국 사람을 만나도 절대 한국말을 쓰지 마라. 한국에 대해 물으면 무조건 모른다고 해. 그기 살 길이라카이. 그라고 오늘부터 너는 일본 이름을 사용해라. 전쟁 전에 창씨를 했나?"

　　"창씨가 뭡니까?"

　　"일제시대에 일본 이름으로 바꾼 적이 있었느냐 말이다."

　　"전혀 그런 거 없었디요. 그냥 이대성이야요."

　　"그럼 내가 일본 이름을 지어 주마. 너는 이제부터 내 친척이야. 성은 아라이, 이름은 다키치라 해라. 아라이 다키치."

　　대성이 잠시 당황한 표정을 지으며 우물쭈물했다.

　　"니 이름이 무엇이냐? 일본말로 대답해라."

　　"하이, 와다시노 나마에와 아라이 다키치데스."

　　"좋아, 쑥스럽다고 안 쓰면 일본말을 제대로 배우지 못한다카이. 일본 사회에서 일본말을 모르면 생존할 수 없다 아이가."

　　대성은 기약 없는 숙식이었지만 여기 머무는 동안만이라도 노인들을 도와야 한다고 생각했다. 그래서 하야시 노인에게 일을 가르쳐 달라고 했으나 그는 펄쩍 뛰었다.

"손님이 일하시다니요, 절대로 안 되지요. 시마무라 상이 알았다 간 우리는 숯도 못 팔아먹습니다."

대성의 고집도 만만치 않았다. 하야시 노인을 유심히 살핀 대성은 산에 가서 참나무를 구해 적당한 길이로 잘라 지게에 가득 지고 돌아왔다. 노인이 세 번 움직여 가져오는 분량의 참나무를 대성은 한 번에 해치웠다. 숯가마 안에는 참나무가 차곡차곡 쌓였다. 하야시 노인은 대성의 일하는 모습에 감탄했다.

하야시 노인이 사고를 당했다. 봄꽃 구경을 나갔다가 개울에서 헛다리를 짚는 바람에 곤두박질친 것이다. 바위에 부딪치면서 갈비뼈가 두 대나 부러졌다고 이즈하라 병원에서 인편으로 기별이 왔다. 대성은 숨어 있는 처지라 집밖으로는 한 발짝도 나갈 수 없었다. 게다가 다들 용무가 있어 집은 텅텅 비었다. 병원에서 소식을 듣고 온 남자는 이런 사정도 모르고 입원비를 준비해서 빨리 가자고 재촉했다. 때마침 마도로스 박이 나타났다. 구세주 같았다. 한편으론 숯 굽는 산속에 한 달 이상 자신을 방치해서 불쑥 부아가 치밀었다.

"아라이 군, 늦게 와서 미안해!"

"아라이 군이 누굽네까?"

"니가 아라이지 뭐야."

"난 리대성이야요."

"내레 무어 말라 죽은 아라이입네까. 난 리대성이야요."

대성이 큰소리로 비아냥거리며 한국말로 떠들자, 병원에서 달려온 남자가 의아스러운 표정을 지었다. 마도로스 박이 당황하며 대성을 한쪽으로 불렀다.

"일본 경찰이 밀항자들을 색출하려고 정보원들을 깔아 놓은 거 몰라서 이라나?"

"나를 다시 부산으로 데려다 주든지, 아니면 후쿠오카 근방에 상륙시켜 달라요. 혹시 나를 숯장시한테 팔아버린 거 아닙네까?"

"이놈 머리가 돌았나. 이젠 못하는 말이 없다카이. 니 안전을 생각해서 수단과 방법을 가리지 않고 돕고 있는데 뭐가 어째? 밀항자들이 너처럼 서두르다가 오무라 수용소로 잡혀 갔다카이!"

"고롬 난 언제쯤 본토에 갈 수 있습네까?"

"본토에 상륙시키기 어려워서 내 처남의 하인한테 니가 적어준 마사고의 주소를 줬다. 연락이 닿으면 여기로 데려 오라고 했다 아이가."

대성은 마사고의 소식을 듣자 귀가 번쩍 뜨였다. 돌덩이처럼 굳어 있던 마음이 대번 풀렸다.

"내 처남 하인이 여관에 묵으면서 마사고가 오기를 기다리고 있다 카드라. 마사고가 내일 후쿠오카 항을 출발하여 여기로 올 기다."

대성은 뛸 듯이 기뻤다. 그리고 허리를 굽혀 마도로스 박에게 일본말로 사과했다.

"정말 알다가도 모를 놈이다. 머가 급해서 일본군 장교 부인하고 연애하고 애까지 낳았냐."

"겉만 보고 판단하지 마시라요. 말 못할 사연이 깊습네다."

"우리 아버지는 일제시대에 세금 마이 냈다고 친일파라 하지 않았나. 또 일본 여자와 결혼했다고 친일파가 되지 않았나. 일본에서는 조센진이라 부르며 조롱하고, 한국에서는 친일파라 부르며 업신여기고, 어데 가도 발붙일 곳이 없었다카이. 그래도 일본이 하나 좋은 점은 있다."

"그거이 무엇입네까?"

"니가 짚어봐. 일본에서 제일 좋은 것이 무엇인가."

"저야 일본에서 살아보지 않았으니 모르디요."

"주먹 세계만큼은 일본인, 조선인 차별이 없다 아이가."

"그런데 왜 그 주먹 세계를 떠났습네까?"

"아내가 울며불며 통사정해서 야쿠자와 인연을 끊었다카이."

마사고가 온다는 소식을 들은 대성은 숯 굽는 일이 손에 잡히지 않았다. 마음 같아서는 당장이라도 이즈하라 항구로 달려가고 싶었으나 일본 경찰에 불심검문을 받을까봐 어쩔 수 없이 집에 묶여 있었다. 대성은 마사고와 보낸 시간을 회상하며 밤을 꼬박 새웠다.

再會 그리고 被逮
재회 그리고 피체

마사고는 다음 날 저녁 여덟시 쯤 이즈하라 항구에 도착했다. 시마무라 사장의 하인이 마사고와 함께 부두에 내렸다. 마사고의 등에는 두 살배기 남시가 업혀 있었다. 부두에는 마도로스 박과 그의 누이 동생인 시마무라 부인이 마중 나와 있었다.

"어린놈이 무슨 재주로 저렇게 예쁜 유부녀를 자기 여자로 만들었을까? 오빠는 그 대성이라는 청년을 어떻게 알게 됐어요?"

"부산역에서 저놈아가 쓰리꾼들하고 싸우는데 어찌나 대담하고 비호처럼 날쌘지, 탐이 나서 얼른 집으로 데려왔지."

"오빠처럼 야쿠자로 키우게?"

"일본에 가고 싶어 해서 데리고 왔다카이. 항일 독립투사의 아들이란다."

마사고는 부두 개찰원에게 정중히 인사했다. 대성이가 보이지 않자 마사고는 약간 당황한 표정을 지었다. 사방에 흩어져 있는 사람들 속에서 대성을 찾으려고 두리번거렸다. 그녀는 상복 차림이었다.

"대성이 찾능교? 집에서 기다리고 있을 깁니다."

마도로스 박은 미군용 지프를 개량하여 만든 자가용으로 마사고를 안내했다. 그는 차 안에서 그동안 대성이 겪은 일들을 마사고에게 모두 말해줬다. 마도로스 박은 객사로 마사고를 안내했다. 아담한 객사는 본채와 별채로 나뉘어져 있었다. 별채에는 하녀가 살았다. 잠시 후 대성이 윤 도사와 함께 방안으로 들어왔다. 대성과 마사고의 시선이 마주쳤다. 마사고는 활짝 웃었지만 대성의 눈에는 눈물이 잔뜩 고여 있었다. 감격에 겨워 말도 제대로 나오지 않았다. 남시를 방석 위에 눕히고 마사고는 대성의 옆에 앉았다. 대성은 밥상 밑으로 손을 뻗어 마사고의 손을 꼭 붙잡았다.

"마사고, 왜 상복을 입었어요?"

"아라이 대위가 외몽고 울란바르토에서 사망하여 유골이 봉환돼 왔어요. 시댁이 있는 군마에 다녀왔습니다. 사흘 전에 장례식을 치렀어요."

"포로로 잡혀갔다가 돌아가신 건가요?"

"발진티푸스라는 전염병이 원인이에요. 외몽고는 의료시설이 열악해서 많은 군인들이 전염병으로 사망한대요."

밤 열 시가 넘어 마도로스 박 남매는 숙소로 돌아갔다. 남시는 깊이 잠들었고, 이제 대성과 마사고 두 사람만의 시간이 흐르고 있었다.

"마사고가 너무 보고 싶어서 죽을 각오를 하고 밀항해서 왔시오."

"단 하루도 대성을 잊은 날이 없어요."

두 사람은 얼싸안았다. 한참을 그러고 있었다.

"마사고, 왜 존댓말을 씁네까? 어색하게……."

"이제 대성이도 아버지잖아요. 그나저나 언제까지 대마도에 머물

계획이에요?"

"머물 수 있을 때까지요."

"여기는 위험해요. 밀항자를 색출하느라 이즈하라에 경찰들이 쫙 깔려 있어요. 배 안에서도 검색 검문을 심하게 했어요."

"우치야마에서 숯 굽는 일을 하고 있습네다. 이제 나 혼자서도 숯을 구울 수 있디요. 우치야마의 숯은 전량을 이즈하라에서 소비한다고 합네다."

"어떻게 대성 씨가 일본에서 숯 장사로 일생을 보내요? 부모 형제와 등을 돌리고……. 그게 결국 나 때문이잖아요."

"마사고 말대로 난 남시 아바지야요. 남시를 양육할 책임이 있습네다. 그리고 다시는 마사고와 떨어지기 싫습네다."

"당신은 지금 범법자예요. 합법적으로 입국하지 않았잖아요. 나도 여기서 당신과 행복하게 살고 싶지만 환경이 그렇지 못하잖아요. 어서 한국으로 돌아가요. 앞으로 나라를 위해 큰일을 하려면 학교에 가야 해요."

"우리 남시에 대해 뭐라고 했시요?"

대성은 슬그머니 말머리를 돌렸다

"우리 부모에게도 시댁 식구에게도 사실대로 말했어요."

"정말이에요? 아이구, 가슴이 뜁네다. 어케 그런 용기를 냈시요?"

"언제까지 속일 수 있겠어요. 남편이 죽었으니 유가와 집안의 대를 잇기 위해 남시를 호적에 올리려 들 텐데 그것은 안 되지요. 남시는 당신의 아들이라고 분명히 말했어요."

"집안이 떠들썩했겠습네다."

"시댁이나 우리 친정이나 일본 무사의 혈통을 이어온 집안이잖아요. 친정 아버지는 나더러 자결하라고 진지하게 말했어요. 내가 죽으면 남시는 누가 키우느냐고 울면서 애원했어요. 친정 부모님이 시부모님을 찾아뵙고 사죄하며 용서를 빌었지요."

두 사람은 그동안 쌓인 이야기를 나누다 자정이 넘어서야 잠자리에 들었다.

"당신 그동안 내 생각 많이 했어요?"

"외로움에 날마다 가슴이 찢어지는 것 같았습네다."

마사고의 몸은 예전보다 더 탄력이 있었다. 대성은 성인의 체격을 갖춘 늠름한 대장부였다. 앞가슴이 커지고 근육이 돌덩이처럼 단단했다. 두 사람은 서로의 몸을 오랫동안 정성스레 쓰다듬고 탐했다. 대마도 이즈하라에서의 첫날밤이 밀월여행처럼 달콤했다. 시간이 여기서 멈추기를 바라는 심정으로 대성과 마사고는 부부처럼 일본에서 첫날밤을 보냈다.

날이 밝자 하인이 시마무라 상의 전갈을 들고 왔다. 아침식사가 끝나는 대로 곧장 우치야마의 숯 굽는 곳으로 모이라는 내용이었다. 마사고와 대성은 조반을 먹고 바로 움직였다. 마사고는 숯 굽는 현장을 둘러보고는 대성이 머물 곳이 아니라고 판단했다

"여긴 원시인이나 살 곳이에요. 문화의 혜택을 전혀 받지 못하잖

아요. 약방도 없는 곳에서 어떻게 아이를 키워요?"

"마사고, 난 갈 곳이 없습네다. 여기가 유일한 도피처란 말이외다. 견디지 못하겠으면 마사고는 남시를 데리고 가라요."

"당신을 여기 남겨 놓고 가란 말이에요? 내가 해결책을 알아보겠어요."

"난 범법자가 아닙네까. 여길 벗어났다가는 언제 경찰에 잡혀 갈지 모릅네다."

"당신이 왜 여기서 갇혀 있어야 합니까. 내 아이의 아버지가 이런 생활을 하는 걸 원치 않아요. 한국으로 돌아가서 공부를 마치고 아버지처럼 의로운 일을 하세요."

하지만 한국으로 돌아가는 일이 더 문제였다. 밀수선이 빈번히 일본과 한국의 영해를 자주 오가자 양측의 감시가 더욱 심해졌기 때문이다. 대성이 한국으로 돌아갈 배를 도무지 찾을 수가 없었다. 마도로스 박과 윤 도사가 일본으로 떠나서 의탁할 사람도 없었다. 마사고가 대마도에서 지낸 지도 보름이 지났다. 대성은 새벽에 나가 늦은 오후가 되어서야 숙소로 돌아왔다. 혼자서 벌목을 한다는 것은 보통 중노동이 아니었다. 저녁식사가 끝나고 숯 굽는 일에 몰두하면 새벽 두 시가 지나서야 겨우 일이 끝났다. 그렇게 지내는 가운데 기어이 일이 터지고 말았다. 게지에 가 있던 하야시 노인의 아들이 실수를 해버렸다. 우편 배달원에게 자기 집에 이상한 한국인이 숙식하고 있다고 말해버려서 그날 밤 일본 경찰관들이 대성이 머물고 있는 집을 에워쌌다. 대성은 순순히 체포에 응했다. 그의 점잖은 태도에 일본 경찰관들도 심하게 다루지 않았다. 경찰은 대성을 앞에 앉혀 놓고 심문했다. 마사고가 곁에서 불안한 표정으로 지켜봤다.

"헌데 부인은 누구시오? 이 사람과 어떤 관계입니까?"

"내가 북조선 수용소에 있을 때 이 학생뿐만 아니라 부모님이 도와줘서 무사히 일본으로 올 수 있었어요. 단순히 나를 만나기 위해 밀선을 탄 거예요."

마사고는 울먹이며 대성을 풀어달라고 형사에게 애원했다. 대성은 조금도 두려워하는 기색이 없었다. 대성이 자수한 것처럼 선처하겠다고 말하며 형사가 서류를 작성했다. 대성이 거듭 머리를 조아렸다.

"저 부인과의 관계에 대해서 좀 더 자세히 말해줄 수 있겠어?"

"제가 북한에 있을 때 일본 수용소에 있던 관동군 가족이었습네다. 그때 수용소 생활이 고달파서 우리 집에 머물도록 오마니가 편리를 봐 줬습네다. 그리고 월남할 때 우리 가족과 함께 지냈습네다."

"그런데 여기에서는 어떻게 만났는가?"

"제 편지를 받고 저를 찾아왔습네다."

"시마무라 사장이 나한테 전화를 했네. 하지만 법은 법이니까 내 마음대로 좌지우지할 수가 없지 않은가. 밀항 동기와 목적을 사실대로 진술하는 것이 자네한테 도움이 될 거야."

대성은 놀랐다. 일본 경찰이라면 혹독하고 인정머리라고는 털끝

만큼도 없는 사람들이라고 생각했는데 상점 주인이 손님 대하듯 했기 때문이다. 혼다 도미사도 형사가 대성의 취조를 맡았다. 대성은 정직하고 성실한 태도로 묻는 말에 대답했다. 이즈하라 경찰서에는 한국말을 하는 형사가 여러 명 있었다.

"밀항의 목적이 무엇이지?"

"마사고 누나가 보고 싶어서 왔습네다."

"누나도 아닌데 불법 밀항까지 하면서 왔다는 것이냐?"

"마사고 누나는 친절하고 착합네다. 우리 오마니도 마사고 누님을 친딸처럼 사랑했습네다."

"밀선은 어떻게, 누가 주선했지?"

"부산에 있는 친지가 도와주었습네다."

"배 이름을 아는가?"

"어두운 밤에 타서 모릅네다."

"이즈하라에는 어떻게 상륙했나?"

"잘 모릅네다. 캄캄한 밤에 대마도 북쪽 바다에서 갈아탔습네다."

"시마무라는 어떻게 알게 되었지?"

"밀선에서 만난 조선 사람이 우치야마까지 데려다 주었습네다. 숯을 구우면서 밥도 얻어먹고 나무도 벌목하고, 그리고 숯을 차에 실어서 시마무라 상점에 운반해 주다가 알았습네다."

"시마무라 사장이 니가 잡혀온 것을 어떻게 알았는가?"

"아까 제가 우치야마에 있을 때 시마무라 사장의 하인이 숯 값을 가지고 왔습네다. 제가 여기 연행되어 올 때 그 하인이 작은방에 있었습네다. 그래서 시마무라 사장에게 연락했을 겁네다."

마사고는 대성의 집안과 부모에 대해 소상히 설명해 주었다. 혼다 형사가 묵묵히 고개를 끄덕였다.

"마사고 상, 참고인 진술할 때 이대성 군에 대해 자세히 말해주면 오무라 수용소에서 재판 받을 때 많은 도움이 될 겁니다."

혼다 형사는 대성에게 저녁을 먹고 왔는가 묻고는, 오늘 밤에 조서를 작성하면 곧장 오무라 수용소에 보내진다고 말했다. 그는 마사고에게 눈길을 돌렸다.

"밀항자 가운데 대성 군처럼 미담을 가지고 온 사람은 없습니다. 일본 여자를 찾아 밀항하다니요. 인간적인 청년을 이렇게 대접해서 죄송합니다만 법이 있으니 구속 송치할 수밖에 없네요."

혼다 형사가 대성을 위로했다. 수용소 일본인들을 도운 대성과 그 어머니의 애틋한 마음씨를 칭송하기도 했다. 자신이 현장에 나갔으면 체포하지 않고 그냥 돌아왔을 거라는 말도 덧붙였다. 마사고와 대성은 혼다 형사가 시킨 냄비우동을 깨끗이 비운 후 그가 일러주는 주의사항을 귀담아 들었다.

"내일이 밀항자들을 후쿠오카로 송치하는 날입니다. 오늘 안으로 조사를 마쳐야 내일 아침 일찍 상부 결재를 받아 대성 군도 송치할 수 있습니다. 그렇지 않고 다음 날로 미루면 앞으로 일주일을 유치장에서 고생해야 합니다. 시마무라 상이 선처해 달라고 신신당부해서 빨리 본청으로 송치하려는 겁니다."

"고맙습니다, 혼다 형사님. 아이를 한 번만 안아 보고 가겠습니다."

대성은 마사고의 등에 업힌 남시의 뺨에 입맞춤을 했다. 아이는 세상모르고 잠들어 있었다. 대성은 초췌한 모습으로 유치장을 향해 멀어져 갔다. 그 형상을 지켜보는 마사고의 가슴이 미어졌다.

收容所
수용소

다음 날 이즈하라 경찰서에 유치된 한국인 밀항자 49명 전원에게 수갑이 채워졌다. 호송차에 태우기 위해서였다. 수갑을 채우는데 남녀노소의 구별이 없었다. 호송버스 앞에서 마사고가 아이를 업은 채 서 있었다. 눈물로 밤을 지새워 그녀의 눈은 통통 부어 있었다. 마사고가 대성에게 다가가려하자 일본 순사가 강하게 제지했다.

"이 나쁜 놈아! 마사고한테 손대지 마라!"

대성이 일본 경찰에게 욕을 하며 고함을 질렀다.

"감히 공무를 집행하는 경찰한테 욕을 해? 한 번 더 그 따위 행동하면 가만두지 않겠다."

밀항자들이 대성을 두둔하며 소리쳤다. 분위기가 험악해지자 경찰들은 대성을 밀항자들 사이에서 떼어냈다.

"저 놈을 경찰서에 유치하여 더 조사하고 밀항자와 내통하는 자들을 색출해라!"

대성을 제외한 밀항자 전원은 배에 실려 후쿠오카로 호송됐다. 대성은 경찰에게 욕을 했다는 죄로 다시 수사과에 연행됐다. 수사과장은 담당 형사에게 철저히 조사하라고 지시했다.

"코노에 반장이 직접 다뤄라. 일본 여자가 뒤에 있는 것으로 보아 밀수꾼들과 관계가 있을 것이다. 단서를 잡으면 일망타진할 수 있는 좋은 기회다."

형사반장은 이틀 동안 철저하게 조사했지만 별다른 단서를 찾지 못했다. 밀수와도 거리가 멀었다. 마사고의 시댁과 친정에 연락해서 일본군 장교의 아내였다는 사실도 확인했다. 마사고가 북한 일본인 수용소에 있을 때 그녀뿐만 아니라 피난민들을 적극적으로 도와준 사람이 대성이라는 것도 알아냈다. 오히려 이런 사연을 알게 되자, 마사고를 찾아 사선을 넘은 대성에게 동정심이 생겼다. 이즈하라 경찰서 사람들은 대성에게 격려를 아끼지 않았다. 하지만 일본법을 어겼으니 그냥 석방할 수는 없어서 수갑만큼은 채우지 않고 여관방에 투숙시켰다.

이틀 후 대성은 일반 여객선 편으로 후쿠오카를 경유하여 오무라 수용소에 수감되었다. 대성은 특별 감방에서 일반 밀항자들과는 다른 대우를 받았다. 마사고의 면회가 허락됐으며 그녀가 가지고 오는 초밥도 먹을 수 있었다. 수용소 소장의 특별 허가로 외박하는 행운을 누리기도 했다. 형사가 동행하는 조건이었다. 마사고도 뒤에 합류하기로 했다.

"특별히 가고 싶은 곳이 있나?"

"안내해 주실 수 있다면 미국이 원자탄을 투하한 나가사키나 몽골군과 고려군이 쳐들어왔다가 몰살당한 하카다에 가보고 싶습네다."

"내 고향이 나가사키인데 원자탄으로 인해 많은 사람들이 사망했지. 우리 부모와 할아버지, 할머니, 여동생들도 죽었어. 폭사 당한 도시를 복구하고 있지만 옛 모습을 찾으려면 많은 시간이 흘러야 할 거야. 나가사키는 가보고 싶지 않은데…… 하카다를 구경하는 건 어떤가?"

"저야 어디든 좋디요."

"미국이 일본에 원자탄을 투하한 것에 대해 어떻게 생각하나?"

"인도주의적인 차원에서 용서할 수 없는 범죄디요."

"전쟁인데도? 서로가 서로의 적을 많이 죽이려고 하는 것이 전쟁 아닌가."

"전쟁은 군인과 군인 간에 전투디요. 죄 없는 사람들의 보금자리에 대량 살상무기를 투하한 것은 말할 것도 없이 죄악입네다."

"대성 군은 독립운동가의 자손이니까 일본인들이 많이 죽으면 오히려 통쾌할 텐데 미국의 원자탄 투하를 범죄시하네."

"내가 원하는 나라에서 태어날 수는 없잖습네까. 그건 운명이디요. 전쟁을 빨리 끝내려고 양민을 대량 살상하는 무기를 개발하는 건 죄악 중에 가장 큰 죄악이디요."

"오무라 수용소가 개소한 이래 수용자에게 외박을 허락한 경우는 단 한 번도 없었네. 그야말로 특별 외박이야. 마사고 상의 증언을 들으신 수용소 소장님이 대성 군을 높이 평가하고 계시네. 소장님이 외박을 허락한 건 두 사람이 어디로든 자유롭게 가라는 뜻으로 나는 해석하고 있어."

"자유롭게라니요? 도망가라는 겁네까?"

"모든 어려움을 감내한 대성 군이 마사고 상을 만나러 오려면 정상적인 길이 없잖나. 그래서 밀선을 탔겠지. 그런 저간의 사정을 충분히 이해한 소장님이 마음먹었을 걸세."

"우리가 만약 도망가면 관련된 분들은 어떻게 됩네까?"

"직위가 해제되겠지. 만약 고의로 도망가게 했다면 형무소에 갈 테고."

"우리는 절대 허튼 짓을 하지 않을 겁네다."

"나도 알아. 대성 군이 도망갈 사람 같으면 여기까지 밀선을 타고 왔겠나? 그리고 소장님은 두 사람의 관계를 대충 알고 계시네."

대성이 뜨끔해서 상대방을 빤히 쳐다봤다.

"어디까지나 추측과 상상이니까 여기까지 하세."

"말을 꺼내셨으면 끝을 맺어야디요."

시마다 형사는 대성과 마사고에 대해 전해들은 이야기를 빠짐없이 들려주었다. 형사가 말을 이어가는 동안 대성은 목덜미가 뜨거워졌다. 변명할 수도 없었다. 대성의 침묵은 곧 수긍이었다. 형사는 화제를 다른 곳으로 돌려 어색한 분위기를 바꿨다. 때마침 마사고가 아이를 업고 나타나 자연스레 대화가 끊겼다.

어느 새 날이 어두워졌다. 형사는 하카다에서 하루 묵자고 하며 작은 여관으로 안내했다. 방은 하나만 예약했다.

"하카다 역 앞에 우리 형님이 운영하는 약방이 있네. 나는 그리로 갈 테니. 그럼, 이만. 어서 들어가 쉬게."

그는 방 값을 치르고는 내일 아침에 오겠다는 말을 남기고 쏜살같이 사라졌다. 온종일 아이를 업고 다니느라 마사고는 지쳐 있었다. 그나마 남시가 순해서 젖만 먹으면 칭얼대지 않으니 다행이었다.

"난 죄인인데 이렇게 자유를 주다니……게다가 우리가 도망가도 잡지 말라고 했다니……"

대성은 형사와 나눈 이야기를 마사고에게 들려줬다.

"조선에 당신 같은 사람이 있다면, 일본에는 시마다 상 같은 사람이 있어요. 수용소 소장은 당신이 도망가지 않는다고 확신했을 거예요."

마사고와 대성은 밤이 새는 줄도 모르고 이야기꽃을 피웠다.

"조사는 다 끝났고 한 달 내로 재판을 받는답네. 추방되면 어떻게 살아가야 할지 걱정입네다."

"일단 서울 집으로 돌아가서 부모님께 용서를 빌고 못다 한 학업을 마쳐요. 일본과 한국 간에 국교 정상화가 이뤄질 때까지 각자의 자리에서 최선을 다하며 이를 악물고 그리움과 외로움을 견뎌요."

대성은 마사고의 가슴에 얼굴을 파묻었다.

"내 마음이 이렇게 약해질 줄은 정말 몰랐습네다. 아직 이틀 간의 외박이 남아 있지만 나는 내일 수용소로 돌아가겠습네다. 죄 없는 마사고가 나 때문에 떠도는 게 괴롭고 아이 꼴도 말이 아닙네다. 이제 그만 친정으로 돌아가디요."

하카다의 달콤한 하룻밤이 아쉬움을 남기면서 강물처럼 흘러갔다. 구주의 초겨울은 쌀쌀했다. 남시가 일어나 젖가슴을 더듬는 바람에 마사고는 늦잠에서 깨어났다. 시계를 보니 아침 여덟시가 넘었다. 마침 시마다 형사가 헐레벌떡 여관으로 달려왔다. 숨이 턱까지 차올라 말도 제대로 하지 못했다.

"무슨 사고라도 생겼습네까?"

"법무성에서 수용소로 조사관이 나온다네. 누군가 상부에 대성의 외박을 신고한 것 같아. 평소 소장에게 불만이 있는 자가 있었거든"

시마다 형사의 재촉에 대성과 마사고는 여관에서 작별 인사를 나눠야 했다.

"아이는 잘 키울 테니 걱정 말아요. 그리고 하카다 사진관에서 찍은 사진은 소중히 간직할게요."

대성은 마사고에게 남시를 넘겨받아 품에 꼭 껴안았다. 남시는 아무것도 모른 채 그저 좋다고 방긋방긋 웃기만 했다. 마사고는 눈물을 보이지 않으려고 이를 악물었다. 대성의 눈에도 슬픔이 그득했다. 시마다 형사가 여관을 떠나면서 주머니에 있는 돈을 다 털어 마사고에게 건넸다. 아이를 위해 써달라는 형사의 말이 마사고의 눈물샘을 자극했다.

 시마다 형사는 대성을 수감시키고 곧장 수용소 소장실로 달려가서 보고했다.

 "내가 짐작한 대로 연인 관계가 맞지?"

 "그런 것 같습니다. 아이에 대해서 물어보니까 대답을 못하고 무척 당황하던데요."

 "너무 잔인한 짓을 한 것 같아 마음이 아프긴 하네……."

 "그런데 소장님, 어쩌자고 도망갈 기회를 주신 겁니까?"

 "도망갈 사람이 아니야. 대성이란 청년은 대담하고 자기 주관이 뚜렷해. 장차 큰 인물이 될 거야. 내가 목을 걸고 외박을 시켜줬는데 도망갔다면 정말 그건 삼류 조선놈이지. 설사 도망가려고 했어도 마사고가 말렸을 거야. 난 그들을 믿고 있었지."

送還
送환

　　어느새 한 달이 지났다. 예상한 대로 대성은 추방이라는 판결을 받았다. 마사고는 오무라시에 방을 얻어 놓고 매일 수용소에 가서 대성을 면회했다. 수용소 소장은 대성을 일반 밀항자들과 달리 특별 관리했다. 시마다 형무관은 수용소 소장의 허락 하에 대성과 마사고의 면회는 규정 시간을 적용시키지 않았다. 다른 밀항자들은 면회 오는 사람이 거의 없었기 때문에 마사고와 대성은 쉽게 자주 만났다.

　　"날이면 날마다 면회를 오는 마사고란 여자하고는 대체 어떤 관계야?"

　　"내레 이북에 있을 때 일본인 수용소에 있었던 분이야요. 친누님 같은 분입네다."

　　"그 여자가 니 색시라는 소문이 있던데?"

　　대성은 그런 질문에는 미소를 지으며 아예 대답하지 않았다. 그러면 상대가 더욱 시비조로 나왔지만 대성은 자신의 이름이 송환자 명단에 실려 있었기 때문에 매사 조심했다.

　　"니가 나가면 마사고 상이 면회할 사람이 없어질 텐데 나한테 양보할 수 없어?"

　　"조지라는 이름이 당신하고 딱 맞수다. 좆같은 말만 골라서 하니까. 입은 개보지 같수다!"

"무어야? 이 새끼가 죽으려구 환장했나!"

조지가 대성의 뺨을 향해 손을 뻗었다. 하지만 대성이 그의 손에 뺨을 맞을 만큼 둔한 사람이 아니었다. 대성은 뺨을 향해 날아오는 손을 잡아 비틀면서 정강이를 걷어찼다. 그러자 조지가 비명을 지르면서 고개를 숙이더니 대성의 얼굴에 박치기를 했다. 그와 동시에 대성이 그의 팔을 잡으면서 무릎으로 명치를 일격했다. 조지가 그대로 고꾸라졌다. 체조 시간에 싸움이 일어나자 형무관들이 달려왔다. 조지는 의무실로 실려 갔고, 대성은 독방에 수감되었다. 마사고는 오전 열 시에 면회를 신청했다가 대성이 독방에 갇혔다는 소식을 듣고 망연자실했다. 수용소 소장이 대성을 자기 집무실로 데리고 오라고 했다. 대성은 소장실로 들어서자마자 큰절부터 하면서 용서를 빌었다. 그리고 주먹질이 오간 사연을 털어놨다.

"대성 군, 자네 싸움도 잘한다며?"

"하지만 절대 먼저 건드리지 않았습네다."

"그건 그렇고…… 자네 오늘 장가가고 싶지 않은가?"

대성이 무슨 영문인지 몰라 어리둥절했다.

"내가 오늘밤 장가보내 줄게."

"소장님도 별 농담을 다하십네다."

"농담 아니야. 오늘밤 나가서 외박하고 내일 새벽에 돌아와. 어차피 내일이면 한국으로 송환되니까."

"내일이요? 왜 이렇게 빨리 송환시킵네까?"

"송환이 싫은가?"

"수용소에 더 있고 싶습네다."

수용소 소장은 기가 막히다는 듯 헛웃음을 지으며 명령조로 말했다.

"잔말 말고 내가 시키는 대로 해! 옷 갈아입고 빨리 외출 준비나 하라고."

대성은 죄수복을 벗어던지고 평상복으로 갈아입었다. 그리고 시마다 형사 뒤를 따랐다. 두 사람은 한마디도 하지 않았다.

"어디로 가는 겁네까?"

"잠자코 따라오게."

두 사람은 또 말없이 십분 가량 걷다가 대로변 뒷골목에 있는 아담한 일본식 기와집 앞에 도착했다.

"여긴 마쓰무라 소장님의 관사야."

"근데 왜 저를 여기에 데리고 왔습네까?"

"오늘밤 자네를 여기서 재우도록 하라는 소장님의 지시가 있었어."

시마다 형사가 초인종을 눌렀다. 젊은 여자의 목소리가 문틈으로 새어나오더니 이내 문이 열렸다.

"시마다 상 안녕하세요. 방금 아버지한테 전화 받았어요."

"안녕하셨습니까. 마사고 상도 잘 있습니까?"

"네, 잘 있어요. 아이도 잘 놀고 있습니다."

대성은 두 사람의 대화를 듣고 눈이 휘둥그레해졌다.

"손님을 소개하지요. 조선에서 온 이대성 군입니다."

"어서오세요. 아버지한테 이야기 많이 들었어요. 마사고 상은 어제부터 우리 집에 묵고 있어요. 마사고 상! 대성 군이 왔어요. 빨리 아래층으로 내려 오세요."

마쓰무라 소장 딸이 이층을 향해 소리쳤다. 마사고는 아이를 가슴에 품은 채 단숨에 아래층으로 내려왔다. 순간 대성을 보고 놀라면서도 기뻐 어쩔 줄 몰랐다. 시마다 형사는 임무가 끝났다며 모두에게 인사를 하고 발길을 돌렸다. 세 사람은 응접실에 앉아 차를 마시며 도란도란 이야기를 나누었다.

"소장님께서 이렇게 편의를 제공해 주시다니요…… 더군다나 나는 조선에서 온 밀항자입네다. 법법자를 소장님 관사에 머물게 하다니, 정말 상상할 수 없는 일이디요."

"소장의 관사도 수용소의 일부랍니다. 일본 피난민들을 위해서 헌신한 대성 군의 희생을 우리가 어떻게 잊겠어요. 이처럼 훌륭한 청년을 밀항이라는 죄목으로 감방에 가두고 끝내는 추방이라는 법적 조치로 대접한다는 것은 도의 상 있을 수 없는 일이지요."

소장의 딸은 대성과 마사고가 함께 쓸 방으로 안내했다.

"정말 존경스러운 분이에요. 저번에 소장님이 남시를 보고는 대뜸 대성 군의 아들이냐고 물어서 얼마나 당황했는지…… 거짓말할 이유가 뭐가 있겠나 싶어 솔직히 털어놨어요."

"그렇게 말하니까 소장님이 뭐라고 했습네까?"

"사람이 진실하니까 사랑도 진실하다고요. 대성 상이 목숨을 걸고 여기까지 온 건 진실한 사랑을 위해서라고 하시데요. 그리고 외박을 허락했을 때 왜 도망가지 않았느냐며 껄껄껄 웃으셨어요."

대성은 수용소 소장의 깊은 배려에 저절로 고개가 숙여졌다. 밤이 깊었지만 두 사람은 불투명한 장래 때문에 마음이 무거웠다. 벽에 걸린 괘종시계가 새벽 두 시를 알렸다. 오늘따라 두 사람은 말을 아꼈다.

"이제 눈을 좀 붙여요. 배를 타고 가야 하는데 피곤하면 대번 멀미해요."

"지금 가면 또 언제 만날지 모르는데 잠이 올 리가 있습네까."

대성이 마사고의 가슴에 얼굴을 묻고 소리 없이 울었다.

"희망을 가슴에 품고 열심히 살면 돼요. 일본과 한국 간에 머지않아 국교가 맺어지겠죠."

마사고는 오래도록 대성과 달콤한 포옹을 했다. 이것이 마지막일지도 모른다는 생각에 가슴이 저렸다. 유부녀를 사랑한 죄로 집에서 가출하고 고난을 자초한 대성이 너무나 가여웠다. 아이의 아버지를 데리고 일본 어디론가 도망가고 싶은 충동이 밀려왔지만 그리하면 대성은 일본에서 평생 도망자 신세로 살아야 할 터였다.

"마쓰무라 소장은 당신이 일본을 떠나면 사표를 낸대요."

"왜요? 누가 그래요?"

"마쓰무라 소장님 딸한테 들었어요. 소장님이 판사와 법무성에 당신을 사면시켜 달라고 간청했대요. 그런데 그것이 받아들여지지 않아 사표를 낸다고 합니다."

기어이 아침이 밝았다. 시마다 형사가 문 앞에서 기다리고 있었다. 대성은 수용소 소장 딸에게 정중히 인사를 하고 마사고의 손을 잡았다.

"정말 돌아가고 싶지 않습네다……."

대성과 마사고는 눈물로 석별의 인사를 나눴다. 그 모습을 지켜보는 소장의 딸과 시마다 형사의 얼굴도 슬픔에 젖어 있었다.

대성은 다른 밀항자들과 함께 후쿠오카로 향하는 버스에 올랐다. 마사고는 오무라 수용소 정문에서 아이를 업고 대성이 떠나가는 것을 배웅하기 위해 세 시간 동안이나 기다렸다. 마침내 수용소 정문이 열리면서 밀항자들을 태운 버스가 천천히 나왔다. 대성이 창문을 열고 마지막 인사를 하려고 했으나 창문이 밀폐되어서 말을 주고받을 수가 없었다. 대성은 유리창을 통해 손을 흔들었다. 마사고는 남시의 손을 치켜 올려 흔들어보였다. 대성을 태운 버스가 보이지 않을 때까지 그녀는 한시도 눈을 떼지 않았다. 누군가가 마사고의 어깨를 두드렸다. 뒤돌아보니 시마다 형사와 마쓰무라 소장이 나란히 서 있었다.

"이별은 잠시랍니다. 너무 슬퍼하지 마세요. 대성 상은 또 올 거예요. 그때는 결코 밀항자로 대우하지 않겠습니다."

대성은 부산경찰서에서 조사를 받고 구속 수감되었다. 그는 검찰에 기소되어 재판을 받았으나 징역 6개월에 집행유예 1년을 선고받았다. 그리고 부산형무소에 수감된 지 두 달 만에 석방되었다. 대성은 부산경찰서에서 조사를 받을 때 남한에는 부모형제 등 친인척이 아무도 없다고 진술했다. 그가 형무소에 있는 동안 아무도 면회 오지 않았다. 대성이 석방되던 날 부산형무소 정문 앞에서 어머니와 큰형이 기다리고 있었다. 꿈에도 생각하지 못한 일이었기에 대성은 무엇에 홀린 듯 눈만 깜빡거리고 서 있었다. 대성은 달려가 어머니의 품에 안겼다.

"대성아, 어디 다친데 없네? 마사고래 건강하디? 니 아들 남시도 많이 컸네?"

"모두 잘 있습네다."

"네래 엉뚱하면서도 마음이 고와서 니 팔자를 스스로 구겨놓으니 내레 무슨 재간으로 말리갔나!"

韓國에서 온 便紙
한국에서 온 편지

　　대성이가 일본에서 강제 송환된 후 마사고는 친정집에 머물렀다. 한동안 마사고의 아버지는 묵묵부답이었다. 딸에게 말 한 마디 건네지 않았다. 마사고는 친정에 머무는 것이 여간 거북하지 않았다. 마땅한 직장을 구해서 친정을 떠나고 싶었으나 막상 일자리가 생긴다 해도 아들 남시를 맡길 곳이 없었다. 전쟁 후 부모 잃은 어린이들이 너무 많아서 고아원마다 포화상태였다. 더욱이 어머니가 있는 아이를 맡아 길러줄 고아원은 어디에도 없었다. 그녀는 생각다 못해 간호학교 동창인 시미즈 마쓰코에게 편지를 썼다. 마쓰코의 아버지는 하쿠바에서 여관업을 하고 있었다. 마쓰코는 직장을 그만두고 가업을 도왔다. 마쓰코의 남편은 해군 장교로 활동하다 전사했고, 그녀의 오빠 또한 유황도 전투에서 목숨을 잃었다. 집에 남자라고는 아버지뿐이었다. 마쓰코의 아버지는 농사를 짓는데 시간과 노력을 쏟아 부어서 여관 일은 자연히 마쓰코 어머니의 몫이었다. 마쓰코의 아버지는 왜소했으나 어머니는 우람한 체구에 성격도 걸걸했다. 비록 체구는 남자 같았으나 목소리는 꾀꼬리처럼 고왔다. 게다가 명랑한 성격으로 한결같이 친절을 베풀어서 그녀가 운영하는 여관은 단골이 줄을 이었다.

　　간호학교 동창 덕분에 마사고는 사카소 여관에 자리를 잡았다.

그녀가 나타난 후로 손님들이 부쩍 늘었다. 아름답고 젊은 종업원이 새로 왔다는 소문이 퍼졌기 때문이다. 사카소 여관에는 두 가지 보물이 있었다. 하나는 매주 월요일, 화요일, 수요일 밤에 큰 객실에서 여주인이 사미센 반주에 맞추어 일본 전통 민요를 불러주는 것이었다. 그 노래는 손님들의 마음을 사로잡았다. 다른 하나는 마사고의 요리 솜씨였다. 손님들 식탁에 마사고가 만든 조선식 잡채와 팔보채가 빠지지 않았다. 마사고가 새로운 요리를 선보인 것이다. 그녀가 북한에 있을 때 대성이 어머니한테 배운 요리였다. 여관을 찾는 독신자들이 중간에 사람을 내세워 마사고에게 청혼하는 일이 잦았다. 어떤 손님들은 딱히 일이 없는데도 여관에 투숙해서 마사고를 귀찮게 했다. 단골 손님들이 취해서 시비를 걸었지만 마사고는 친절한 미소로 술주정을 받아주었다. 그러던 어느 날 일이 벌어졌다. 어떤 투숙객이 여러 번 청혼해도 마사고가 외면하자 이런저런 트집을 잡아 소란을 피웠다.

"이걸 음식이라고 손님 밥상에 올려놨나?"

"음식에 무슨 문제가 있나요?"

마사고는 친절히 응대했다.

"맛도 없고 냄새도 고약하고, 이게 돼지나 개가 먹는 음식이지!"

"손님, 말씀이 심합니다. 돼지나 개가 먹는 음식이라니요. 우리 여관 식구들만 먹는 음식인데 우연히 맛본 손님들이 맛있다고 해서 특별히 내놓은 거예요."

마사고는 조금도 화내지 않고 차분히 손님의 마음을 진정시키느라 애썼다. 그때 여관 주인이 들어왔다 손님은 계속 고함을 질러댔다.

"마사고, 무슨 일인가?"

"저녁 식사로 내놓은 이 음식이 돼지나 개가 먹는 것이라며 손님이 계속 시비를 거네요."

여관 주인은 비록 체구는 작고 나이가 많으나 운동 실력이 보통이 아니었다.

"손님, 진정하세요. 다른 방 손님들을 생각해서 조용히 말씀하시지요."

"조용히? 이 짐승 같은 놈아! 밥상에 개, 돼지가 먹는 음식을 내놓았는데 나더러 가만히 있으라고?"

"이것은 조선식 잡채, 이것은 중국식 팔보채입니다. 단골손님들한테 인기있는 음식입니다. 입맛에 맞지 않으면 드시지 마세요."

"조센진 잡채! 마늘 냄새 나는 이 구린 음식은 너나 먹어라!"

손님이 잡채 그릇을 마사고 얼굴에 던졌다. 그녀는 잡채를 온몸에 뒤집어썼다. 또 다른 접시를 던지려는 찰나, 여관 주인이 손님의 팔을 잡아 뒤로 비틀었다. 그 순간 손님이 주머니에서 단도를 꺼내 여관 주인의 가슴을 찔렀다. 말리는 종업원들에게도 칼을 휘둘렀다. 남자의 고성과 여자들의 비명소리에 저녁밥을 먹고 있던 손님들이 이 방 저 방에서 달려 나왔다. 그 순간 난동을 피우던 손님이 자신의 심장에 칼을 꽂았다. 의사가 여관에 도착했을 때 여관 주인과 투숙객은 숨이 끊어져 있었다.

여관 식구들은 비탄에 빠졌다. 주인의 장례식을 기점으로 여관은 문을 닫았다. 마사고는 자기로 인해 살인 사건이 발생했다는 죄책감 때문에 더 이상 친구 집에 머물러 있을 수가 없었다. 살인을 저지른 투숙객의 부모와 형제들은 유족에게 금전적으로라도 보상하여 용서를 구하려 했다. 마사고는 보상 문제가 완전히 끝나는 날까지만 하쿠바에 머물기로 했다. 살인 사건이 발생한 지 한 달쯤 지나서 투숙객의 명의로 남아 있는 부동산을 처분했다. 투숙객의 노부모는 자살한 아들 소유의 재산을 모두 피해 보상금으로 건넸다. 그 보상금은 하쿠바에서 집 두 채를 사고도 남는 금액이었다. 진심 어린 마음을 통해 살인자 가족과 피해 가족 간에 용서의 틈이 생기기 시작했다. 살인 사건이 발생한 지 3개월이 지나서 사카소 여관은 다시 문을 열었다.

마사고는 간호사로 평생 몸 바칠 각오를 했다. 재혼은 꿈도 꾸지 않았다. 그녀는 신문에서 눈에 띄는 기사를 읽었다. 동경의 스미다가와 근처 다리 밑에 개미마을이라는 공동체가 있다고 했다. 형편이 어려워서 모인 사람들이 폐품 수집으로 생계를 유지하는데 비위생적인 환경으로 인해 각종 질병에 시달린다는 것이다. 마사고는 그곳의 환자들을 돕고 싶었다. 외국인들도 개미마을 사람들을 돕고자 적극 나선다는데 하물며 동족이 어떻게 모른 체할 수 있나. 특히 그곳에는 폐결핵 환자들이 많다고 했다. 폐결핵이 얼마나 무서운 병인지 알려주고 개미마을에서 폐결핵 환자들을 격리시켜야 했다. 자원봉사자 신분으로 몇몇 의사만 드나들어서 간호사가 턱없이 부족하다고 하니 절호의 기회였다.

마사고는 하쿠바를 떠나 동경으로 자리를 옮겼다. 그녀가 찾아간 곳은 중앙구 아카시마치에 있는 성루가 병원이었다. 성루가 병원에는 마사고의 간호학교 선배인 우사미 이시코가 간호과장으로 있었다. 미혼인 그녀는 인정미가 넘쳤다. 우사미 간호과장은 천주교 신자이기도 해서 환자들에게는 한결같이 자애로운 봉사자였다.

"내게 길을 열어준 언니의 마음을 평생 잊지 않을게요. 게다가 우리 남시까지 수녀님이 돌봐주시니 이 보답을 어떻게 해야 할지……."

"그나저나 마사고, 궁금한 게 있는데, 아들 이름이 이남시던데, 너희 부부의 성이 아라이 아니야?"

"아이 아버지가 조선인이에요."

"이게 대체 무슨 소리야?"

"기구한 사연은 차차 말해줄게요. 그건 그렇고 청이 또 있어요. 당분간 야간 근무를 피하게 해주세요. 퇴근 후 스미다가와 다리 밑에 모여 사는 넝마주이들을 보살펴 주고 싶어서요. 신문 기사를 보니까 상태가 심각해요. 중환자들은 우리 병원에서 치료해주면 어떨까 싶은데……."

"나도 개미마을 사람들에 대해서는 알고 있고, 원장님과 상의해서 대책을 강구해볼 생각이야."

마사고는 원장의 허가를 받아 개미마을의 넝마주이들을 보살피기 시작했다. 결핵환자들은 격리 수용했다. 그녀는 매일 이 병원 저 병원 찾아다니며 환자들에게 먹일 약을 얻기 위해 애썼다. 결국 피로가 쌓여 쓰러지고 말았다. 우사미 간호과장의 배려로 성루가 병원에 입원해서 휴식을 취하고 있는데, 미군정청 민사처에 근무하는 일본인 2세 미군 친척이 대성의 소식을 전해주었다. 그가 오무라 수용소에서 강제로 추방된 후 처음으로 접하는 소식이었다. 마사고는 대성의 편지를 가슴에 품고 오래 울었다. 그리고 눈을 감고 기도했다. 그녀는 어두운 소식이 없기를 간절히 바라며 편지봉투를 조심스레 뜯었다. 한국말과 일본말로 쓴 편지였다. 남시가 커서 한글을 읽게 되면 보여주라는 내용이 눈에 띄었다. 최근에 찍은 명함판 사진도 보냈는데 그걸 보는 순간 가슴이 설레었다.

사랑하는 마사고에게

오랫동안 소식을 전할 수 없었습네다. 마침 인편으로 편지를 전할 수 있어서 아주 기쁜 마음으로 편지를 씁네다. 마사고, 건강히 잘 지내고 있습네까? 우리 아들 남시는 어떻게 지내는지……. 무척 보고 싶습네다. 나는 마사고의 소원대로 공부를 시작했습네다. 내가 일본에 있는 동안 아버지가 테러를 당해서 큰 부상을 입었습네다. 백범 김구 선생님 사업을 후원했는데 과격

한 우익 청년단에서 여러 번 협박장이 날아왔디요. 김구 선생님과 손을 끊지 않으면 암살하겠다고 말입네다. 아버지는 그들의 협박에 조금도 굴하지 않았디요. 아버지는 세브란스 병원에 입원했는데 다행히 생명에는 지장이 없습네다. 신의주에 있던 넷째 형도 남조선으로 왔습네다. 오랜만에 형제가 모였으므로 힘을 합해 아버지를 잘 모시고 싶습네다. 이제 우리나라도 정부가 수립 되었습네다. 우리 아버지는 조선 반도에 두 개의 정부가 세워지는 날에는 반드시 전쟁이 일어난다고 걱정하시디요. 남쪽은 미국산 무기로, 북쪽은 소련제 무기로 무장해서 미소의 대리전을 우리 민족이 치를 것이라고 합네다. 요즈음도 38선에서는 남북 군인 간에 총격전이 하루가 멀다 하고 일어나고 있습네다.

마사고! 보고 싶어서 병이 날 것 같습네다. 허구한 날 동녘 하늘을 바라보며 당신을 그리워 합네다. 매일 아버지 병실을 찾아가 문안 인사를 드리는데 며칠 전에는 "내가 죽기 전에 니 아들을 한 번 봐야 할 텐데……" 라고 말씀하시데요. 결국 우리를 용서하고 자식으로 받아주신 겁네다. 나는 일요일마다 김구 선생님이 계시는 경교장에 가서 인사도 올리고 집안 구석구석 청소도 합네다. 일본 사람들은 선생님을 싫어하겠지만 우리에게는 위대한 지도자디요. 난 언제나 선생님의 이념과 사상을 가슴에 품고 살 거야요. 마사고 소원대로 열심히 공부해서 나라에 꼭 필요한 사람이 되갔시요. 마사고! 다시 만날 때까지 안녕!

대성의 아버지가 테러를 당했다는 소식에 마사고는 충격을 받았다. 한편으론 대성의 편입학 소식이 큰 기쁨을 안겨줬다. 교복을 입은 대성의 사진을 보자 당장에라도 달려가고 싶었다. 뜨거운 눈물이 저절로 흘러내렸다. 마사고는 하루도 빠짐없이 스미다가와 다리 밑으로 가서 폐결핵 환자를 돌봤다. 자신의 건강을 소홀히 하면서 일에 몰두한 탓으로 그녀도 폐결핵에 걸리고 말았다. 간호과장의 주선으로 마사고는 폐결핵 환자 수용소에 머물며 치료를 받았다.

"병을 완치할 때까지 아들을 만나면 안 돼. 전염되면 큰일이야. 남시는 성루가 영아원에서 돌봐주기로 했어. 아들에 대한 걱정은 접어두고 건강을 되찾도록 해."

"딱 한 번만 남시를 볼 수 없을까요?"

"그건 절대 안 돼. 아무리 엄마라도 면회를 허락할 수 없어."

마사고는 흐느끼며 조용히 성루가 병원을 나섰다. 우사미 간호과장은 마사고의 뒷모습이 시야에서 사라질 때까지 계속 손을 흔들며 서 있었다.

復讐
복수

　　　　　대성이 집 사랑채에는 여섯 명의 장정이 묵고 있었다. 그 중 이만규라는 청년과 대성이 한 방을 썼다. 이만규는 미남형에 키도 크고, 주먹도 세고, 말주변도 좋아 대성이 아버지의 신임을 받고 있었다. 그는 일본 와세다대학 재학 중 학병에 끌려갔다가 탈영해서 중국 중경 한국 임시정부에서 일했다. 이만규는 대성이를 무척 좋아했다.

"대성아, 정말 오랜만이다. 그동안 고생 많았지. 니 얘기는 형한테 들었어. 좌우간 집에 돌아왔으니 이제 효자 노릇 해야지."

그는 대성을 다독거리며 세상 돌아가는 이야기를 들려주었다.

"만규 형님은 세상 일에 대해 어케 그렇게 잘 알디요?"

"너희 아버지 정치 강좌 시간에 들은 내용이야."

"그나저나 형, 우리 아버지는 정치 활동도 하지 않는데 왜 암살하려 하는가요?"

"아버님이 하시는 일이 정치 활동이지. 백범 선생을 재정적으로 돕고 있잖아. 이승만 박사 측에서는 아버님을 암살함으로써 백범 선생에게 간접적인 위협을 주자는 것이지."

"긴데 우리 아버지를 암살하려던 범인을 경찰은 말로만 잡겠다고 한다면서요?"

"범인을 잡아서 어떻게 하게. 단독 정부를 세우는 세력이 자객을 고용해서 살인을 교사했거든. 살인을 교사한 자들이나 살인에 앞장선 지들이나 다 같은 놈들인데 범인을 잡는 척하고 시간만 끌다가 흐지부지할 것이 뻔하지."

"그놈들이 누구라는 것도 짐작하지 못합네까?"

"짐작이야 하지. 그렇지 않아도 니 형이 비밀리에 절친한 경찰 친구들을 통해서 정보를 수집하고 있으니까 곧 범인의 윤곽은 알아낼 것이다."

용성이는 테러범들의 명단을 수사과 형사를 통해 입수했다. 아버지를 암살하려던 자들이 서북백골단 단원이라는 사실과 그들의 아지트도 알아냈다. 서북백골단은 전과자들의 갱생 조직단체로서 서북 출신들의 모임을 가장한 비밀 단체다. 이들은 남로당과 공산주의자들의 지도자를 선별하여 테러를 가하는 비밀 행동대원이었다. 그들의 배후에는 서울지구 헌병사령부 육군 대위 황인수가 있었다. 황 대위는 늘 사복 차림으로 근무하면서 테러 조직을 비밀리에 관리하는 책임자로 유도 3단에 일본 가라데 유단자였다. 미군이 사용하는 45구경 권총을 그는 항상 몸에 지니고 다녔다. 용성은 이들이 자주 출입한다는 원산옥도 알아냈다. 용성은 자신이 운영하는 도장 수련생 가운데 백범을 존경하고 그의 정치 노선을 따라 생사를 같이 하겠다고 맹세한 두 사람과 단성사 맞은편에 있는 진주다방에서 일을 꾸몄다.

"오늘밤 황인수 대위라는 놈이 그 졸개들을 데리고 무교동 원산옥에 온다고 기래."

"몇 놈이 온대?"

"다섯 놈."

"상대방은 다섯이고 우리는 셋인데 저놈들 실력도 모르고 쳤다간 우리가 당하는 거 아냐?"

"너희 둘은 한 놈씩만 맡아. 내가 세 놈을 해치울 테니까. 콧등에 종기난 새끼레 제일 주먹이 쎄다고 들었어."

그날 저녁 용성 일행은 원산옥에 발을 들여 놓았다. 얼굴에 밀가루를 뒤집어 쓴 듯 하얗게 분을 바른 마담이 오두방정을 떨면서 반겼다. 원산옥에서 황인수 일당이 밴드를 불러 놓고 한참 댄스 파티를 벌이고 있었다. 용성이 일행 중 하나가 곧바로 춤판이 벌어지고 있는 큰방으로 갔다.

"이 똥쌀놈들아 여기가 니들 집이야? 좀 조용히 마실 수 없어!"

순간 밴드의 음악소리가 멈췄다. 계집을 끼고 춤추던 놈이 소리쳤다.

"거지 발싸개 같은 놈이 어데 들어와 흥을 깨?"

바로 격투가 벌어졌다 소동이 벌어지자 마담이 용성의 방으로 달려왔다.

"이 방에 있던 손님이 난동을 부리고 있어요!"

용성이 벌떡 일어나 달려가며 속으로 소리쳤다. '자식이 일을 망쳤났다!' 그는 현장으로 들어가 황인수의 눈을 향해 손가락을 뻗었다. 순간 황인수의 눈에서 피가 흘렀다. 그는 허리춤에서 권총을 꺼냈다. 용성은 황인수의 권총 잡은 손을 발로 찼다. 권총이 밥상 위로 떨어졌다. 용성 일행이 좌우로 몸을 날려 황인수 일당을 때려눕혔다. 황인수는 양쪽 눈알이 터지는 부상을 입고 고래고래 소리를 질렀다. 다섯 놈을 일시에 때려눕히고 용성 일행은 서둘러 무교동 골목을 빠져 나왔다.

그날 밤 라디오 방송에서 무교동 원산옥 테러 사건을 크게 보도했다. 그러나 누구의 범행인지는 밝히지 못하고 남로당 계열의 소행이라고만 추측 보도했다. 정부가 범인을 잡기 위해 현상금을 걸어놓고 원산옥 종업원들의 진술을 토대로 범인들의 몽타주 작업을 하고 있다는 소식도 들려줬다.

용성 일행은 다음 날 서울지구헌병대 체포조의 급습으로 손발이 묶였다. 원산옥의 단골 구두닦이가 용성을 알아보았기 때문이다. 경찰은 바로 용성의 도장 출입자 명단을 압수했다. 용성은 묵묵히 수사과장을 쏘아봤다.

"니 애비기 이성민이냐?"

"말 조심하라요! 난 아버지는 계셔도 애비는 없시오."

"이 자식이 누굴 놀리나, 아버지나 애비나, 그러니까 애비가 이성민 맞지?"

"이성민이가 뭐야!"

"니 애비가 공산당인데 이름 좀 부르면 어때, 너 왜 원산옥에 갔어!"

수사과장이 고함을 지르며 책상 위에 놓여 있는 말채로 뺨을 치려하자 용성이 그것을 반사적으로 잡았다.

"이보라요, 때리지 말고 조사하라요. 수사과장이라는 사람이 채신머리 없이 말채로 사람을 때리면 쓰갔소?"

수사과장은 화가 머리끝까지 올랐다.

"천 상사! 이 자식 손목에 수갑을 채워라!"

수사과장의 명령이 떨어지자 옆방에서 대기하고 있던 헌병들이 몰려와 용성의 손목에 수갑을 채웠다. 용성이가 순순히 응하지 않자 집단적으로 폭행을 가했다. 고문으로 만신창이가 되어 용성은 지하 유치장에 갇혔다. 용성 일행은 매를 맞고 살이 터지고 살갗이 벗겨지는 고문을 당해도 누구 하나 입을 열지 않았다. 하도 맞아서 실신하면 찬물을 끼얹어 정신이 들게 한 후 다시 어르고 협박해도 하나같이 혐의 사실을 부인했다. 그 중 한 사람이 고문을 감당하지 못해 숨을 거뒀다. 그 죽음을 계기로 고문 수사는 막을 내렸다. 사망 사실이 알려진 그날부터 언론 보도도 중지했다. 남은 사람들은 검찰로 넘어가 재판을 받았다. 그들은 무단 가택 침입과 폭행죄로 1년 6개월의 실형을 선고 받고 마포형무소에 수감되었다. 상부 지시로 면회는 일체 허락되지 않았다. 용성은 수감된 지 한 달 만에 고문 후유증으로 감옥에서 눈을 감았다.

용성이 옥사한 지 일주일이 지나서야 집에서 사망 사실을 알았다. 가족은 시신이라도 수습하기 위해 형무소로 갔으나 일주일 전에 화장한 상태였다. 대성 어머니가 울부짖으며 따지자 사망 통지서가 되돌아와서 화장할 수밖에 없었다는 대답이 돌아왔다. 용성이 옥사했다는 비보를 받은 날 밤 대성 아버지는 가족을 불러 모았다.

"대성 오마니, 내레 독립운동한다고 중국 만주로 도피 생활을 하다 보니 아이들에게는 못할 짓을 했수다. 용성이레 속이 깊고 참을성이 많은 아들이었는데 애비의 원수를 갚겠다고 나섰다가 죽음을 당했으니…… 너희들은 형의 원수를 갚겠다고 경솔한 짓을 하지 말라우."

"영감 무슨 얘기를 고렇게 하십니까. 원수를 갚지 말라니요?"

"원수를 갚겠다고 야들이 다 나섰다간 집안 식구들이 몰살당할 것이 뻔한데 남은 형제라도 제 명대로 살도록 해야디요."

안방에서 물러난 형제들은 사랑방에 앉아 머리를 맞댔다.

"아버지 말씀대로 우리들의 생명을 보존할 것인지 아니면 용성이 형 원수를 갚아야 하는지 의견을 말해보라우."

"아바지레 테러당하고 형이 고문당해서 죽었는데 우리 생명을 지키겠다고 침묵하는 건 옳디 않아요!"

대성이가 먼저 입을 열었다.

"대성이 말이 맞아! 우리가 죽더라도 형을 고문한 새끼를 잡아 죽이자우!"

"형을 고문한 새끼레 누군디 알간?"

"내레 알디요. 형 면회 갔을 때 이름을 알아봤디요. 헌병대 군속 가네모도 형사예요. 이마에 붉은 점이 있어서 점박이라고 부르는데 이북에서 왔답네다. 고문 잘하기로 소문이 나서 일정 때 가네모도 형사라면 신의주에서 모르는 사람이 없었답네다. 그놈을 미행해서 거처를 알아내겠수다."

"야들아, 이 일은 아버지와 오마니 모르게 해야디. 대성이 넌 빠지라우. 우리랑 몰려다니면 오마니레 눈치 챈다, 알갔어?"

대성이 서울지구헌병사령부 수사대가 있는 회현동 사무실 앞을 맴돈지 나흘 만에 헌병대 점박이가 나타났다. 그는 충무로 입구에 있는 복지다방으로 들어갔다. 대성이가 뒤를 따랐다. 점박이가 들어가자 마담이 반기면서 웃음을 쏟아냈다. 점박이가 다방을 훑어봤다.

"그 새끼 보이지 않네."

"누구 말이에요?"

"도리우지 이가 말이야. 안종희 놈도 오지 않았나?"

"좀 전에 처음 보는 사람이랑 왔다 갔어요."

"안종희하고 온 사람 키가 크디 않아?"

"키가 크고 얼굴이 좀 얽었어요."

대성 형제는 다방 구석에 앉아 그들의 대화를 엿듣고 있었다. 헌병대 점박이가 마담에게 무슨 말인가를 건네고는 자리를 떴다. 대성 형제도 눈치를 살피면서 다방을 나갔다.

형제는 헌병대 정문 근처에서 점박이의 퇴근을 기다렸다. 밤 아홉시가 지나자 그가 헌병대에서 나왔다. 그는 화신백화점을 향해 걷다가 종로 우미관극장 뒷골목 어느 건물 앞에 섰다. 아래층에는 곰탕집이, 이층에는 당구장이 있었다. 밖에서 보기에는 사무실 같으나 살림집처럼 생긴 곳으로 점박이가 들어갔다. 잠시 후 대성이 그 집 대문을 두드렸다. 기척이 없자 대문을 세게 흔들었다. 그제야 안에서 "누구요?" 하는 굵은 목소리가 들렸다.

"다방 레지 동생입니다."

"레지 동생? 여기는 무슨 일로 왔지?"

"방금 다방 마담이 잡혀 갔어요. 빨리 김선생님께 알리라면서 누나가 편지를 전해주라고 했어요."

대성이 말을 마치자 문이 열렸다. 헌병대 점박이가 모습을 드러냈다.

"어느 레지 동생이야?"

"미쓰 송 동생입니다."

점박이는 대성의 얼굴을 의심스럽게 바라보았다.

"야, 편지를 개지고 왔다면서, 날래 보자우."

대성은 허리춤에서 편지를 찾는 시늉을 하면서 쌍절곤을 꺼냈다. 그리고 단숨에 점박이의 면상을 쳤다. 그는 "억!" 하는 소리와 함께 거실 바닥에 쓰러졌다. 눈은 뒤집히고 붉은 피와 거품을 토하면서 가쁜 숨을 몰아쉬었다. 점박이가 죽지 않았다는 것을 확인한 대성이 다시 한 번 일격을 가했다. 형들의 완고한 설득이 있어서 서둘러 귀가한 대성은 병석에 누워 있는 아버지에게 인사를 하고 집을 나섰다. 부산으로 가기 위해서였다.

　대성의 형들은 헌병대 점박이를 테러했다는 누명을 쓰고 투옥됐다. 연이은 사건으로 대성의 아버지는 의식을 잃고 이틀 만에 깨어났다. 대성 어머니는 장남을 잃은 데다 둘째와 넷째가 억울한 누명을 쓰고 감옥에 갇히자 매일 불공을 드리면서 대성이 돌아오기만을 손꼽아 기다렸다.

國籍 洗濯
국적 세탁

　백범 김구 선생이 안두희의 권총에 목숨을 잃었다는 소식이 알려지면서 세상은 눈물바다로 변했다. 대성은 그 소식을 듣고 경교장이 있는 방향을 쳐다보며 비통의 눈물을 흘렸다. 아버지의 서찰을 들고 경교장에 출입하던 날들이 떠올랐다. 서찰을 전해주면 늘 인자한 미소로 맞이하면서 넉넉한 용돈을 손에 쥐어주곤 하던 어른. 경교장 거실에서 영사기를 돌리며 영화를 감상하던 추억도 주마등처럼 스쳤다. 대성은 흐느끼면서 원수를 꼭 갚겠다고 결심했다.

부산 대청동 마도로스 박의 집에 대성이 도착하자 모두 환호했다. 특히 마도로스 박이 대성이를 반겼다.

"일마야, 니 이번에도 일본에 갈라카나?"

"우리 집안이 결딴났습네다. 아바지 테러당하고, 큰형은 고문으로 죽었디요. 두형은 지금 감옥살이 하고 있다고 합네다."

"니는 무슨 짓을 했다고 일본으로 도망갈라카나?"

"우리 큰형을 죽인 헌병대 문관 놈을 내가 테러했시오. 긴데 이 놈이 병원에 입원했다가 죽었습네다."

"사고 단단히 쳤구나. 당분간 부산에 숨어 있거라."

"부산도 안전하지 못합네다. 박 사장님 혹시 일본에 언제 갈 계획이십네까?"

"저번에도 일본에 가서 잡혀오지 않았나. 몇 개월 동안 콩밥 묵었다면서."

마도로스 박이 한참 생각하다 입을 열었다.

"내달에 일본 간다. 함께 가자. 이즈하라 처남 집에 있거라."

"고맙습네다. 일본에 가기 전에 내레 여기서 할 일이 없나요?"

"얼음 창고에서 짐이나 나르라. 밥값은 해야지."

대성은 부산에서 머무르며 마도로스 박의 얼음 창고에서 일을 도왔다. 8월이 다가오자 마도로스 박은 대마도로 떠나려고 짐을 꾸렸다.

"내일 떠난다. 니 기분 좋나? 일본말도 많이 배웠나?"

"예, 선생님."

"선생님이 뭐꼬? 형님이라 불러라. 니는 내게 막내 동생이라, 알겠나? 그리고 우리 가족에게 쌍절곤 사용법을 잘 가르치고 있지?"

"형님 분부대로 열심히 가르치고 있습네다. 한 번 시범을 보여 드릴까요?"

대청동 가족이 모인 앞에서 종달새와 다람쥐가 그동안 배운 쌍절곤 기본동작을 보여주었다. 원래 몸놀림이 민첩한 다람쥐와 종달새는 대성에게서 배운 기본동작을 제대로 익혔다. 마도로스 박은 몸에 지니기에 편리한 쌍절곤을 익혀서 보신술 1호로 삼자고 강조했다.

마도로스 박은 8월 말, 달이 없는 날 밤에 700톤급 배로 출항한다고 알렸다. 대성은 떠나기 전날 밤 하도 설레서 한숨도 자지 못했다. 새로 구입한 배는 정부에서 정식으로 허가를 받은 무역선이었다. 대성에게 필요한 가짜 여권과 일본 해안에 상륙할 수 있는 상륙허가증도 마도로스 박이 마련해 주었다. 한국 근해에서 잡은 낙지, 멍게, 쌀이 배에 가득 실려 있었다. 대성은 갑판원 자격으로 승선했다. 선장실에서 하는 잡일이 주요 업무였다.

다음날 새벽 대마도 이즈하라 항구에 무사히 기항했다. 예전과 다름없이 이즈하라 항구에서 마도로스 박의 처남인 시마무라가 대기하고 있었다. 시마무라는 오하라물산주식회사를 운영하는 사장으로 변신했다. 처남과 매부는 부둥켜 안고 해후의 기쁨을 만끽했다.

"이번에 가지고 온 건 새로 수확한 팥과 지난 가을에 생산한 쌀, 그리고 출항 전 입하한 큰 새우와 산낙지라요. 물이 좋다카이."

"지난 봄에 가지고 온 쌀은 잘 말리지 않아 금세 변해서 술로 만들어 팔았다. 겨우 본전 했다. 대성아, 오래간만이다. 지난 번 오무라 수용소에서 고생했지. 송환되어 형무소에 갔다는 소식도 들었다. 지난 번 동경에 갔을 때 마사고 상을 만났다. 잘 있더라."

"마사고는 지금 어데 있습네까?"

"지금쯤 우리 집에 있을 거다. 전보 암호로 니가 온다는 소식을 알려주었거든."

시마무라가 껄껄 웃으며 아랫사람들에게 입하 준비를 지시하고서 집으로 발걸음을 옮겼다. 마도로스 박과 대성이 시마무라 뒤를 따라 들어서자 제일 먼저 뛰어나온 사람은 다름 아닌 마사고였다. 그녀는 마도로스 박에게 인사를 건네고서 대성의 손을 잡았다. 마사고는 기쁨을 참느라 계속 웃기만 했다.

"마사고 상, 대성이를 방으로 데려가서 좀 쉬게 해줘요."

시마무라가 의미심장한 미소를 흘리면서 두 사람을 번갈아 쳐다봤다.

집은 예전에 비해 더욱 커진 것 같았다. 거실은 일본식으로 아름답게 꾸미고, 침실에는 한국식 자개장을 놓았다. 대성은 이토록

화려하고 아름다운 자개장을 처음 보았다.

"오빠가 특별히 부탁해서 완성한 공예품이에요. 정식으로 양국의 세관 허가를 받아서 반출하고 수입한 것이라 대마도의 많은 부인들이 우리 집 조선 공예품을 구경하러 옵니다."

감탄사를 연발하는 대성을 지켜보던 시마무라 부인이 자랑을 늘어놨다. 대성은 별채로 안내되었다. 부엌과 침실, 욕실이 일본식으로 깔끔하게 꾸며져 있었다. 마사고와 대성은 마침내 뜨거운 포옹을 했다.

"남시가 많이 컸지요?"

"정말 몰라보게 컸습네다. 마사고는 언제 왔습네까? 동경에 있다고 들었디요."

"당신이 온다는 기별을 받고 열흘 전에 도착했어요."

"그동안 무엇을 하며 지냈습네까?"

"이즈하라 시마무라 복지병원 수간호사로 발령받았어요."

"그래요? 난 전혀 몰랐습네다."

"이즈하라시 뿐만 아니라 대마도 전체에서 제일 큰 병원이에요. 환자를 삼백 명쯤 수용할 수 있고 시설도 아주 좋아요. 의료기기도 대개 미국제나 독일제예요."

"도립병원입네까?"

"시마무라 상하고 박 선생이 반반씩 투자해서 세운 복지법인 병원이에요."

"이 은혜를 어떻게 갚디요. 마사고가 잘 풀려서 날아갈 듯 기쁩네다. 시마무라 상의 은혜가 태산처럼 느껴져요."

"시마무라 복지병원 행정실장이 누군지 알아요? 바로 오무라 수용소 소장이었던 마쓰무라예요."

"그분이 어떻게 행정실장이 됐습네까?"

"당신이 강제 송환된 후 수용소 소장이 직위 해제됐어요. 우리를 안내한 시마다 형사도 면직되었고요. 마쓰무라 소장은 인도주의적 차원에서 우리를 만나게 해줬는데 법무성 당국은 공무원으로 책무와 의무를 소홀히 했다며 그를 공직에서 물러나게 했지요. 시마무라 상이 그 사연을 듣고 병원으로 모신 거예요."

두 사람은 시간 가는 줄도 모르고 이야기를 나누다가 곤히 잠들어 있는 아들을 물끄러미 바라보았다.

"우리 남시는 건강하디요?"

"그럼요. 음식도 가리지 않고 잘 먹고 말도 곧잘 해요."

때마침 남시가 일어나 대성을 알아보았다. 남시는 낯가림을 하지 않고 기뻐하면서도 엄마를 찾았다. 대성이가 남시를 안고 안채에 들어서자 아들과 아버지가 똑같이 생겼다며 다들 함박웃음을 지었다.

당분간 대성은 마사고 대신 집에서 남시를 돌봐주기로 했다. 마사고는 복지병원에 출근하여 행정 업무를 보고 환자를 돌보며 분주한 나날을 보냈다. 시마무라는 대성에게 집 밖으로 절대 나가지 말라고 신신당부했다.

"이번에 잡히면 재범이라서 강제 송환이 아니라 징역형에 해당하는 선고를 받을 거야."

마당이 넓은 큰집에서 남시와 함께 지낼 수 있어 행복했으나 반 형무소 생활이나 다름없었다. 부산형무소에서 반년 가까이 지냈지만 솔직히 여기보다는 자유스러웠다. 비록 수형 생활이지만 죄수 간에 대화가 오가고 그만큼 우정이 쌓였기에 견딜 만 했다. 그러나 시마무라 집에서 숙식하는 사람들이 모두 출근하면 적막만 집안에 가득했다. 마사고와 대성은 별채에서 생활하면서 살림도 따로 했다. 한낮에는 적막과 고독에 부대꼈지만 밤이 찾아오면 마사고가 곁에 있어 무료한 나날을 그럭저럭 버틸 수 있었다.

어느 날 병원에 행로병자가 입원했다가 사망한 일이 생겼다. 시마무라는 행로병자의 시신을 밤중에 바다에 수장하라고 시체실 주임한테 지시했다. 일본의 장례는 화장하는 것이 관례였으나 관청에 사망 신고도 하지 말라고 일렀다. 행로병자는 근본이 있는 사람이었다. 나이는 대성보다 두 살 위로 본적은 이즈하라이고 정신 병원에 입원한 적이 있었다. 행로병자는 사망신고 대신 퇴원한 것으로 기록했다.

"행로병자가 죽지 않고 이대성으로 환생한 거야."

시마무라가 대성과 마사고에게 단단히 일렀다. 대성은 속으로 웃었지만, 시마무라가 자신의 도피 생활을 돕기 위해 서류를 위조하고 관청에 허위 신고하는 모습을 보면서 인간적인 우정을 느꼈다.

"시마무라 이사장님의 은혜에 꼭 보답하갔습네다."

"나는 너의 지극한 사랑에 감동했다. 그 마음 변치 말고 마사고를 끝까지 행복하게 해줘야 해."

귀국이 불가능한 처지에서 분명 행운이었지만 한편으로는 일본인 신분으로 살아야 하는 것이 불안하기도 했다. 여기에서 언제까지 살며 일본 사람 노릇을 해야 하나. 대성의 머릿속이 엉킨 실타래 같았다.

就業
취업

"내일부터는 일터로 나가야 한다. 허구한 날 집에서 아이만 볼 수는 없지. 직장을 얻어야 가장 노릇을 하지 않겠나."

"저를 받아줄 일터가 있겠습네까?"

"자네는 직업에 귀천을 따지는 사람인가?"

시마무라 상이 눈을 부릅뜨며 물었다.

"무슨 일이든 다 할 수 있습네다."

"그렇다면 내일 나랑 화장터에 가보자."

"화장터요? 시체 태우는 화장터 말입네까?"

"그래. 내가 화장터 사장에게 부탁해 놓았다. 대마도에서는 화장터가 제일 좋은 직장이다. 화부(火夫)의 초임이 은행 직원의 두 배 정도야."

"우리 조선에서는 화장을 하지 않습네다. 정말 돈이 없으면 화장을 해도 대부분 매장을 하디요."

"나도 안다. 여기 대마도에는 화장장이 세 군데 있다. 북부 대마도와 남부에 각각 하나씩 있고, 이즈하라에 있는 것이 제일 큰 화장장인데 시설이 아주 좋다. 화장하기 전에 망자의 가족들이 화부에게 웃돈을 많이 얹어 준다. 상가에 따라서는 관 속에 온갖 보석과 패물을 넣기도 하는데 이것을 화장하기 전에 화부들이 나누어 갖는다. 그래서 화부가 죽기 전에는 자리가 나지 않아."

그날 저녁 시마무라 집에 모두 모여 저녁 식사를 했다. 대성이가 일자리를 얻었다는 소식을 듣고 마도로스 박이 무척 기뻐했다.

"화장터의 화부들은 다들 조선에서 건너온 귀화 일본인들이라 카이. 화부는 절대로 일본인을 채용하지 않아. 반드시 바다를 건너온 조선인들을 뽑는다. 화장터의 화부들에게 미운털이 박히면 가족 중 누가 죽어도 절대로 화장을 받아주지 않는다 아이가. 대성아, 나는 내일 부산으로 떠난다."

일본식 전골을 앞에 놓고 화기애애한 분위기 속에서 마도로스 박을 위한 환송회가 열렸다.

"일본에서 살려면 우선 언어가 통해야 한다카이. 화장터는 여간 얻기 어려운 직장이 아니야. 일본은 화장 문화가 발달해서 화장 자체를 신성시한다. 미천한 직업이라고 생각하지 말그래이."

다음 날 아침 대성은 시마무라 이사장을 따라 화장장으로 갔다. 아담하고 청결한 건물 네 채가 가지런히 세워져 있었다. 굴뚝이 매우 높았다. 거기서 뿜어져 나오는 연기가 대성의 시선을 붙잡았다. 대성과 시마무라 이사장은 현관 앞에 미리 나와 있는 간부들과 인사를 나눴다. 책임자의 이름은 야나기 오사무네였다. 임진왜란 때 잡혀 온 무장의 후손인데 화장장에서는 유씨로 통한다고 했다. 나이는 환갑을 넘었고 혈색이 매우 좋았다. 이즈하라 시립화장장은 시마무라 이사장이 거액을 기부하여 내부를 말끔히 수리하고 단장해 주었다고 했다.

"야마모토 가즈오입네다. 잘 부탁합네다."

대성이 자신의 일본식 이름을 대며 정중히 머리를 숙였다. 다들 친절하게 인사를 받아주는데 유독 작달만한 남자가 아니꼽다는 눈빛으로 쳐다봤다. 화장장의 구성원들은 모두가 조선에서 건너왔거나 일찍 일본에 와서 정착한 조선 사람들의 후손이었다. 화장터 주위에는 민가가 한 채도 없었다. 화장터는 해송으로 둘러 싸여 있어서 굴뚝 외에는 보이는 것이 없었다.

"여기에 처음 들어오면 삼 개월 동안 집에 가지 못한다. 그동안 화구에 불을 지피는 것부터 나무로 화장하는 것과 석탄으로 화장하는 것을 배워야 한다. 시체를 담은 목관을 쌓아둔 시체실에서 자고, 한 달이 지나면 화장하고 남은 송장의 뼈를 절구에 넣어 빻는 일을 해야 한다. 기가 약한 사람은 한 달도 견디지 못하고 물러나지. 혼자 잘 수 있겠나?"

화두가 대성에게 물었다. 대성이 의미심장한 표정으로 고개를 끄덕였다.

"혼령에는 선령과 악령이 있다. 이 화장장에는 유난히 악귀가 많다. 특히 물에 빠져 죽은 어부들의 혼령이 구천을 헤매고 돌아다니다가 악귀가 되어서는 기가 약한 사람을 만나면 그 몸속에 숨어들어 온갖 나쁜 짓을 한다."

대성은 시체 담은 관들이 쌓인 장소로 안내되었다. 전등을 켜지 않은 실내에는 양초 한 자루만이 외롭게 불꽃을 피우고 있었다. 스무 개가 넘는 목관이 가지런히 놓여 있는 자리 귀퉁이에 널판으로 만든 너절한 침대가 있었다.

"신참내기 잠자리가 바로 여기다. 앞으로 한 달 간 여기서 살아야 해."

실내는 시체 썩는 냄새가 가득했다. 관 앞에 놓여 있는 향로에는 대부분 향이 꺼져 있었다. 대성은 관 앞에 있는 향갑에서 향을 몇 개 집어 들어 불을 붙였다.

"야, 신참내기야, 무섭지 않니?"

"무섭긴 무엇이 무서워요. 산 사람이 무섭지 죽은 사람은 무섭지 않습네다."

다음날 아침 기상하여 밖으로 나가니 다들 목욕탕에 모여 있었다. 목욕재계부터 하고 조반을 먹은 다음 화부의 일과를 시작한다고 했다.

"신참내기야, 어젯밤 악귀가 찾아왔니?"

"저는 곯아떨어져서 악귀가 왔는지 어쨌는지 몰랐습네다."

"실은 총두님께서 너를 시험해 보느라고 거짓말을 했다. 하룻밤 무사히 넘겼으니 오늘부터는 우리와 함께 잔다."

일주일 내내 화장터에서 숙식한다는 말에 대성은 실망했다. 하지만 시마무라 이사장이 애써 마련해준 직장인데 싫다고 떠날 수도 없었다. 아직은 정식 화부가 아니라서 대성은 석탄을 나르거나, 시체가 들어 있는 관이 운반되면 관속에 유족들이 넣어준 돈이나 패물들을 집어내어 정리했다. 그것이 상주가 화부에게 주는 사례비보다 훨씬 큰돈이었다. 명절이건 경축일이건 화장장은 휴일이 없었다. 화부들은 조를 짜서 일주일에 하루씩 집에 간다고 했다. 대성은 1개월 동안 집에 가지 못하고 화장터의 모든 일을 배워야만 했다. 그런데 대성을 매사 방해하는 자가 있었다. 입사 첫날부터 대성을 못마땅하게 쳐다보던 마쓰오라는 사람이었다. 대성이 밥을 먹다가 젓가락을 떨어뜨렸다. 마쓰오는 대성의 젓가락을 고의적으로 밟았다. 그동안 수차례 시달림을 받아온 대성의 감정이 끝내 폭발했다.

"마쓰오, 너는 정말 축생(畜生)이다. 부모의 젖이 아니라 똥을 먹고 자란 놈이다."

 격분한 마쓰오가 대성의 멱살을 잡았으나 헛수고였다. 대성이 무술을 연마한 사실을 알 리 없는 마쓰오가 덤볐다가 급소를 찔렸다. 그는 비명을 지르면서 땅바닥에 주저앉았다. 마쓰오는 대성의 바지 자락을 붙잡고 늘어졌다.

 화부들은 말리지 않았다. 화장터의 상주들도 싸움을 말릴 생각이 없었다. 마쓰오는 평소 화부장의 백을 믿고 무례하게 굴면서 툭하면 주먹을 휘둘렀기 때문이다. 상주들한테도 거칠게 대했다. 상주들이 불평을 토해내면 당장 시신을 가지고 다른 화장터로 가라고 윽박지르기 일쑤였던 것이다.

 "여기서 멈추지 않으면 둘은 해직이다."

 처음부터 마쓰오와 대성의 싸움을 묵묵히 지켜보고 있던 총두가 경고했다. 대성은 총두와 화부장에게 사과했다. 그러나 마쓰오는 인상을 찌푸리며 자기 화구로 돌아갔다.

 "자네 무술을 배웠나? 마쓰오를 제압하는 실력이 보통이 아니다."

 화부장이 대성의 어깨를 가볍게 두드리며 물었다.

 "어려서부터 집안 형님들한테 무술을 익혔습네다. 그런데 마쓰오는 선배 화부들에게 위협적인 언행을 일삼는다고 들었습네다. 믿는 구석이 있는 모양이지요?"

 "마쓰오 숙부가 이즈하라시 위생과장이다. 그것을 믿고 안하무인이야."

바로 그때 마쓰오가 건달들을 데리고 다가왔다. 잔뜩 골이 나 있었다.

"야마모토, 신참내기 주제에 건방지게 굴어서 내가 정식으로 결투를 요청한다. 내일 우리 화부들이 보는 가운데 한판 싸우자. 만약 거절하면 너는 여기를 떠나야 한다."

마쓰오가 데리고 온 건달이 험악한 표정을 지으며 나타났다. 그는 허리춤에서 미제 45구경 권총을 꺼냈다.

"야마모토, 니가 우리 보스를 망신시켰으니 이 권총으로 사살할 것이다. 사살이 두렵다면 내일 아침 우리 보스와 결투해라. 이것이 사무라이 정신이다."

"내가 이기면 어떻게 하겠나?"

"우리 조직의 전통대로 니가 우리들의 형이 된다."

다음 날 아침 여덟시 정각, 화장장 행정관 건물 뒷마당 잔디밭에 마쓰오가 유도복을 입고 나왔다. 건달 십여 명이 잔디밭에 앉아 있었다. 화장장 직원과 화장터의 유가족들도 결투를 보기 위해 몰려들었다. 대성은 허리춤에 쌍절곤을 감추었다. 상대방이 무기나 흉기를 사용할 것을 대비해서였다. 서로 싸우자는 신호가 떨어지기 무섭게 마쓰오가 대성의 옷소매를 잡으면서 허리치기로 공격했다. 대성은 잡힌 소매를 뿌리치며 뚱뚱한 마쓰오의 목에 일격을 가했다. 대성의 발놀림은 정확했다. 헛발치기가 없었다. 두 차례의 공격을 받으면서도 마쓰오는 유도 5단 실력을 발휘하지 못하고 씩씩거렸다. 다시 한 번 마쓰오가 돌진했으나 대성은 돌려차기로 그의 면상을 쳤다. 잔디밭에 쓰러진 마쓰오의 입에서 피가 흘렀다. 그의 눈은 이미 초점을 잃었다. 긴달들이 일시에 대성에게 덤벼들었다. 손에는 단도가 들려 있었다. 그들이 휘두르는 단도를 대성은 용케 피했다. 어느 순간 대성은 쌍절곤을 꺼내 휘둘렀다. 건달들은 쌍절곤 앞에서 꼼짝 못했다. 화장터 직원의 연락을 받고 경찰이 출동하여 대성과 건달들을 이즈하라 경찰서로 연행했다. 시마무라 이사장도 화장터 간부한테 소식을 전해 듣고 경찰서로 달려갔다. 화부들의 증언 덕분에 대성은 정당방위로 풀려났다.

이즈하라 경찰서장은 시마무라 이사장과 죽마고우 사이였다.

"시마무라, 요즘 일본 본토에서 온 조무래기 야쿠자들이 시내 질서를 해치고 있다는데……"

"신흥 야쿠자들의 횡포로 장사하기 힘들다는 얘기를 종종 듣고 있어."

"치안 담당자로서 그냥 있을 수도 없고, 그렇다고 아직은 체포할 만한 범죄도 아닌데 경찰력을 동원할 수도 없고…… 자네가 좀 해결해줘."

시마무라 이사장은 어물공판장의 조직원들을 불러들였다. 그들은 이즈하라의 토박이로 과거에는 주먹을 썼으나 일반 시민들은 절대 괴롭히지 않았다. 시마무라가 공판장의 대부 격인 혼다를 불렀다.

"건달들이 시민들을 괴롭힌다고 하는데 그게 사실인가?"

"사실입니다. 공판장에도 이놈들이 와서 낙찰해가는 물고기에 대해 세금을 내라고 화주들과 시비를 하는데 아직은 폭력을 쓰지 않아서 그냥 두고 보고 있습니다."

시마무라 이사장은 자기 소유의 선박회사에 소속된 선원들을 동원하여 이즈하라 시내의 치안 질서를 어지럽히고 시민을 괴롭히는 야쿠자 조직을 처리하기로 했다.

"혼다, 한 놈이라도 죽여서는 안 된다. 죽이는 척만 해라. 그래서 겁을 먹고 대마도를 영원히 떠나도록 만들어야 한다. 알았나?"

"그놈들이 모이는 장소가 우리 선박 회사에서 멀지 않습니다. 화장터에 있는 야마모토를 데리고 갔으면 합니다. 소수 정예로 조직해서 기습하겠습니다."

"소수정예라면 몇 명 정도?"

"기습조에 이십 명 정도면 충분합니다. 지원조는 삼십 명으로 밖에서 대기하고 있다가 신호가 오면 기습하겠습니다."

"오늘 그놈들 무슨 날이냐?"

"그놈들 오야붕 생일이랍니다."

"조직의 오야붕은 어디서 온 놈이냐?"

"오사카 출신인데 이름은 야마구치 이쿠시입니다. 원래 군속이었다고 합니다. 만주 관동군 헌병대 문관으로 근무했다는데 검도 5단이라네요."

"자세히도 알아냈구나. 야마구치는 야마모토에게 맡겨라."

어물 공판장의 뱃사람들이 2조로 나누어 작전을 개시했다. 대성이를 포함한 스무 명의 선발대가 야마구치의 건설회사 사무실 앞에 모였다. 안에서는 흥겨운 파티가 무르익어가고 있었다. 사무실 안에 심어 놓은 조직원이 신호를 보내자 1차 선발대가 건설회사 2층으로 쳐들어갔다. 대성은 쌍절곤을 휘두르며 야마구치의 일본도 공격을 막아 냈다. 쌍절곤을 처음 접한 야마구치는 손등과 손목을 맞고 칼을 놓쳤다. 야마구치의 부하들은 술에 취해서 앞뒤 분간을 못하고 전부 바닥에 쓰러졌다. 혼다가 야마구치를 어깨 높이로 들어 올렸다가 바닥에 떨어뜨렸다. 야마구치가 비명을 지르며 살려달라고 애원했다.

"야마구치, 너는 이즈하라의 평화를 깨버린 놈이다. 너를 바다에 던져 수장하겠다."

혼다가 바다로 던지려 하자 야마구치가 살려달라고 울부짖었다.

"소인배 같은 놈!"

대성은 조용히 물러나 야마구치가 항복하는 모습을 지켜봤다. 그는 제대로 걷지도, 팔을 쓰지도 못했다. 야마구치는 일주일 내로 이즈하라를 떠나겠다는 약속을 남긴 채 모습을 감췄다.

"시마무라, 현장에 있던 형사들한테 소식을 들었다. 정말 멋지게 야쿠자들을 항복하게 만들었다지, 고맙다."

"고맙긴. 우리들의 고향을 청소하는데 너의 일 나의 일 따로 있나."

"청이 하나 있어."

"무슨 청?"

"자네가 보낸 화장터 화부의 활약이 컸다고 하던데, 그 자는 어디서 나타났나? 그 화부를 우리 경찰 요원으로 채용했으면 좋겠는데 말이야."

"안돼! 야마모토는 처자식이 있고 현재 그의 아내는 임신 중이야. 경찰보조원은 너무 위험해."

시마무라 이사장은 야쿠자를 해체하는데 큰 힘을 보태준 대성을 자기 선박회사에서 일할 수 있도록 했다. 화장터로 떠난 지 보름만에 대성은 집으로 돌아왔다.

海賊 掃蕩
해적 소탕

마도로스 박이 한국에서 돌아왔다. 형무소에 수감된 대성의 형들이 석방되었다는 소식을 안고서. 대성의 어머니까지 만나고 오는 길이라고 했다.

"우리 오마니는 어떻게 지내십네까?"

"많이 수척해지셨다. 너희 형들은 대만으로 갔다카대. 백범 선생님 일로 가족 전체가 고난을 받으니까 장개석 총통이 우리 정부에 얘기해서 자네 형들을 석방시키게 했다카더라. 아직도 형사들과 방첩대 요원, 그리고 헌병 수사과 사복조가 자네 집과 친척집을 살핀다 아이가. 니 찾을라꼬."

마사고는 일요일 외에는 온종일 복지병원에서 일했다. 간호부장이라는 직책을 접어두고서 환자를 돌보고 의사를 돕는 일에 최선을 다했다. 환자들은 마사고를 천사처럼 여기며 따랐다. 그녀는 임종을 앞둔 환자가 있으면 자청해서 야근하며 그가 편안한 마음으로 세상을 떠날 수 있게 보살폈다. 마사고는 중환자를 위한 봉사와 간호에 정성을 다했다. 때문에 병원 식구들이 그녀를 미더워했다. 마사고가 피로에 절어 귀가하면 대성이가 일본식 반찬을 만들어 밥상을 차려놓고 기다렸다. 언제나 대성이 먼저 퇴근했다. 집안 청소와 빨래를 하고, 마사고를 위해 목욕물을 받아 놓았다. 남시는 날이 갈수록 엄마보다는 아버지를 기다리고 따랐다. 마사고와 대성은 그렇게 작은 기쁨 속에서 부부의 사랑을 키웠다. 어느 날 마도로스 박이 대성을 불렀다.

"지난번 한국에 갔을 때 자네 어머니가 내년에 전쟁이 날 것 같다고 카시데."

"그게 무슨 말입네까? 전쟁이 나다니요."

"대성이도 직장을 잡았고, 마사고도 병원 수간호사로 일하고, 남시도 건강히 자란다고 말씀드렸는데 전쟁이 일어나면 어떻게 하느냐고, 부모 형제도 갈라질 텐데 어쩌느냐며 우시는 통에 내가 혼났다카이."

"한국에 언제 또 가십네까? 저도 따라가고 싶습네다. 어머니를 뵈어야겠어요."

"열흘 후 쯤 움직여볼라 칸다. 그나저나 넌 팔자가 좋은 놈인지 나쁜 놈인지 알 수가 없다카이. 넌 부산과 이즈하라를 공짜로 오고가고, 여기서는 시마무라 상 별채를 그냥 쓰고, 마사고를 아내로 여기며 살고 있지 않나. 간호사로서 마사고의 명성이 대단하다 아이가."

이즈하라에 초겨울이 찾아왔다. 야산의 수목들이 앙상해졌다. 조석으로 냉기가 엄습해왔다. 마사고가 고다쓰를 사왔다고 자랑했다. 마사고가 하라는 대로 고다쓰 안에 발을 넣으니까 훈훈했다. 대성은 고다쓰 안으로 손을 넣어 마사고의 발을 만지작거렸다. 몸과 마음이 대번 따뜻해졌다.

선박회사의 사장실로 마도로스 박이 대성을 불렀다.

"다음 달 초에 부산으로 떠난데이. 요즈음 해적들이 심심찮게 출몰한다 아이가. 부산발 밀수선에 해적이 습격해서 상품을 다 빼앗고, 배는 침몰시켰다카데."

"배는 왜 무장을 하지 않습네까?"

"일본 상선과 어선은 무장할 수 없다."

"해경에 잡히면 형무소로 가지만, 해적에게 습격당하면 물귀신이 되는데 그걸 알고도 무장하지 않는다면 선원들의 생명을 외면하는 겁네다."

시마무라를 비롯한 일본 해경과 마도로스 박은 대마도 선주협회 회원들을 모아놓고 회합을 가졌다. 이번 부산으로 떠나는 배에 고가의 상품을 실었다는 소문을 해적들이 듣게 하자고 입을 모았다. 조직원들 가운데 무술로 단련된 사람들을 승선시키기로 했다. 그들 가운데 대성이도 섞여 있었다.

"마사고, 내일 제주도로 떠납네다."

제주도로 간다는 말에 마사고가 의아스러운 표정을 지었다.

"해적을 유인하러 간답네다. 뱃길이 멀어야 공해상에서 물건을 뺏기가 쉬우니까 해적들이 쫓아오겠디요. 어선으로 개조한 해경 경비정 두 척이 뒤따를 겁네다."

"무슨 일이 있을 때마다 당신을 불러내서 싸움을 시키는 게 좀 못마땅해요."

"우리가 받는 게 많잖습네까. 마사고 상이 복지병원 간호부장으로 있고, 내가 공짜로 부산과 대마도를 오가고, 시마무라 이사장 집의 별채를 무상으로 사용하고…… 그러니까 뭐든 도와야디요."

다음 날 마도로스 박과 무술을 연마한 직원 스무 명이 먼저 출발하고, 그 뒤를 해경 무술 경찰들이 따랐다. 이즈하라 항구를 출발한 지 두 시간 쯤 지나자 부산 방향에서 배 두 척이 다가왔다. 마도로스 박이 허리에 찬 권총의 안전장치를 풀었다. 어부로 가장한 직원 몇 사람만 갑판 위에 나와 있고 나머지는 선실에 숨어 있었다.

"니가 앞에서 승선하는 놈을 공격해라."

마도로스 박이 대성을 향해 외쳤다. 다가오는 배에서 정선 신호가 왔다. 일본 배였다. 뱃머리에 '아까시오마루'라고 써 있었다. 그들의 정선 신호에 따라 배를 멈췄다.

"우리가 지시하는 대로 행동하지 않으면 발포한다. 너희들 배에 무기가 있으면 전부 바다에 투척하라. 칼도 안 된다."

"나는 이 배의 선장이다. 우리 배에는 일체 무기가 없다."

선두에 당당히 서 있는 마도로스 박이 확성기에 입을 대고 우렁찬 목소리로 대답했다.

"너희들의 배는 어디로 가나?"

"제주도로 간다. 배에는 열 한 명의 선원이 타고 있다."

"배에 실은 화물은 무엇인가."

"전기제품이다."

"왜 부산으로 가지 않고 제주도로 가는가."

"일본 정부의 출하 허가를 받지 못한 상품들이라 부산으로 가면 전부 압수당한다."

"선장만 갑판 위에 있고 나머지 선원 전원은 선장실에 집합하라."

해적배가 마산호에 접근하더니 기관단총을 든 사내들이 갑판으로 옮겨 탔다. 그리고 마도로스 박에게 선적한 화물을 확인하겠다며 안내하라고 지시했다. 두 명은 인원을 확인하기 위해 선장실로 들어갔고, 나머지 세 명은 마도로스 박을 따라 냉동실 창고로 걸어갔다. 두 명의 해적이 선장실에 들어서서 인원 점검을 하는 순간 대성이 허리춤에서 쌍절곤을 꺼내 휘둘렀다. 해적들은 반격할 엄두도 내지 못하고 그대로 쓰러졌다. 선장실에 숨어 있던 선원들이 해적들의 기관단총을 빼앗고 포승줄로 손발을 묶었다. 해적들을 냉동실 창고로 유인한 마도로스 박은 권총을 꺼내 방아쇠를 당겼다.

"저놈들의 옷을 벗겨서 바꿔 입으래이. 저놈들이 쓰던 모자도 깊이 눌러 써라."

갑판 위로 다시 올라온 마도로스 박은 인질로 잡힌 것처럼 손을 머리 위에 얹고 해적선으로 건너갈 자세를 취했다. 해적들의 옷으로 갈아입은 선원들이 같은 편 선원들을 포로처럼 앞세워 해적선으로 옮겨 탔다. 파도가 높이 물결치는 바람에 배에 타고 있던 해적들은 시마무라의 선원들이 자기편인 줄 착각하고 제지하지 않았다. 마도로스 박은 해적선에 승선하자마자 기관단총을 발사하라고 신호를 보냈다. 순간 연달아 총성이 울리고 선장과 조타수를 제외한 해적들이 졸지에 목숨을 잃었다. 마도로스 박이 총을 들고 선실로 들어가 조타실에 있던 선장을 위협했다. 그러나 그는 해적이 아니라 인질로 잡혀 있는 선장이었다. 조타수도 마찬가지였다. 마도로스 박은 그들을 통해 일본 본토에 근거지를 둔 해적의 정체에 대해서 소상히 들었다. 마도로스 박의 지휘로 아까시오마루 해적을 가볍게 제압했으며, 일본 해상 경찰은 사건의 전말에 대해 상세히 보고받았다.

家族의 沒落
가족의 몰락

대성은 마도로스 박의 도움으로 무사히 부산에 도착했다. 연말이 가까워져 도시가 술렁거렸다. 이래저래 감시를 당하고 있는 처지라서 대성은 다른 사람을 시켜 서울 이모 집에 전화를 걸었다. 하지만 허사였다. 전화하는 사람이 누구냐는 말만 되풀이할 뿐 일체 대답을 회피했기 때문이다. 대성은 궁금증을 참지 못해 마도로스 박의 부하와 함께 상경하여 황금정 이모 집을 찾아갔다.

실로 오랜만에 나타난 조카를 보고 기뻐 날뛰던 이모가 곧장 여기저기로 연락을 취했다. 마침내 대성 어머니가 밤늦게 황금정에 당도했다. 반 년 만의 모자 상봉이었다.

"오마니, 얼굴이 호케 상하셨습네다."

대성 어머니는 너무 반가워서 말을 잇지 못하고 눈물만 흘렸다. 그녀는 죽은 아들이 살아 돌아온 듯 대성을 안고서 몸 여기저기를 만졌다.

"큰아들은 고문으로 죽고, 나머지 두 아들은 감옥에서 나와 대만으로 추방당하고, 너까지 체포령이 내렸는데 내레 살고 싶갔네. 죽지 못해 사는 거이디."

"아직도 우리 집에 방첩대 사람들이 옵네까?"

"고롬, 매주 다녀간다."

"질긴 새끼들이야요."

"기래, 마사고가 병원 간호부장이 되고 남시도 유아원에 다닌다고…… 호케 보고 싶구나."

대성이 보기에 어머니가 이모를 의식해서 마음에 담아둔 말을 시원하게 못 하는 것 같았다. 이모가 안방으로 들어가 낮잠을 자고 있는 사이 모자는 건넛방에서 비밀스런 대화를 나눴다.

"대성아, 셋째 형이 북에서 왔어야!"

"만성이 형 말입네까?"

대성 어머니가 주위를 살피며 고개를 끄덕였다.

"오마니는 형을 만나봤시오? 공산당이 좋다고 북에 남겠다고 고집하더니만 이남에 왜 왔답네까?"

"형 미워하지 말라우. 어차피 자유의 몸이 아니니까네."

"그게 무슨 말입네까? 감추지 말고 숨김없이 말씀해 보시라요."

대성 어머니는 간간이 한숨을 내쉬면서 울먹이는 목소리로 그간 있었던 일을 줄줄이 꺼내 놨다.

"한 달 전 내레 동대문 시장에 갔는데 어떤 여자가 따라오더니 종이쪽지를 주는 기야. 읽어보니까 만성이가 서울에 왔다는 내용이 써 있지 않갔어. 그 사실을 가족한테도 비밀로 하라더라. 며칠 뒤에 박물장사가 지나가는데 그게 바로 만성이었디. 내레 얼마나 놀랐갔네. 만성이가 손가락으로 말하지 말라는 시늉을 하더니 따라오라는 거야. 사직공원 옆 빨래터까지 갔디. 사직단 쪽으로 자리를 옮겨서 한참 애기했는데 니 형이 북조선 노동당 대남사업부에 있다면서 다시는 북으로 돌아가지 않겠다고 하드라. 공산당의 실체를 알았다는 기야. 간첩으로 활동하면서 군사시설을 탐지하고, 형제들 중 한 사람을 반드시 포섭해서 월북하라는 지시를 받았다드라. 니 형은 자수하려고 마음을 굳게 먹고 있었디. 자수하러 가기 전에 따순 밥이라도 먹이려고 억지로 끌고서 집에 갔다가 때마침 잠복하고 있던 방첩대 수사관들한테 붙잡히고 말았어야. 하루가 지나서 만성이를 끌고 갔던 수사관이 나를 데리러 왔더라. 그 작자를 따라 회현동 어느 사무실로 들어갔다. 잠시 후 만성이가 나타났는데, 아이고, 얼마나 얻어맞았는지 입술이 터지고 고막에서 피가 줄줄 흐르는기야. 내가 고래고래 소리 질렀디. 자수한다는 사람을 그렇게 무자비하게 때리느냐고, 차라리 총으로 쏴 죽이라고 말이야."

대성 어머니는 누가 들을까 소리를 죽이면서 한 맺힌 이야기를 죄다 털어놨다. 대성이의 얼굴이 일그러졌다. 셋째 형까지 고문의 덫에 걸려든 현실 앞에서 대성은 가슴이 터질 것 같았다. 이념이 대체 무엇이기에 가족이 이처럼 뿔뿔이 흩어져 갖은 고초를 당해야 하는가. 대성은 울음을 삼키며 고개를 떨구었다. 그때 건넛방 가까이에서 굵은 남자의 목소리가 들려왔다. 낌새가 이상했다. 대성은 어머니의 손가락이 시키는 대로 건넛방 쪽문으로 살금살금 나갔다. 그러나 바로 뒷집이 함정이었다. 거기에는 수사관들이 기다렸다는 듯 총을 들고 서 있었다. 대성이가 허리춤에서 쌍절곤을 꺼내려 하자 더벅머리 수사관이 대성의 발등을 향해 방아쇠를 당겼다. 총알이 대성의 발등을 관통했다. 대성은 고통을 참지 못하고 주저앉았다.

"비열한 새끼들!"

수사관들이 권총 손잡이로 대성을 때렸다. 대성 어머니가 쫓아가려 했으나 수사관의 손에 붙잡혀 옴짝달싹못했다. 늙은 어미의 애절한 울음소리가 메아리처럼 사방에 울려 퍼졌다.

대성이는 얼굴과 머리가 심하게 깨졌다. 수사관들은 대성의 얼굴에 찬물을 끼얹어 정신을 차리게 하고서 수갑을 채워 방첩대로 연행했다. 수사관이 먼저 헌병대 문관 테러에 대해 물었으나 대성은 끝까지 부인했다. 그는 공중에 매달린 채 참대나무 막대기로 매질을 당했다. 발바닥이 심하게 부어올랐다. 수십 개의 물집이 생기고 터진 자리를 대나무 회초리로 때렸다. 고문의 고통이 이성을 마비시켰지만 대성은 혼절하면서도 자백하지 않았다.

"이 놈은 독종입니다. 지 혀를 수차례 깨물어서 끝이 잘려나갔어요. 전기고문을 해볼까요?"

"그러다 죽으면 어쩌려고. 아직 젊은 놈이 고문으로 죽은 게 세상에 알려지면 골치 아파. 고문은 이쯤에서 끝내고, 이성민 가족을 간첩 사건으로 엮어서 보도하도록 해."

대성 어머니와 만성, 그리고 대성의 목에 명패를 걸고 사진을 찍었다. 그리고 이성민 가족의 간첩사건을 신문에 크게 보도했다. 병석에서 시름시름 앓던 대성의 아버지 이성민은 그 기사를 보고 충격을 받아 세상을 떠났다. 상주와 미망인이 없는 장례식이 거행됐다. 곡소리가 들리지 않는 장례식장은 비참했다. 한독당 당원과 건국실천양성소 직원들이 날조된 기사라며 목소리를 높였다. 백범 선생의 이념과 사상을 열렬히 지지하고 따랐던 이성민의 사망과 그 가족의 몰락으로 세상이 들썩거렸다.

"망할놈들이 생사람을 잡아도 유분수지, 이성민의 부인이 간첩이라니, 무지막지한 놈들을 그냥 둘 수 없다!"

진실을 밝혀 달라는 탄원서를 이승만 대통령에게 보내기로 조문객들이 뜻을 모았다. 장례식이 끝난 후 일간 신문에 이성민 가족의 간첩 사건 재조사를 촉구하는 성명서가 광고로 크게 실렸다. 이승만 대통령은 서명인들의 건의를 받아들여 대검찰청 공안 담당 검사들에게 재조사를 하도록 지시했다. 대성은 일단 치료부터 받기로 하고 방첩대 조사실을 나왔다. 아들과 함께 유치장에 갇혔던 대성 어머니는 '혐의 없음'으로 귀가 조치했다. 만성이는 남파 간첩으로서 자수의 진의는 인정받았으나 법에 따라 간첩으로 기소되어 실형 선고를 받았다.

대성 어머니가 귀가해 보니 친척들이 집을 지키고 있었다. 사람들이 있는데도 집이 텅텅 빈 것 같았다. 가족이 간첩으로 몰려 구속됐다는 기사에 충격을 받은 남편이 피붙이의 배웅을 받지 못하고 저승길을 밟았다는 사실에 대성 어머니는 통곡했다. 만주와 중국에서 항일투쟁을 하느라 행복한 가정을 꾸려보지도 못하고 쓸쓸히 세상을 떠난 슬픔에 목이 메었다.

"대성아, 이제 너밖에 없구나. 큰형은 요절하고, 둘째와 넷째 형은 망명 아닌 망명으로 대만에 있고, 셋째 형은 자수했는데도 간첩이라고 형무소에 보냈으니 남한에서 어케 뭣하고 살간! 이제부터 니가 정신 바싹 차리고 형들의 원한을 풀어주라우."

"오마니 명심하갔습네다. 검정고시를 쳐서 대학에 진학할 자격을 얻갔습네다."

말은 이렇게 했지만 대성은 자기 발등에 권총을 쏜 수사관에 대한 분노가 아직 가시지 않았다. 그놈을 반드시 찾아내 복수하겠다는 일념으로 대성은 밤잠을 설쳤다.

骨肉相爭
골육상쟁

시마무라와 마사고는 선원을 통해 입수한 한국의 신문을 보고 간첩 사건의 전말을 알게 됐다.

"한심스런 정보기관이다. 일본에 있던 대성이가 북조선에서 보낸 간첩이라니, 이런 엉터리 정보가 어데 있어?"

마사고도 신문을 보고 탄식했다.

"백프로 날조된 기사예요. 대성이가 공산주의자라니요, 새빨간 거짓말이에요. 간첩으로 몰려서 총을 맞았다니…… 생명에는 지장이 없다지만 어떤 상태인지 알 수 없어 답답하네요."

부산의 마도로스 박도 신문 기사를 보고 깜짝 놀랐다.

"이 새끼들이 생사람 잡는데이. 대성이는 계속 일본에 있었는데 무슨 조화로 북한 간첩이 될 수 있갔노. 방첩대라는 곳이 무지막지한 놈들만 모인 곳 아이가."

"형님, 내가 서울 대성이네 집에 급히 다녀올랍니다."

윤 도사는 그날 밤 급행열차로 서울 대성이네 집을 찾았다. 대성은 너무 기뻐서 윤 도사를 붙잡고 울었다. 너무 억울하고 분통이 터져서 홀로 가슴앓이를 하고 있던 때 친형제나 다름없는 윤 도사가 찾아온 것이다. 대성은 그간 겪은 고문과 구타로 온몸에 멍이 들었다. 총상을 입은 발은 아직 회복되지 않아 제대로 걷지도 못했다.

"니 참말로 용타. 우찌 그 무서운 고문에도 죽지 않고 살아났나. 니 나하고 부산에 가자. 내가 일하는 곳에서 함께 부딪혀 보자. 정말 사람답게 살아보자."

"내레 부산에 가면 우리 오마니 혼자 계시니 마음이 놓이지 않습네다."

"그라면 우짤 건가. 집안 형편을 생각해야지."

사실 그동안 누구 하나 돈을 벌지 못하고 수난만 겪으니 가재도구를 하나씩 니다 팔아 써야 했다. 대성 할아버지가 마련해준 집과 그 집에 어울리는 고급 가구들. 그것들 때문에 살림을 지탱해왔으나 이제는 모두 팔아치워 집안에 차가운 기운만 감돌았다.

대성 어머니는 아들의 뜻을 적극 밀어줬다. 윤 도사를 따라 부산으로 내려가 공부를 하든 돈을 벌든 꿈을 펼치고 살라며 힘을 실어줬다. 대성은 어머니께 하직인사를 하고 윤 도사와 동행했다. 부산으로 떠나는 발걸음이 철근을 매단 것처럼 무거웠다. 일하는 사람도 친척도 모두 떠난 집에서 혼자 아득한 시간을 견뎌야 하는 어머니가 눈에 밟혔다. 마음 같아서는 당장 집으로 돌아가고 싶었다.

"대성아, 니 심정 충분히 안다. 남자다운 길을 가려면 시련과 고통을 감수해야 한다. 나는 고아원에서 자랐기 때문에 부모의 사랑이 뭔지도 모른다. 니는 나에 비하면 상팔자라. 대성아, 마음을 굳게 먹자. 울지 않기로!"

윤 도사와 대성은 부산 정거장에 도착한 즉시 대청동 집으로 달려갔다. 대청동 숙소의 가족들이 일제히 소리를 지르며 반겼다.

"하하하 이누마 대성아, 고생이 많았다. 참말로 니 팔자도 얄궂다. 내캉 줄곧 함께 있었는데 어째 간첩이라꼬 잡아다 고문하나. 방첩대 놈들은 썩은 생선대가리 아이가. 그 새끼들 모조리 눈깔을 확 빼 줄 놈이라."

마도로스 박은 익살스런 말투로 대성을 위로했다.

대성이 부산에 자리를 잡은 지도 두 달 반이 넘었다. 그동안 대성은 마도로스 박과 윤 도사의 그늘에서 밥벌이를 했다. 대만으로 망명한 두 형과 마포형무소에 수감된 형, 그리고 서울에 홀로 있는 어머니 생각 때문에 대성은 매일 시름에 젖어 살았다. 대성의 심정을 누구보다도 잘 아는 마도로스 박의 도움으로 대성은 어머니와 함께 셋째 형 만성을 면회할 수 있는 행운을 얻었다.

형무관이 지켜보는 가운데 대성과 어머니는 유리창을 사이에 두고 만성을 만났다. 주어진 시간은 단 십 분이었다. 시간이 촉박하니 무슨 말이든 빨리 해야겠는데 세 사람은 꿀 먹은 벙어리처럼 눈빛으로만 정을 나눴다. 만성은 간밤에 울었는지 눈이 많이 부어올랐다. 그동안 써놓았던 일기를 형무관의 검열을 거쳐 집으로 보냈다는 말을 가까스로 꺼냈다.

"오마니, 이제 면회 오지 말라요. 대성아, 너만이라도 오마니 곁을 떠나지 말라우. 곧 전쟁이 난다. 내 말을 믿으라우!"

"만성아, 오늘따라 왜 이상한 말만 하네. 전쟁이라니?"

"오마니, 내레 왜 거짓말을 하갔습네까. 내레 남한에 오기 전 중국 연안에서 사귄 친구를 평양에서 만났습네다. 중국 팔로군의 조선족 출신들이 남조선을 해방시키는 전선에 의용군으로 앞장선다고 합네다."

"니가 그런 말을 하니까 민심을 교란시키려는 간첩으로 간주하는 거이야. 그러니까 자수했는데도 니 말을 믿지 않디."

형무관이 면담 요지를 기록하다가 대화를 중단시켰다. 그러더니 시간이 다 됐다면서 만성이를 억지로 끌고 나갔다. 대성과 어머니는 불안한 마음으로 면회소를 나왔다. 헛된 말을 절대 입 밖으로 내뱉지 않는 아들이 오늘따라 전쟁 운운하는 걸 보자 대성 어머니는 뒤숭숭했다.

"오마니, 나랑 부산으로 가요."

"셋째 형은 어카고?"

"어차피 서울에 살아도 떨어져 있잖습네까. 나는 오마니를 꼭 모시고 갈 겁네다. 아까 형도 그랬잖아요. 오마니 곁을 지키라고."

대성은 어머니의 고집을 가까스로 꺾었다. 이번에도 마도로스 박이 편리를 봐줬다. 마도로스 박이 방 하나를 비워줘서 어머니를 안전히 모실 수 있었다. 대성은 당분간 윤 도사가 관리하는 '갈매기'라는 술집에서 일하며 앞날을 계획하기로 했다.

1950년 6월 25일 새벽 4시, 여러 매체가 북한군이 쳐들어 온 사실을 앞 다투어 보도했다.

"오마니, 형님 말이 맞지 않았습네까. 북에서 곧 침략한다는 형님의 정보를 묵살한 우리 정부가 한심하기 짝이 없습네다."

"내레 아무래도 서울에 올라가봐야갔어. 북한군이 서울을 점령하면 만성이는 어쩌냐. 북한은 수백 대의 탱크를 소련에서 지원받았다고 저번에 니 형이 말하지 않든."

"그럼 나랑 같이 올라가요, 오마니."

"너는 부산에 있으라우. 내가 서울에 가기 전에 인민군이 서울을 점령할지 모른다. 너는 위험하니 박 선생 집에 꼼짝 말고 있으라우."

국군이 용감하게 대항하여 적군을 물리치고 있다고 방송에서 보도했으나 피난길에 오른 38선 근방의 주민들로 국도는 아수라장이었다. 북한 야크 전투기가 서울 상공에 나타나 용산역, 서울공작창, 통신소, 육군국 청사에 기총소사를 가하고 폭탄을 투하하여 국민들의 불안과 공포는 더해졌다. 북한 공산 정권은 평양방송을 통해 '북한 인민군은 자위 조치로 반격을 가하여 정의의 전쟁을 시작하였다'라는 표현으로 선전포고를 했다. 또한 김일성은 '남한이 북한의 모든 평화통일 제의를 거절하고 옹진반도에서 해주로 북한을 공격하였으며, 이는 북한의 반격이라는 중대한 결과를 가져왔다'라고 남침을 은폐하기 위한 각본을 만들어냈다.

시간이 갈수록 피난민들이 늘어나면서 서울 거리는 혼돈 그 자체였다. 우리 국군을 믿고 군의 작전에 적극 협조하기 바란다는 담화가 꾸준히 발표되었다. 포성이 점점 거세지자 대성 어머니는 마포 형무소로 달려가 사정했으나 결국 아들을 만나지 못했다. 공판이 연기되어 죄수들의 면회도 전면 금지됐다는 것이다.

6월 27일 아침, 행정부가 수원으로 이동한다는 발표 후 법원 직원들이 개별 행동을 해서 서울은 모든 행정 기능이 마비되었다. 대성 어머니는 북한 인민군에 의해 서울이 곧 함락되리라고 판단했다. 자신의 안위보다도 형무소에 들어앉은 만성이가 문제였다. 형무관들이 철수하면 그 많은 죄수들을 어떻게 할 것인가, 총살시키지 않을까, 그녀는 밤낮 안절부절못했다. 6월 27일 밤이 되자 서울 여기저기에서 야광등이 터졌다. 북한 인민군 유격대원들이 서울 근교에 침투한 인민군 주력 부대에 알리는 신호였다. 6월 28일 새벽 두 시쯤 한강교가 폭파되는 폭음으로 서울 전체가 들썩거렸다. 그때까지 잠을 이루지 못하고 있던 대성 어머니는 화들짝 놀라 큰길로 나갔다. 폭음에 놀란 사람들이 하늘을 쳐다보며 불안과 공포에 떨고 있었다. 대열에서 이탈한 국군 병사들이 어둠을 뚫고 삼삼오오 남대문을 향해 걸어가고 있었다. 전의를 잃은 군인들의 몰골은 처참했다. 제대로 먹지 못하고 밤낮없이 전투에 시달려 바람이라도 불면 폭삭 무너질 것 같았다.

6월 28일 오후 오매불망 그리던 만성이가 대문 안으로 들어왔다.

"오마니, 만성이 왔습네다!"

"뭐이? 만성이가 왔다고? 야, 네래 어케 형무소에서 나왔네? 형무관들이 후퇴하면서 너 같은 북의 공작원들을 총살시키지 않을까 해서 매일 뜬눈으로 밤을 새웠디. 살아 있어도 산목숨이 아니었디."

"저도 그렇게 생각했습네다. 대포 소리가 들리기 시작하고 북에서 침공했다고 하니까 형무관들의 눈초리가 달라졌습네다. 보안법으로 잡혀 들어온 우리들을 죽이고 달아날 것 같아서 호케 겁이 났드랬습네다."

형무소에서 기적적으로 살아 돌아온 셋째 아들과 벅찬 상봉을 했으나 기쁨도 잠시였다. 대성 어머니는 이내 골똘히 생각에 잠겼다. 만성이를 데리고 피난 갈 것인지, 아니면 국군이 서울을 탈환할 때까지 여기 그대로 있어야 하는지…… 의논할 사람도 없었다. 국군이건 인민군이건 같은 민족인데, 미국과 소련 사람들이 만든 무기를 들고 서로를 겨냥하고 있으니 만약 대성 아버지가 살아서 이 참극을 보았다면 가슴을 쳤을 터였다. '영감, 먼저 잘 가셨습네다. 이 골육상쟁의 현장을 보지 않으니 얼마나 다행입니까.' 대성 어머니는 마른침을 삼키며 혼잣말로 중얼거렸다. 대포소리가 끊임없이 천지를 울리며 들려왔다.

한강교 폭파로 인민군의 남진이 잠시 중단되었다가, 임시로 부교를 설치하여 인민군과 기갑 여단은 진격을 서둘렀다. 그러나 미군과 연합군의 공군이 인민군에 타격을 주는 바람에 공격 속도가 지연되었다. 인민군 주력 부대가 한강 도강에 성공하자 서울에서는 군경 가족과 공무원들에 대한 대대적인 보복과 탄압이 가해졌다. 일반 가정에 숨어 있던 군경이나 숨겨준 사람들을 처형해버렸다. 재동학교를 시작으로 여기저기에서 인민재판이 이어졌다.

1950년 6월 30일, 한강을 도강한 인민군은 단숨에 수원을 향해 진격했다. 7월 1일 부산항에 처음으로 상륙한 제24보병사단, 제21보병연대는 다음날 북쪽으로 전진했다. 한국군이 고대하던 미군 지상전투부대였으나 그 병력은 400여 명에 불과했다. 한강을 도강하여 진격하는 인민군은 남한의 촌락과 도시를 계속 점령했다. 7월 4일에 수원이 함락되고 인민군은 여세를 몰아 오산으로 진격했다. 미군 스미스 부대와 포병대대가 인민군을 격퇴하기 위해서 대기하고 있다가, 소련제 T34 전차부대의 공격을 받았다. 미군이 소유한 61미리 바주카포와 75미리 대전차포는 소련제 전차 공격을 막아내지 못했다. 북한 인민군은 7월 6일에 평택을, 그 다음날인 7일에는 오산과 천안을 점령했다.

學徒義勇隊
학도의용대

과거 38선에서 종종 남북 간의 충돌이 있었던 터라 대성은 이번 일도 일시적인 대결이라고 생각했다. 하지만 사태가 심각했다. 이건 그야말로 전쟁이었다. 대성은 어머니를 모시러 서울로 가려 했으나 마도로스 박이 극구 말렸다.

"임마야, 니 미쳤나! 서울이 빨갱이한테 점령당했는데 죽으러 갈끼가?"

"오마니가 서울에 계시는데 어케 된지 알 수 있어야디요. 사지에 오마니 혼자 어떻게 놔둡네까."

"대전이 어제 빨갱이한테 점령당하고 미 24 사단장이 행방불명이라는데 서울에 간다꼬!"

"나 혼자 살겠다고 여기 있을 수 없디요."

다음날 대성은 광복동에 있는 국방부 정훈국 학도의용대에 자원 입대하였다. 그는 학도의용군 대장과 면담을 마친 후 임시 숙소로 사용하고 있는 동주여자상업중학교(현재의 동주여자고등학교)로 들어갔다. 전국 각지에서 몰려든 중학교 학생들(현재의 중고등학생)로 교실이 미어터졌다. 교실 바닥에 모포를 깔고 잠을 자야하는 형편이었다. 소금물로 적신 주먹밥과 소금에 절인 단무지 반찬이 전부였다. 밤에는 모기떼들 때문에 잠을 이룰 수가 없었다. 수용소 교실의 온도는 복사열로 한증막을 방불케 했다. 대성이 입대한지 며칠 후 마도로스 박과 윤 도사가 학도의용대 숙소로 찾아왔다.

"니 우짤라고 여기서 생고생을 하노. 모기 많고, 덥고, 밥은 소금밥이고 말이야. 다 치아뿌리고 우리랑 일본으로 가자."

"형님, 고맙습네다만, 저는 전선으로 보내줄 때까지 여기서 대기하갔습네다."

마도로스 박과 윤 도사가 설득했으나 대성은 학도의용대에 남아 있기를 고집했다.

"임마야, 니만 애국잔줄 아나. 우선 살고 봐야지. 일선에선 하루에 몇 천 명씩 전사자가 나온다고 하는데 니는 마사고 생각 안 하나? 이번에 내 처남이 1만 톤급 화물선을 샀다. 우리 화물선에서 함께 일하자."

"저는 싸워야 합네다. 동포를 쏴죽이고 통일하겠다는 빨갱이들을 그냥 놔둘 수 없습네다."

"내가 이번에 부산으로 돌아올 때 일본에서 만든 미군 군수품을 잔뜩 싣고 오지 않았나. 일선에서 싸우면서 애국하는 것도 좋지만 후방에서 보급을 잘해주는 애국자도 필요한 기라."

"잘 알았습네다. 형님은 후방에서 보급선 타며 애국하시고, 저는 전방에서 전투하며 애국하갔습네다."

대성은 학도의용대의 입대 수속을 마쳤지만 마냥 대기하고 있는 것이 몹시 지루했다. 얼른 전쟁터로 보내줬으면 하는 생각뿐이었다. 수용소에 모인 학생들의 출신이 제각기 달라서 낯설었지만 조국을 지키기 위해 목숨을 내놓았다는 공통점 때문에 나날이 정이 쌓였다. 수용소에서 무료하게 지낼 것이 아니라 부산 부두에서 하역 작업이라도 하자고, 경주가 고향인 학생이 말했다. 학도의용대에 입대한 대원 80여 명 가운데 하역 노동을 지원한 학생은 30명 정도였다. 물론 그 대열에 대성이도 끼었다. 학도의용병들은 부두 노동판에서 일해도 좋다는 허락을 받고 그날 저녁에 부산 제1부두로 나갔다. 하지만 첫날부터 낭패였다. 하역 반장이 학생들의 심기를 건드렸기 때문이다. 학생들이 노동을 해본 적이 없어서 일이 서툰데다, 부두 노동자들이 한 번에 두세 개 메고 나르는 밀가루 포대를 학생들은 한 개를 겨우 짊어지면서 중심을 제대로 잡지 못했기 때문이다.

"이 빙신아, 젊은 놈들이 어찌 그렇게 힘이 없냐!"

"반장님, 우리가 빙신이 아니라 짐을 져보지 않아서 기래요. 주먹밥을 한 끼에 한 개씩 먹어서 기운이 없어 그러니 이해하시라요."

대성이가 떨떠름한 표정으로 대꾸했다. 때마침 어떤 학생이 밀가루 포대를 어깨에 짊어진 채 넘어졌다. 밀가루 포대가 터지면서 땅바닥에 하얗게 쏟아졌다. 뒤에 오던 하역 노동자가 발로 학생의 궁둥이를 냅다 찼다. 그런데 발길이 빗나가 항문과 고환 부위를 세게 건드려 학생은 순간 비명을 지르고 쓰러지며 심장마비를 일으켰다. 항만사무국의 업무용 지프를 불러 병원으로 향했으나 그만 차 안에서 숨졌다.

그날 밤 학도의용대 숙소에서 긴급회의를 열었다. 그들에게 받은 모욕이야 얼마든지 참았지만 동지의 죽음만큼은 묵과할 수 없다며 부두를 습격하기로 결의했다. 조만간 일선부대로 배치될 학도의용대원들은 어둠을 헤치며 제1부두로 진입했다. 부두 노동자들은 휴식을 취하면서 밤참을 먹고 있었다. 오십 여명의 학도의용대원들은 손에 몽둥이를 들고 외등이 없는 어두운 길로 들어갔다. 그들은 곧장 식당으로 진입해서 부두 노동자들을 몽둥이로 두들겨 팼다. 유유자적한 모습으로 밤참을 먹던 노동자들이 소리를 지르며 냅다 도망갔다. 부두 노동자들이 몽둥이세례를 받고 땅바닥에 쓰러졌다. 맨주먹으로 맞서는 노동자들도 있었다. 그들의 주먹과 발길질로 몇몇 의용대원의 코가 터지고 머리가 깨졌다. 부두 노동자들은 반격을 시도했으나 숫자로는 학도의용대원들을 감당할 수가 없었다. 대성은 쌍절곤을 들고서 무당이 칼춤을 추듯 여기저기서 달려드는 노동자들을 제압했다. 싸움이 극에 달하자 부두를 지키는 헌병들이 권총으로 공포를 쏘면서 싸움을 말렸다. 헌병들이 호루라기를 불며 달려오자 대성은 바다로 몸을 날렸다. 그는 물속의 길을 따라 부지런히 헤엄쳤다.

대성은 마도로스 박의 거처로 몸을 숨겼다. 마침 밀선을 타고 귀국한 윤 도사가 대성이를 껴안았다.

"이눔아야, 아직 살아 있었구나. 난 전쟁터로 떠난 줄 알았어."

"어제 부두에서 노동자들과 한바탕 싸움질을 했습네다."

"지금이 어느 땐데 폭력을 휘두르냐?"

"폭력이 아니라 울분이 폭발한 거외다. 부두 노동자들이 우리를 멸시한 것도 부족해서 동료를 죽였습네다. 그런 새끼들을 가만 놔둘 수야 없디요."

"학도의용군이고 뭐고 당분간 여기 있거라. 그리고 마사고 상이 너한테 인편으로 편지를 보냈다."

대성은 마사고의 편지를 받아 들고서 가슴이 설레 곧장 뜯지 못하고 마음 속으로 중얼거렸다. '마사고, 너무 보고 싶어서 가슴이 터질 것 같습네다.'

"이제는 밀선을 타고 일본에 오가는 건 불가능하다카이. 밀선 왕래 선박이 함포에 맞아서 침몰하는 사고가 잦다 아이가."

대성의 귀에는 아무 말도 들려오지 않았다. 그는 조심스레 편지를 뜯었다.

남시 아버지 보세요.
눈이 빠지도록 당신이 몹시 보고 싶어요. 지금 어디서 무엇을 하며 지내나요. 부산에 있다는 소식은 들었습니다만 북한이 전쟁을 일으킨 후 당신 소식을 전혀 알 길이 없어 너무 불안하고 무서워요. 나는 지원 간호부로 선발되어 곧 미국과 스웨덴 병원선이 일본에 도착하는 대로 합류해요. 군사 우편이 아니면 통신이 불가능하대요. 아무쪼록 만나는 날까지 당신이 건강하기를 매일매일 기도할게요.

대성은 마사고의 짧은 편지를 읽고서 멍하니 하늘만 쳐다봤다. 어머니의 소식도 모르고, 마사고를 언제 만날 수 있을지 막막하고, 이제 자신은 북의 형제들과 전쟁터에서 목숨을 걸고 싸워야 하고……. 대성은 캄캄한 현실 앞에서 한 발자국도 움직일 수가 없었다. 그래도 걸어야했다. 그게 지금 상황에서 할 수 있는 일이니까. 대성은 슬픔과 절망을 뒤로한 채 학도의용대로 돌아갔다.

高地 奪還
고지 탈환

　　　　　　한국군 제1보병사단의 방어선을 단숨에 무너뜨리고 대구를 장악하려 했던 북한군은 숫대미산과 328 고지를 함락시킬 목적으로 공격을 가했다. 북한군 제13사단은 숫대미산을 탈환하기 위해 하루에도 수백 명의 전사자를 내면서도 사력을 다해 싸웠다. 부산과 대구에서 올라온 오백여 명의 학도의용병은 숫대미산 고지 탈환에 모두 투입됐다. 대성도 특공대의 일원이었다. 특공대 대원은 서른 명이었는데 그 중에서 대성의 체구가 가장 좋았다.

　"이대성, 니가 중국 무술을 한다면서?"

　연대장의 질문에 기합이 잔뜩 들어간 목소리로 대성이 대답했다. 대성은 쌍절곤이 특기라고 덧붙여 말했다. 학도의용대에 들어오면서 그는 쌍절곤을 선임하사에게 맡겼다. 학도병이 맡긴 쌍절곤을 가져오라고 연대장이 지시했다. 금세 쌍절곤이 모습을 드러냈다. 연대장은 신기한 듯 쌍절곤을 이리저리 만지면서 무게가 얼마나 되는가 물었다.

　"열 근 정도 나갑네다."

　"쌍절곤을 언제 사용해봤나?"

　"깡패들을 때려잡을 때 써봤습네다."

　대성은 연대장의 분부대로 특공대원 앞에서 쌍절곤의 기본 동작을 선보였다. 여기저기서 감탄의 소리가 터져 나왔다.

"오늘밤 유학산 탈환을 위해서 특공대가 공격을 감행해야 한다. 우리 사단이 낙동강을 지키지 못하면 대구를 잃는다. 대구가 함락되면 부산까지 밀린다. 오늘밤 전투에서 제군들이 용감하게 싸워 반드시 승리를 쟁취해야 한다."

쌍절곤 시범을 보면서 모두들 잠시 기분 전환을 하고 나자 연대장이 엄숙하고도 강한 어조로 말했다. 그는 특공대원들에게 일일이 악수를 청하면서 수류탄을 열 개씩 나눠줬다.

8월에 접어들자 북한군이 더욱 공세를 퍼부으면서 유학산을 에워쌌다. 다부동 일대를 서로 점령하기 위해 치열하게 맞섰다. 어제 북한군이 고지를 점령하면 오늘은 국군이 고지를 탈환하는 식으로 전투가 이어졌다. 그만큼 전사자가 많았다. 아군 특공대장은 12연대 1중대에서 차출한 이세일 대위였다. 성격이 온순하고 몸이 장대해서 별명이 고릴라인 특공대장이 대성을 불렀다. 그는 자정을 기점으로 북한군을 덮치기 위해 작전을 세우고 있었다.

"유학산 첫 번째 공격조에 니가 앞장서라."

"분부대로 하갔습네다."

"다섯 명을 선발한다. 선발대에 학도병은 너 밖에 없다. 생포한 인민군 포로가 그러는데 중국말을 하는 놈들이 있다더라. 중국말을 잘하는 니가 유인해라."

대성은 비장한 표정으로 고개를 끄덕였다.

"오늘밤 자정을 기해 니가 선발대 네 명과 한 팀이 된다. 가급적 총을 사용하지 말고 괴뢰군 최전방까지 접근해라. 그리고 기관총 사수들을 수류탄 투척 사정거리에서 공격해라. 그리고 암호는 비둘기와 까치다."

날이 흐린데다 별도 보이지 않아서 주변이 칠흑같이 어두웠다. 유학산 정상은 나무가 별로 없는데도 모기들이 몸과 손등에 극성스럽게 달라붙었다. 인민군들이 움직이는 소리가 지척에서 들려왔다.

"이동무, 이 모기떼 때문에 못 견디갔어."

"소리 낮추라우. 기래도 침아야디."

대성을 포함한 특공대원은 숫대미산 기관총 사수들이 지키는 참호 가까이에 이르렀다. 때마침 북한군 졸병 하나가 참호 밖으로 나왔다. 북한군 보초병이 어둠 속에서 움직이는 물체를 향해 "백두산!" 하고 암호를 물었다. 그러자 상대방이 "한라산!" 이라고 대답했다. 대성과 특공대원들은 북한군의 암호를 알아냈다. 북한군 기관총 사수들이 지키는 곳까지 대성은 포복으로 접근했다. 그 순간 북한군 참호에서 누군가 암호를 물었다. 대성이 "한라산!" 이라고 대답했다. 그와 동시에 대성은 어둠 속에서 수류탄을 꺼내 안전핀을 뽑고 기관총 참호를 향해 던졌다. 폭발음이 천지에 진동했다. 그는 북한군 참호로 뛰어들었다. 수류탄 냄새가 코를 찔렀다. 대성은 북한군 두 개의 참호가 폭사한 것을 확인했다. 북한군 사병이 고통스럽게 숨을 토해내고 있었다. 대성은 총검으로 기관총 사수의 가슴을 깊이 찔렀다. 나머지 특공대원들도 인민군 참호에 수류탄을 던져 기관총 사수들을 영원히 잠재웠다. 특공대원과 유학산 정상을 지키고 있던 북한군은 서로 손으로 더듬어 적군과 아군을 분간하면서 백병전을 치렀다. 인민군은 상대방의 어깨에 견장이 없으면 한국군이라고 판단하여 공격했고, 특공대는 병사의 모자를 벗겨서 두발이 없으면 인민군으로 알고 총을 겨눴다. 대성은 인민군의 기관총을 빼앗아 사정없이 쏘아댔다. 어둠 속에 비명이 가득 찼다. 특공대원 세 명이 적탄에 맞아 죽었다. 특공대가 유학산 고지에 이르러 능선을 기어오르는 북한군을 향해 사격을 가했다.

반달이 희미하게 빛을 뿌렸다. 적군과 아군의 시체가 사방에 가득했다. 숨이 붙어 있는 부상병들의 입에서 처절한 신음소리가 흘러나왔다. 그 고통의 소리가 들려오는 곳으로 대성은 발걸음을 옮겼다. 인민군 부상병이었다. 희미한 달빛에 비친 인민군은 피투성이였다. 머리를 빡빡 깎은 소년병은 대성을 보자 실눈을 뜨고서 손가락으로 자신을 가리키며 죽여 달라는 시늉을 했다. 비록 인민군 군복을 입었지만 대성은 차마 소년병을 죽일 수가 없었다. 순간 소년병의 어머니가 생각나면서 대성의 머릿속에 어머니의 얼굴이 하얗게 떠올랐다. 그러자 소년병을 꼭 살리고 싶은 생각이 들었다. 그의 몸은 피에 젖어 있었다. 대성은 소년병의 군복 단추를 풀었다. 주머니에서 손수건을 꺼내 소년병의 땀과 피를 닦아주었다. 가슴에 박힌 수류탄 파편도 총검으로 빼주었다. 대성은 소년병의 부상 부위를 꾹 눌렀다.

"임마, 너 지금 뭐해!"

인민군 고지로 진격한 특공대원이 대성을 나무랐다.

"소년병이야요. 살려주고 싶습네다."

"미친놈아, 적군을 살려주다니. 니가 지금 제정신이야?"

그 순간 특공대원이 소년병의 머리에 총부리를 대고 방아쇠를 당겼다. '탕' 소리와 함께 소년병의 숨이 끊어졌다.

"이거 와 이래, 내가 잡은 포로야. 아직 어린아이를 쏴죽이면 되갔어?"

"미친 자식! 저놈을 살려주면 우리가 죽는 판이야. 빨리 일어나서 나머지 살아 있는 놈들을 쏴 죽여!"

마침내 총격소리가 멎고 날이 밝았다. 아군 병사들이 진지를 수색하고 있었다. 유학산 남쪽 능선에 설치한 북한군 참호에는 살아 있는 인민군이 한 사람도 없었다. 월남하지 못한 일가친척의 모습이 대성의 머릿속에 그려졌다. 서로 가깝게 지냈던 4촌, 6촌, 8촌 형제자매들의 모습이었다. 북한군의 시체 속에는 분명 대성의 핏줄이 섞여 있을 터였다.

국군 특공대가 유학산 고지를 탈환했으나 그것도 잠시였다. 방어선이 흔들리고 있었다. 북한 인민군은 막대한 병력과 화력을 앞세워 힘을 과시했다. 경북 상주에서 다부동과 대구를 잇는 간선도로를 북한군이 집중적으로 공격했다. 국군의 상황은 매우 심각했다.

전선이 불안한 가운데 미군이 3.5인치 로켓포를 차에 가득 싣고 왔다. 백선엽 단장이 로켓포를 연대에 지급했다. 이 자리에서 연대장이 유학산 고지 탈환 작전에서 공을 세운 특공대의 활약에 대해 상세히 보고했다.

"생존자는 모두 몇 명이오?"

"서른 명 중 두 사람만 생존했습니다."

"이렇게 전사자가 많으면 보충할 병력이 없습니다. 그나저나 특공대 생존자는 어디에 있소?"

특공대 생존자인 이 중사와 이대성이 백선엽 단장 앞으로 불려갔다.

"12연대 특공대 학도병 출신 이대성입니다. 계급은 없습네다."

"이북에서 왔나?"

"평북 용천에서 왔습네다."

"체격이 참 좋구나. 키와 몸무게는?"

"1미터 85센치고, 학도의용대에 있을 때 몸무게가 95킬로그램이었습네다."

연대장은 대성에게 3.5인치 바주카포를 어깨에 메보라고 지시했다.

"무겁나?"

"괜찮습네다."

"이제 니가 북한군 전차를 섬멸하는데 앞장서야 한다."

미 8군 사령관 워커 장군은 미 제1기병사단과 한국군 제1사단에서 각각 1개 소대를 차출해서 상호 교차 파견하라고 명령했다. 비록 1개 소대에 불과하지만 처음으로 한미 연합작전이 이루어졌다. 미 제1기병사단에서 차출된 1개 소대가 한국군 제1사단으로, 한국군 제1사단에서 차출된 1개 소대가 미 제1기병사단으로 파견되었다. 여기에 이대성이 투입됐다.

"이번 유학산 고지 탈환에서 자네가 큰 전과를 올렸네. 이대성을 무공훈장 수훈자로 추천했네."

"저보다도 전사한 특공대원들의 희생으로 이뤄진 결과입네다."

"자네는 중국말은 물론이고 영어도 썩 잘한다고 들었는데 사실인가?"

"중국어는 일찍부터 배워서 말하는데 불편함이 없습네다. 영어는 외할머니한테 배웠는데 잘하지 못합네다."

"외할머니가 어떻게 영어를 배우셨나?"

"평양에 살 때 미국 선교사 집에서 십년 간 일하면서 배우셨다고 합네다."

"자네가 미 제1기병사단의 선발대원으로 뽑혔는데 책임이 막중하네. 특히 신형 바주카포 사수로 선발됐으니까 괴뢰군 전차를 모조리 격파해주기 바라네."

한국군은 낙동강 방어선을 지키기 위해 치른 다부동 전투에서 수많은 전사자를 내면서도 유학산과 수암산 탈환을 포기하지 않았다. 유학산과 수암산의 능선 주변은 시체 썩는 냄새가 진동했다. 방어선 도로 양쪽 산에는 아군인지 적군인지 구별할 수 없을 정도로

병력이 뒤섞여 있었다. 대성은 미군 로켓포 사수와 한 조가 되어 인민군 탱크가 숨겨진 장소를 발견했다. 사정거리 내로 접근한다는 것은 큰 모험이었다. 4대의 탱크가 일정할 거리를 두고 흩어져 있었다. 다행히 탱크병들은 새벽잠에 취해 있었다. 대성은 미군 선임하사의 지시대로 최근 거리까지 접근했다. 짙은 어둠 속에서도 인민군 탱크의 윤곽이 뚜렷했다. 대성은 숨을 죽이면서 자세를 바로잡았다. 탄약수가 포탄을 포신 속에 집어넣었다. 미군 선임하사의 신호에 따라 두 대의 바주카포는 인민군 탱크를 향해 날아갔다. 탱크의 몸통이 폭발하면서 작열하는 섬광이 어둠을 밝혔다. 아군의 총탄을 피한 적군이 재빨리 탱크 안으로 숨어 포신을 아군 쪽으로 돌렸다. 인민군 탱크병이 기관총을 쏴댔다. 대성이 땅바닥에 납작 엎드려 나머지 탱크를 조준했다. 그가 쏜 두 번째 바주카포의 포탄이 적의 탱크를 향했다. 명중이었다. 적군의 탱크가 신형 바주카포의 위력을 이기지 못했다.

한미 합동작전으로 화력이 강해진 한국군의 공격에도 불구하고 인민군은 8월 18일 국군의 방어선을 뚫고 가산산성을 점령했다. 그리고 대구를 향해 박격포를 발사하여 민심을 자극했다. 역전 근방에 적군의 포탄이 떨어지자 대구 시민들은 한동안 혼란에 빠졌다. 대구 시민들이 피난을 가기 위해 거리로 쏟아져 나왔고, 다른 지방에서 몰려온 피난민들의 동요로 대구의 치안은 뒤죽박죽이었다.

失明
실명

  미 23연대 폴프리먼 연대장은 중국어가 유창했다. 그는 한국군 장교들이 중국어를 잘 구사하는 줄 알았다. 그러나 막상 연합작전을 해보니 한국군 지휘관들의 중국어 실력이 형편없었다. 더불어 영어 실력까지 떨어져서 의사소통에 애로사항이 많았다.
  "전쟁을 하면서 가장 어려운 일은 한국군 장교와 말이 통하지 않는 것입니다. 합동작전을 하려면 의사소통이 원활해야 하는데 그게 신통치 않으니 답답합니다. 한국인 통역관 없습니까?"
  장병 가운데 중국어나 영어가 능통한 장병을 급히 찾으라고, 백선엽 장군이 참모에게 지시했다. 며칠 뒤 전 사단에서 선발한 십여 명의 장병이 사단 본부로 출동했다. 폴프리먼 연대장이 직접 면접을 해서 최종 선발한 사람은 계급장이 없는 학도병이었다. 그 인물은 바로 대성이었다.
  오랜 시간 동안 면접하느라 고생이 많았다고 백선엽 장군이 폴프리먼 대령에게 인사말을 건넸다.
  "공산주의에 대한 생각을 집중적으로 물었습니다. 다행히 반공주의자들입니다. 국토 방위에 대한 사명감도 강합니다."
  백선엽 사단장은 대성의 가슴에 한글로 '학도병'이라고 한글로 쓴 명찰을 보았다.

"자네 학도병인가?"

"그렇습네다."

"왜 현지 입대를 하지 않았는가?"

"학도병이 좋습네다. 저는 죽을 각오를 하고 이 전쟁에 참여했습네다. 싸우다 전사하면 학도병으로서의 명예를 학도의용대에 남기고 싶습네다."

"어디 소속 학도병인가?"

"부산지구 학도병 입네다."

"자네에 관한 기록을 보았네. 유학산 고지 탈환 작전에서 혁혁한 전과를 올렸고, 바주카포 사수로 뽑혀서 북한 괴뢰군 탱크를 섬멸하고, 장하네."

대성은 폴프리먼 대령 수하 중국어 통역 담당 카투사가 되었다. 학도병에서 정식으로 한국군이 된 것이다. 대성은 영어 통역 이 대위와 함께 행방을 정했다. 연대장 천막 앞에서 여러 명의 미군 장병이 금발의 미인 기자 제니와 인터뷰를 하고 있었다. 그 자리에는 다른 외신기자들도 참석했다. 이들의 관심사는 북한군의 탱크를 격파한 신종 무기인 바주카포의 성능이었다. 대성은 통역 장교인 이 대위의 도움을 받아 그 당시 상황을 자세히 설명해줬다. 기자 두 명이 북한군 전차의 잔해를 보고 싶다며 통역 장교인 이 대위와 함께 스리쿼터를 타고 현장으로 갔다. 그리로 가는 도중 대전차 지뢰가 터지는 바람에 그 자리에서 모두 목숨을 잃었다. 대성과 제니 기자는 인터뷰 시간이 길어져 목숨을 구했다. 그들은 미군 사격수와 함께 폴프리먼 대령의 허락을 받고 사단 본부를 떠났다. 북한군과 한국군이 치열하게 전투를 벌인 현장을 취재하고 싶었기 때문이었다.

수암산 산록으로 가는 길에 인기척이 들려 돌아보니 사과 과수원이 있었다. 적십자 표시가 새겨진 위생 가방을 멘 북한 간호병이 사과를 따먹고 있었다. 순간 직업의식이 발동해서 종군기자가 사진을 찍는데, 미군이 인민군 간호병을 향해 카빈 총을 발사했다. 첫발은 빗나갔다. 두 번째 방아쇠를 당기는 순간 대성이 총을 잡은 미군 병사를 밀쳐서 쓰러트렸다. 그리고 영어로 외쳤다.

"Hey! She is no soldier, she is nurse! Don't Shoot!"

나무 위에서 사과를 따먹고 있다가 총소리에 놀란 간호병이 땅바닥에 폭삭 주저앉았다. 그녀는 겁에 질려 있었다. 그리고 항복한다는 듯 두 손을 번쩍 들어 올렸다.

"쏘지 마세요, 인민군 간호병이에요. 서울 세브란스 병원에서 일하다가 강제로 끌려왔어요."

대성은 서툰 영어로 종군기자와 두 미군에게 징집된 간호병이라고 설명했다.

"와 나무에 올라갔습네까? 혹 멀리 국군이 있나 없나 망을 본 것이 아니라요?"

"식량 보급이 어려워서 비전투원에게는 하루에 주먹밥을 한 개씩만 줘요. 너무 배가 고파서 익지 않은 사과라도 따먹으려고 나무에 올라갔어요."

　미군 하사가 그녀를 데리고 가자고 대성에게 손짓했다. 발목이 부러진 그녀를 대성이 부축했으나 제대로 걷지 못해 그냥 업었다. 그 순간 빈집에 숨어 있던 북한군이 인민군 간호병을 업고 있는 대성을 향해 사격을 가했다. 총소리가 나는 순간 대성은 인민군 간호병을 업은 채 엎드리며 종군기자를 도랑 속으로 밀었다. 그 바람에 대성과 종군기자는 총알을 피했으나 등에 업힌 간호병은 무사하지 못했다. 북한군이 숨어 있는 빈집을 향해 대성이 수류탄을 던졌다. 순간 대성은 종군기자를 덮쳤다. 북한군이 던진 수류탄 두 발이 폭발하면서 대성의 등에 파편이 박혔다. 폭발음이 들리는 순간 등에서 열기가 느껴지며 숨을 쉴 수가 없었다. 고통이 심했다. 그런데 앞이 보이지 않았다. 양쪽 눈이 찢어질 듯 아프고 얼굴 전체가 피로 물들었다. 대성은 눈을 뜨고 앞을 보려했으나 그럴수록 더 캄캄해졌다. 종군기자가 대성의 눈에서 흐르는 피를 닦아주며 울부짖었다. 간호병의 몸을 흔들었지만 이미 숨이 끊어진 상태였다. 무전병이 무전으로 연락했고 미군 지원병과 위생병이 나타났다. 대성은 미군 23연대 본부에 임시로 차려놓은 야전병원으로 옮겨졌다. 종군기자는 야전병원까지 따라와 대성을 보살폈다. 그리고 그날 벌어진 전투 상황을 기사로 써서 사진과 함께 본사로 보냈다.

　미 8군 야전병원의 안과의사는 대성의 부상 부위를 검진한 후 안구 파열로 인한 실명 상태라는 진단을 내렸다. 그는 부산에 자리한 육군 18병원으로 이송되었다. 대성은 진통제를 놔달라고 호소했다. 살이 타들어가는 듯한 고통은 말할 것도 없고 앞이 보이지 않으니 산송장이나 마찬가지였다. 몸의 부상은 얼마든지 참을 수 있었으나, 실명이 안겨주는 절망감은 지옥 그 자체였다. 장님 신세가 되어 남은 시간을 어떻게 살아갈지 막막할 뿐이었다. 그는 날마다 밤의 어둠 속에 파묻혀 흐느꼈다. 자살 말고는 견딜 재간이 없었다.

치열한 전투가 벌어지는 전선에서 후방 병원으로 이송된 지 한 달이 지났다. 북한군에게 계속 밀리던 유엔군과 한국군은 인천상륙작전에 성공하여 마침내 9월 28일 서울을 탈환했다. 부산 육군병원의 부상병들은 감격스러운 소식을 듣고서 아픔도 잊은 채 환호성을 질렀다. 유학산 전투에서 고비를 넘긴 AP 통신의 종군기자 제니가 대성을 면회하러 왔다. 그녀는 대성을 힘껏 안으며 흐느꼈다.

"대성이 아니었으면 난 지금 하늘에 있겠지. 진작 오려고 했는데 동경 맥아더 사령부에 다녀오느라 늦었어요. 눈은 어때요?"

"안구를 이식하지 않으면 장님으로 살아야 한답니다. 기적적으로 안구를 이식해줄 사람이 나타난다 해도 한국의 의료 기술로는 어림없지요."

"희망을 붙잡아도 돼요. 스웨덴 병원선에서 치료받게 해달라고 내가 맥아더 사령부에 간청했어요. 스웨덴 병원선이 오늘 부산에 입항한다고 들었어요."

"장교님, 제 눈의 안과적 치료는 다 끝났다고 들었습네다. 수류탄 파편도 제거하고, 화농 부위도 아물었디요. 육군병원에 있다가 제대하고 싶습네다."

대성은 어두운 표정으로 곁에 서 있는 군의관에게 솔직한 심정을 털어놓았다. 그러나 여기자 제니는 대성을 스웨덴 병원으로 이송해 달라고 통사정했다. 결국 육군 병원장의 명령으로 대성은 스웨덴 병원선에 입원했다. 스웨덴 병원선의 시설은 육군병원에 비해 월등했으나 불편한 점이 많았다. 우선 외국 의료진들과의 의사소통이 원활하지 않은데다 음식도 스웨덴 식이어서 입맛이 당기지 않았다. 의료진은 대부분 스웨덴, 덴마크, 노르웨이 출신이었지만 그래도 일본과 싱가폴 간호사들 덕분에 조금이나마 안정을 찾을 수 있었다. 스웨덴 병원선에 수용된 한국군 부상병은 이십 여명이었다. 스웨덴 안과과장은 대성의 안구를 정밀하게 진찰했다. 지금 상태로는 안구이식이 불가능했다. 안구를 구할 수 없었기 때문이다. 어쩔 수 없이 퇴원 명령을 내렸다. 퇴원을 앞두고 대성은 병실 바닥을 더듬어 선실 복도로 나갔다. 낮에 간호사의 부축을 받으며 상부 갑판으로 가는 출입구와 병원선 갑판의 난간 손잡이가 어디에 있는지 기억해 두었다.

가을의 바다 바람은 몹시 차가웠다. 대성은 동서남북을 감지할 수 없었다. 어머니는 어느 곳에 계실까, 마사고가 살고 있는 일본이 어느 방향에 있을까. 내가 죽고 나면 어머니는 누구를 의지하고 살까. 잡다한 생각들이 머릿속에 모여들자 바다에 몸을 던질 수가 없었다. 그래도 죽어야만 한다. 대성은 자신의 일념을 행동으로 옮기기 위해 몸을 움직였다. 싸늘한 바람이 어서 바다로 뛰어내리라고 등을 떠미는 것 같았다. 그는 두 주먹을 꽉 쥐었다.

"이대성 하사! 죽으면 안 됩니다. 어머니가 살아계시잖아요!" 어둠 속 어디선가 대성을 붙잡는 목소리가 다급히 들려왔다.

船上 結婚式과 眼球 移植
선상 결혼식과 안구 이식

　　　　　마사고는 스웨덴 병원선 제1병실에 배정받았다. 제1병실은 A반과 B반으로 구분되었다. 마사고는 A반 당번을 맡았다. 상태가 가장 심각한 부상병들이 모인 병실이었다. 그녀는 대성의 소식을 들을지도 모른다는 실낱같은 희망을 부여잡고 스웨덴 병원선 간호원 모집에 지원서를 냈다. 미군 군사 물자를 한국으로 운반하는 사업에 뛰어든 마도로스 박이 사방팔방 알아봤으나 대성의 행방이 묘연했다. 그녀는 스웨덴 병원선 모집 광고를 보면서 대성을 찾기 위해 수단과 방법을 가리지 않겠다고 다짐했다. 영어로 작성한 부상자 명단을 살펴보니 김씨 성을 쓰는 부상병이 4명, 이씨 성이 3명, 진씨

성이 1명이었다. 어느 순간 마사고의 눈이 커졌다. 명단에 '이대성'이라는 이름이 있었기 때문이다. 명단을 들고 있는 마사고의 심장이 멎을 것만 같았다. 간호사 마리아가 의아스런 눈빛으로 마사고를 쳐다봤다.

"환자 중에 아는 사람이 있어요……. 이대성이라고……."

마사고는 서툰 영어로 이마의 땀을 닦으며 말했다.

"이대성이라는 사람은 중환자예요. 여기서 나이가 가장 어려요."

중환자라는 말에 마사고는 더럭 겁이 났다.

"이대성 환자는 지금 두 다리가 침대에 묶여 있어요. 화장실에 갈 때만 풀어줘야 해요. 자살을 시도했거든요."

마리아의 말을 듣자마자 마사고는 병실로 달려가 부상자들을 유심히 살펴보았다. 붕대로 눈을 가린 채 1호 침대에 누워 있는 환자를 그녀는 한눈에 알아보았다. 대성이 분명했다. 당장 그에게 뛰어가고 싶었으나 경거망동하지 말라는 병원의 교육 지침이 떠올라 마사고는 마음의 손으로 대성을 쓰다듬어 줬다. 뒤따라온 마리아가 일본인 간호사를 부상자들에게 소개했다. 마사고라는 이름을 들은 대성이 상체를 일으켰다. "마사고? 마사고가 어디 있어요?" 다른 부상병들의 시선이 마사고를 향했다.

"이대성 환자가 마사고를 어떻게 알지요?"

마리아가 눈을 휘둥그레 뜨며 물었다. 마사고는 대답 대신 침대로 걸어가 대성을 감싸 안았다.

"당신이 정말 이대성 맞아요?"

마사고의 애절한 음성을 확인한 대성이 그녀를 부둥켜안았다. 마사고는 침착하게 흥분된 마음을 가라앉히며 간호사의 본분을 되찾았다.

다음 날 마리아가 마사고를 데리고 원장실을 찾았다.

"제1병실 A반에 입원한 이대성 하사와는 어떤 사이입니까?"

"이대성 하사는 제 남편이에요."

올손 병원장은 자신의 귀를 의심했다. 곁에 있던 마리아도 어안이 벙벙한 표정을 지었다. 언제 결혼했느냐고 병원장이 심각하게 물었다.

"우리는 결혼식을 올리지 못했어요. 하지만 몇 해 전 북한에서 부부가 되는 절차를 밟았어요. 사회적, 경제적 문제 때문에 법률상 부부로 맺어지지 못했죠."

"두 사람이 부부라는 걸 어떻게 증명할 수 있습니까?"

"우리한테 아이가 있어요."

마사고는 목에 걸려 있는 신분증 뒷면에서 사진 한 장을 꺼냈다.

"이 사진 속 아이가 우리 아들 남시예요. 이남시. 옆에 서 있는 사람이 이 하사고요. 아이 생일 날 대마도 이즈하라에서 찍었습니다."

마사고는 병원장과 마리아에게 자신의 기구한 운명을 허심탄회하게 들려줬다. 그 특별한 인연의 희로애락을 그녀는 담담한 표정으로 독백하듯 읊조렸다. 추억을 더듬는 마사고의 얼굴에 간간이 미소가 피어올랐다.

"나는 이대성 하사를 사랑하고 또 진심으로 존경해요."

올손 병원장은 흥미진진한 표정으로 마사고의 이야기를 들으면서 몇 번이나 감탄사를 내뱉었다.

한편 대성은 마사고를 기적적으로 만난 것이 꿈인가 생시인가 싶었지만 그만큼 비관이 더해졌다.

"어떤 경우에도 극단적인 행동을 하지 않겠다고 약속해요. 만약 당신이 자살하면 나도 죽어요. 나는 이대성이란 남자 때문에 험난한 세월을 견뎠어요."

마사고는 울음을 삼키면서 자상한 엄마처럼 대성의 등을 두드렸다.

"나는 아내이기 전에 당신의 전속 간호사예요. 때문에 지금은 간호사로서의 책임이 더 중요해요."

대성은 비록 앞을 볼 수 없었으나 마사고의 목소리를 듣는 것만으로도 몸과 마음에 훈풍이 부는 것 같았다. 다음 날부터 대성은 마사고의 손을 잡고 상부 갑판에서 산책을 즐겼다.

"전세는 우리 측이 우세하다고 합네다. 북한을 곧 해방시킬 겁네다."

"당신 같은 사람들의 희생 덕분이에요."

"전쟁이 끝나면 시력을 잃어버린 내가 살아갈 수 있을지……."

"절대 포기하지 말아요. 오늘 병원장을 만났어요. 이 병원 안과 과장이 세계적으로 유명한 안구 이식 권위자래요."

"나랑 상관없는 일이디요. 누가 나한테 안구를 주겠습네까?"

"뜻이 있으면 길이 있다고 했어요."

사실 며칠 전 마사고는 안과과장에게 자신의 한쪽 안구를 대성에게 이식해달라고 애원했다.

"그건 절대 안 됩니다. 당신은 의료 요원입니다. 수많은 부상병들을 돌봐야하는 간호사예요."

"제 의무와 책임을 잘 알고 있어요. 이대성 하사는 제 남편이에요. 혈액형도 같아요. 안구 이식 성공 확률이 낮다고 해도 남편에게 제 눈을 주고 싶어요."

마사고의 끈질긴 간청으로 결국 병원장과 안과과장은 이식 수술을 감행하기로 했다. 그날 밤 마사고는 대성을 이끌고 상부 갑판으로 나갔다.

"지성이면 감천이라고 하더니, 드디어 소원을 풀었어요."

마사고의 목소리가 들리는 쪽으로 대성이 고개를 돌렸다.

"눈을 기증하겠다는 환자가 나타났어요. 임종을 앞둔 부상병이에요. 병원장님이 장기 기증자의 신분을 철저히 비밀로 하라고 했어요."

"제 생명의 은인인데 이름도 모르고 안구를 받는다는 게 말이 됩네까?"

"그래도 병원 규정을 따라야 해요."

부산 항구는 하역 작업을 하는 선박들의 불빛 때문에 낮처럼 밝았다. 마사고는 대성의 팔짱을 끼고 갑판 위를 걸었다. 항구 여기저기서 들려오는 생생한 소리가 행복감을 안겨줬다.

"바다 바람이 찬데 병실로 들어갈까요? 그리고 며칠 일본에 다녀와야 할 것 같아요. 친정엄마가 위독하다는 전보를 받았어요."

"그러면 빨리 가봐야지요. 배편은 있습네까?"

"미국 수송선이 내일 일본으로 간대요."

마사고는 어제 병원장 앞에서 안구 이식수술이 실패하더라도 소송을 제기하지 않겠다는 각서에 서명했다. 마리아는 마사고의 행동이 무모하다며 끝까지 말렸다.

"이대성 하사에게 안구를 기증하는 것은 눈물겹도록 아름다운 행동이지만 현실을 간과하지 말아요. 안구 하나를 버린다는 것은 자신의 운명을 불행한 늪으로 끌고 가는 것과 같은 거예요."

"그는 내 남편이에요. 어떤 불행이 오더라도 기꺼이 받아들여야지요. 한 가지 소망이 있어요. 수술하기 전에 병원장님의 주례로 병원선에서 결혼식을 올리고 싶어요. 병원장님께 허락을 받아주세요."

올손 병원장은 루터교 교인이었다. 그가 흔쾌히 허락하여 병원선에서 루터교 식으로 혼례를 치르기로 했다.

저녁식사를 마친 다음 마사고가 결혼 이야기를 꺼냈다. 대성은 완강히 거부했다.

"실명한 내가 무슨 자격으로 결혼식을 올립네까?"

"부부로 떳떳하게 살고 싶어요. 그게 내 오랜 소망이에요."

"눈까지 망가져서 앞날이 더욱 캄캄한 놈이랑 왜 결혼하려고 합네까?"

"사랑하니까요."

대성과 마사고는 다음 날 병원선 선장과 병원장, 그리고 의료 요원들이 지켜보는 가운데 조촐하게 결혼식을 올렸다. 신랑신부는 한복을 곱게 차려입고 한껏 상기된 표정으로 축복을 받았다. 병원장은 부부를 위해 병원선의 아담한 방을 내주었다. 결혼식을 치른 후 마사고는 일본으로 떠날 채비를 했다. 친정어머니가 위독하다고 했지만 사실은 수술 준비를 하기 위해서였다.

"당신이 없는 날 수술하려니 초조합니다."

"공교롭게도 시간이 겹쳤어요. 친정어머니가 돌아가실지도 모른다니 일단 일본부터 다녀와야겠어요. 한숨 푹 자고 일어나면 새로운 세상을 만날 거예요."

마사고는 병실을 나와 곧장 제1 수술실로 들어갔다. 안과과장과 외과과장의 지시에 따라 수술 준비를 서둘렀다. 대성은 마리아의 부축을 받으며 제2 수술실로 들어갔다. 어떤 사람이 안구를 기증하고 세상을 떠났을까, 대성은 이름조차 모르는 그 천사에게 마냥 죄스러웠다. 제1 수술실과 제2 수술실에 누워 있는 마사고와 대성은 전신 마취로 동시에 잠이 들었다.

수술은 성공적이었다. 의료진은 새로운 삶을 찾은 부부가 무사히 깨어나기만을 기다렸다. 붕대를 풀고 시력 검사를 하는 날이 다가왔다. 대성은 불안했다. 만약 수술이 실패했다면 암흑세계로 다시 돌아가야겠지……. 붕대를 푸는, 긴장한 의료진의 손길이 느껴졌다.

아! 빛을 느낄 수 있었다. 희미한 안개 속에서 사람의 형체가 어렴풋이 보이기 시작했다.

"보입니까?"

대성은 말소리가 들리는 쪽으로 고개를 돌렸다. 목소리는 익숙하나 처음 보는 사람이 그곳에 서 있었다. 키가 큰 서양인이었다. 미소 짓는 얼굴이 점점 뚜렷해졌다. 대성은 가슴이 터질 것 같았다.

"내가 보여요?"

어디선가 마사고의 목소리가 들려왔다.

"마사고, 어디 있습네까?"

그녀는 병원장 뒤에 숨어서 대성을 바라보고 있었다. 대성은 마사고를 발견하고 성큼성큼 발걸음을 옮겼다.

"마사고, 언제 돌아왔습네까?"

그녀는 대답 대신 연신 눈물을 흘렸다. 병실의 의료진들이 둥그렇게 모여 새로 탄생한 부부를 지켜보고 있었다.

"이 하사의 아내는 아무데도 가지 않았습니다."

병원장이 인자한 미소를 지으며 말했다. 대성은 그제야 마사고가 안대를 차고 있는 모습을 발견했다.

"마사고, 왜 안대를 하고 있습네까?"

"이대성 하사, 마사고도 안과 수술을 했습니다. 자신의 눈을 남편에게 주는 거룩한 수술을요."

청천벽력 같은 소리에 말문이 막힌 대성이 마사고에게 다가갔다.

마사고가 기꺼이 나눠준 안구로 눈을 떴다는 사실에 대성은 그대로 주저앉아 구슬피 울었다. 이 순간 우는 것 말고는 할 수 있는 일이 아무것도 없었다.

"수술은 성공적입니다. 마사고의 안구 적출 부분도 잘 아물고 있어요. 앞으로 한 달 후 인공 안구 삽입수술을 진행할 겁니다."

마사고가 대성에게 안구를 줬다는 소문이 병원선 환자들 사이에서 비눗방울처럼 방울방울 퍼져나갔다.

慈善事業
자선사업

혹독한 추위가 이어지는 가운데 북진하던 한국군과 유엔군은 중공군의 전쟁 개입으로 다시 남으로 후퇴했다. 수많은 젊은이들이 전쟁에서 생명을 잃었다. 전쟁의 끝은 보이지 않았고 대성은 제대했다. 그는 미 8군의 배려로 마사고가 근무하던 시마무라 복지병원에서 요양할 수 있었다.

"북한군이 후퇴할 때 우리 오마니를 납치했다는 소문을 들었습네다."

"소문은 소문일 뿐이에요. 어머니가 그렇게 호락호락한 분이 아니잖아요. 지혜로운 양반이라서 어떻게든 인민군의 손에서 벗어났을 거예요. 저는 어머니를 믿어요. 말이 씨가 된다고 불길한 말을 하지 마세요. 나는 전쟁이 끝나면 한국에서 살 거예요."

정말이냐며 대성이 마사고의 손을 덥석 잡았다.

"정말이고 말고요. 한국은 남편의 나라이면서 남시의 조국이잖아요. 아이는 자기가 태어난 조국에서 성장하도록 환경을 만들어줘야 해요. 그게 바람직한 교육이라고 생각해요."

대성이가 시마무라 복지병원에서 요양하는 동안 마사고의 부모는 모두 저승으로 떠났다. 그녀의 부모는 모든 재산을 마사고에게 물려줬다. 제법 많은 재산이었다. 부모의 유서에는 이렇게 적혀 있었다.

'한국전쟁으로 많은 어린이들이 부모를 잃었다. 전쟁이 끝나면 마사고는 전쟁 고아들을 위해 우리가 남긴 재산을 유익하게 써주기 바란다.'

1953년 7월 27일 북한과 중국, 그리고 유엔군 사이에 휴전 협정이 체결되었다. 휴전 이후 대성은 아내와 아들을 데리고 서울로 돌아왔다. 대성의 어머니가 북으로 납치되었다는 말은 헛소문이었다. 대문 안으로 들어서는 대성과 마사고를 보자 대성 어머니는 맨발로 달려 나갔다.

"대성아, 살아 있었구만! 육본에 알아보니 니 이름이 전사자 기록에 실려있어서 죽은 줄로만 알았다. 마사고도 건강하네? 남시 키우느라 고생이 많았디."

대성 어머니는 마사고를 껴안으며 몸을 비벼댔다. 그야말로 만감이 교차했다.

"저는 고생하지 않았어요. 공산당 치하에서 어머님이 얼마나 고생이 많으셨어요. 어머니를 북에서 납치했다는 소문을 듣고 남시 아빠가 밤낮 걱정 속에 살았어요."

"헛소문이 아니다. 정말 납치될 뻔했다우. 인천이 함락되자 서울의 유명한 사람들을 거의 다 납치해갔디."

"긴데 어케 오마니는 피신하셨습네까."

"내레 집을 비웠을 때 내무서원이 왔는데 나를 찾다가 대신 이모를 데리고 갔디. 그리고 대성아, 대만으로 망명한 형들이 서울에 있는 거 아네?"

"어케 서울에 왔나요?"

"남북 휴전 회담에서 중국 포로 교환 심사가 있을 때 니 형들이 뽑혔디. 중국말 잘한다고 소문이 나서 말이야. 긴데 마사고는 왜 안대를 하고 있니?"

"눈을 다쳐서요."

"어쩌다 눈을 다쳐?"

"오마니, 제가 차차 말씀드리갔습네다."

부산 학도의용대에 자원 입대 후 국군 제1사단에 배속되어 다부동 지구 전투에서 실명한 사실, 미국 종군기자 덕분에 스웨덴 병원선에 입원해서 마사고를 만난 일들을 대성은 감회에 젖어 차근차근 들려줬다. 마사고가 자신의 안구를 기증해준 덕분에 눈을 뜨게 된 사연을 말할 때는 목이 메였다. 대성 어머니는 아이고, 아이고 소리를 연신 흘리며 마사고의 머리와 손을 쓰다듬었다.

"어머니, 우리는 병원선에서 결혼식을 올렸어요. 이제 어엿한 부부예요. 남시는 한국에서 부모의 보호 아래 자라야 합니다. 그래서 더더욱 부부가 되고 싶었어요."

"참으로 착하고 고맙다. 마사고가 마음고생을 가장 많이 했다."

"한국에서 살아야 하는 이유가 또 있어요. 이번 한국전쟁으로 많은 어린이들이 부모를 잃었어요. 수십 만 명의 고아를 정부한테만 떠넘길 수 없지요. 친정 부모님이 돌아가시면서 제게 유산을 물려줬어요. 한국에서 자선과 복지사업을 하라고 유언도 남겼습니다."

"정말 훌륭한 분들이야. 너희들이 자선사업을 하겠다면 나도 돕겠다우."

대성 어머니는 시아버지 명의의 별장에 붙어 있는 자두밭 9천 평을 고아원을 짓는데 내놓기로 했다. 고아원의 이름은 대성 아버지의 이름을 빌려 '성민복지관'이라고 하고 관장은 이대성, 부관장은 마사고가 맡기로 했다.

성민복지관은 양지 바른 언덕에 모습을 드러냈다. 1년 동안 땀방울을 흘린 결과물이었다. 앞쪽 건물은 학습관과 보건위생관으로, 뒤쪽 건물은 보모와 원생들의 숙소로 사용했다. 6.25 전쟁 이후 처음으로 건립한 전국에서 규모가 가장 큰 고아원이었다. 정부에서 보낸 고아만 해도 300명이 넘었다. 대성 어머니는 주방에서 원생들의 식사를 도맡았고, 마사고는 원생들의 보건과 위생을 책임졌다. 대성은 대외적 활동과 원생들의 교육을 전담하면서 한국전쟁의 복구사업에 일익을 담당했다. 대성 어머니는 아들 내외를 불러 단단히 일렀다.

"할아버지가 의술을 통해 모은 재산은 개인의 향락을 위한 것이 아니다. 여기 할아버지 유서가 있으니 읽어보고 그 뜻을 잘 새기라."

물질적인 욕심보다 이웃을 위해 봉사하면서 삶의 기쁨을 누리라는 게 유서의 내용이었다. 대성 어머니는 토지문서 한 뭉치를 대성에게 건넸다.

"할아버지는 욕심도 많으셨다. 처자식이며 일가친척을 보살피면서 재산을 어찌 이리도 많이 모으셨을까. 훗날 가난하고 배고픈 사람들, 병고에 시달리는 사람들을 위해 쓰라고 차곡차곡 모으시지 않았겠냐!"

대성과 마사고는 할아버지의 유언을 받들어 수원과 인천, 그리고 천안에도 같은 규모의 고아원을 건립하고 자선사업을 활발히 펼쳤다. 실로 오랜만에, 그리고 떳떳하게 부부로서 행복한 나날을 보내고 있는 대성과 마사고는 햇살 가득한 성민복지관의 마당을 거닐며 정담을 나눴다.

"마사고, 세상에서 당신을 가장 사랑하고 인생 선배로 존경합네다. 당신이 없었다면 풍요로운 삶을 경작하지 못했을 겁네다."

"나의 남편으로 살아줘서 고마워요."

부부는 성민복지관의 양지 바른 언덕에 서서 아이들의 해맑은 웃음소리를 행진곡처럼 들으며 서로의 손을 움켜쥐었다.

에필로그

한국과 일본, 두 나라의 관계는 손톱 밑의 가시와 같다. 잘못 닿으면 소스라치게 아프다. 2019년이 저물어가는 지금도 민감한 한일관계로 인해 이 책을 내기가 조심스러울 정도다. 그러나 이 책을 내는 것에 용기를 얻는 것은 허구의 소설이지만 상당 부분이 저자의 소중한 경험과 맞닿아 진정성이 있기 때문이다. 저자인 장충식 단국대학교 재단이사장은 교육계에서 거의 90평생을 헌신하신 우리나라의 대표적인 어른이다. 더구나 이 소설의 주인공처럼 독립운동가의 아들이고 이 소설 속 어머니처럼 자상하고 훌륭한 어머니의 훈육을 받고 자랐다. 그러므로 이야기의 전개에서는 당연히 소설가의 상상력이 가미되었지만 한편으로는 저자의 다양한 경험과 역사관, 우리나라의 미래에 대한 소망 등이 스며있다.

    이 책에 "독립운동가의 아들과 일본군 장교 부인의 완전한 사랑"이라는 부제를 붙인 것은 극적인 이야기를 드러내려는 목적보다 서로 용서할 수 없는 대척점에 서있을 때 가장 필요한 것이 무엇인가를 강조하고 싶었기 때문이다. 저자는 이를 '용서'라고 보았다. 용서는 화해와 평화로 나아가는 시발점이 되기 때문이다. 지금의 한일관계도 용서와 화해가 이루어지지 못해서 파국으로 치닫고 있다. 물론 이 소설처럼 개인 차원의 용서와 국가 차원의 용서는 다를 것이다. 일본의 진정한 사과가 전제되지 않는 한, 어느 개인이 용서할 수 있는 문제가 아니기 때문이다.

그럼에도 불구하고 저자는 "아름다운 인연"이라는 소설을 통하여 한국과 일본도 모진 운명적 관계를 극복하고 평화로운 미래를 향하여 발걸음을 뗄 것을 역설하고 있다. 이 소설의 근본적 기둥은 이루어질 수 없는 사랑을 시작한 두 남녀의 멈출 수 없는 사랑이야기지만 이 소설의 시간적 배경이 되고 있는 일제강점기에서 독립과 한국전쟁을 통하여 우리가 결국 용서해야 할 대상인 일본과 북한에 대하여 다시 생각해보는 계기를 던져준다.

올해 88세로 미수를 맞이한 저자는 이 소설을 시작으로 매년 한 권씩 소설을 쓸 계획이라고 말한다. 20대 젊은이를 능가하는 진취적이고 미래지향적인 사고방식을 가진 저자에게 존경을 금할 수 없다. 그러므로 굳이 문학적인 잣대를 들이대지 않아도 충분히 가치 있는 책이라고 믿고 기쁜 마음으로 이 책을 출간한다.

2019년 12월 발행인 윤세영